REBECA STONES es escritora y actriz. Inició su carrera en el año 2016, con su primer libro llamado *Timantti*. Desde entonces, ha publicado otros títulos como *Ocho* (2017), *Sinergia* (2018), *Sotavento* (2020), *Ingobernable* (2021), *Insaciable* (2022) y *Caracola* (2023), y todos ellos han llegado a las primeras posiciones de las listas de libros más vendidos.

Papel certificado por el Forest Stewardship Council®

Primera edición en B de Bolsillo: febrero de 2025

Printed in Spain – Impreso en España

ISBN: 978-84-1314-849-6
Depósito legal: B-21.217-2024

Compuesto en M. I. Maquetación, S. L.
Impreso en Black Print CPI Ibérica
Sant Andreu de la Barca (Barcelona)

BB 48496

Sotavento

REBECA STONES

A mi madre y a la mar,
dos mujeres fuertes y valerosas

PRIMERA PARTE

VEIRA

Capítulo 1

Veira se muere. Nuestra isla, nuestro hogar, la tierra que nos vio crecer.

Veira ha sido la víctima de la sobreexplotación humana, y somos nosotros, los verdugos, quienes tendremos que asumir las consecuencias de sus actos.

Nos hemos quedado sin peces que pescar, sin tierras que cultivar y sin animales a los que criar. Las pocas reservas que nos quedan reducen nuestra esperanza de vida a un par de años. Los isleños son conscientes de este problema, saben que tendremos que huir si queremos prosperar, el contratiempo reside en que nadie conoce otro lugar. Incluso desde el pico más alto de toda nuestra isla, lo único que se ve en el horizonte son kilómetros y kilómetros de mar. Incluso los pescadores, quienes cada día deben adentrarse más en el océano, nunca han visto ni un solo atisbo de costa.

Nadie sabe qué hacer y no tenemos demasiado tiempo para pensar. El pueblo de Veira me brindó el honor de ser su gobernador, llevo sobre mis hombros la responsabilidad de devolverle a esta hermosa isla la fe que han depositado en mí. Es mi deber buscar una solución a este problema que acabará consumiéndonos. Y solo hay una escapatoria a la hecatombe, hallar un destino al que escapar.

En el escritorio de mi despacho, donde espero impaciente a que llegue la hora de la urgente reunión que he convocado, descansan numerosos mapas y material náutico que he estado preparando para la expedición. Todavía desconozco el veredicto final de los isleños, pero confío en que vencerán el miedo que les provoca lo desconocido. Al fin y al cabo, lo que nos espera si nos quedamos de brazos cruzados es difícilmente empeorable. Sea lo que sea lo que encontremos en el inmenso mar, será mejor de lo que tendremos si asumimos nuestro destino sin luchar por cambiarlo. Sobre la mesa también tengo la correspondencia que intercambié con algún que otro intelectual de Veira. Hablé con ellos sopesando cuál era la mejor opción para el resugirmiento de nuestro país, y todos apoyaron el arriesgado plan que lleva vagando por mi mente desde que tengo uso de razón.

—¡Marco, el gobernador más guapo y apuesto que ha tenido jamás Veira!

La puerta de mi despacho se abre, e incluso antes de escuchar su voz, sé que es Ronan quien ha irrumpido en mis pensamientos.

—¿Necesitas algo? —pregunto con una tímida sonrisa. Creo que jamás terminaré de acostumbrarme a la exaltada e inagotable personalidad de Ronan.

—Solo quería ver qué tal estabas. Falta muy poco para tu aparición pública, ya tienes a todo Veira esperando oírte en la plaza.

Los minutos pasan y el momento de subir al estrado está cada vez más próximo. Mentiría si dijese que no estoy nervioso, he de admitir que hablar en público no se me da demasiado bien. Aunque suene algo contradictorio dado el cargo que tengo, no me gusta ser el centro de atención. Prefiero pasar inadvertido y actuar desde las sombras, algo que tras la rebelión que tuvo lugar hace unos años he tenido que dejar de hacer. Ahora soy el representante de todo Veira, acepté este papel con gusto para intentar arreglar los destrozos que mi padre hizo a este país, mi conciencia necesitaba hacer todo lo posible para dejar de sentir la culpabilidad que todavía hoy sigue sin dejarme dormir.

—Bien —respondo omitiendo mi nerviosismo— ya tengo claro lo que diré en el estrado.

—¿Y qué dirás? —pregunta Ronan mientras toma asiento y clava sus enormes ojos azabaches en los míos.

—Sabes muy bien lo que planeo decir.

—Oh no… ¡Espero que no sea lo que estoy pensando! —exclama balanceándose en la silla como un niño pequeño.

—Sí, les contaré a todos lo que llevamos años queriendo hacer.

—¡Venga ya, Marco! No me puedo creer que continúes obsesionado con esa historia. Qué tendríamos, ¿diez años? Es una locura que sigas pensando en ello.

Ronan y yo tenemos un sueño en común. Desde que éramos unos críos nuestra mayor aspiración era encontrar la isla prometida. Pasábamos horas leyendo manuscritos e interpretando mapas, buscando con anhelo ese lugar misterioso del que yo le hablé por primera vez. Recuerdo esa tarde en la playa como si fuese ayer, le miré buscando en sus ojos comprensión y le confesé lo que veía cada noche cuando me iba a dormir. Cuando duermo, un mismo sueño se repite en bucle, un sueño en el que paseo por unas calles muy diferentes a las de Veira… Llenas de lujos; esculturas doradas, jardines muy bien cuidados llenos de flores exóticas, increíbles fuentes de agua… E incluso juraría que puedo recordar el olor a deliciosa comida impregnado en el aire. Todos intentaban persuadirme de que no era más que un sueño, menos Ronan. Esa tarde él agarró mi mano y me prometió que encontraríamos ese paraíso juntos.

—Ronan, en todos estos años tú eres el único que siempre ha creído en mí —digo mientras camino por el despacho—. Esa historia que te contaba día tras día siendo niños es mucho más que una simple historia. Son recuerdos, Ronan, recuerdos borrosos que siguen dentro de mi cabeza.

—Muy bien… No seré yo quien te ponga en duda, sabes que me apunto a cualquier aventura —responde creyendo ciegamente en mí—. Pero ¿cómo planeas contárselo a toda esta gente?

Ronan se levanta y corre las cortinas. Desde la ventana señala la plaza de Veira, llena de gente.

—En esa maldita plaza no cabe ni un alfiler, ¡ni un maldito alfiler! —exclama golpeando la punta de su dedo contra el cristal.

—Ronan —digo acercándome a él de forma seria y contundente.

—¿Qué? —pregunta al tiempo que gira su cabeza hacia mí.

—¿Tú confías en mí? —Aunque conozco su respuesta, necesito oír de nuevo lo que está a punto de decir.

—¡Claro! Sabes de sobra que eres uno más de mi familia, eres mi hermano, Marco.

Aunque él y yo no compartimos la misma sangre, Ronan y su familia me acogieron cuando me quedé desamparado. Desde ese momento pasé a ser uno más, en esa casa conocí por primera vez el amor y la bondad.

—Pues hoy, cuando salga al estrado, le pediré a todos los ciudadanos que confíen en mí como tú lo haces —digo mientras agarro su cara entre mis manos—, y ellos no tendrán más remedio que confiar, porque la solución que les presentaré es la única forma de escapar de una muerte inminente.

Ronan guarda silencio mientras hace un leve asentimiento. Ambos sabemos que aunque mi plan esté dirigido por la locura, es la única opción que tenemos. Le tiendo la mano y Ronan la agarra con fuerza. Estamos juntos en esto y nos embarcaremos juntos en busca de un futuro mejor.

La puerta de mi despacho se vuelve a abrir, esta vez es mi secretario, quien me avisa de que ha llegado el momento, todo el mundo está esperando oír lo que tengo que decir. Termino de acicalarme el pelo y me abrocho los últimos botones de la camisa, quiero causar buena impresión y que vean en mí la imagen de un buen líder, el buen líder que siempre necesitaron y nunca pudieron tener.

—Señor gobernador —bromea Ronan mientras sujeta la puerta, dejándome pasar.

—Quiero que subas conmigo al escenario, necesito tu poder de convicción —le pido mientras caminamos hacia la plaza. Ronan y yo encajamos tan bien porque somos muy diferentes el uno del otro. Mi timidez contrasta con lo extrovertido que es, mientras que mi madurez se opone a su carácter infantil y dicharachero.

—Claro, sabes que nunca desaprovecharía la oportunidad de ser el centro de atención.

Ambos nos reímos y seguimos caminando. Las calles que transitamos no son lo que fueron en un pasado, el musgo se ha apoderado de cada muro y toda la ciudad tiene un sombrío tono verde. Nadie se preocupa por el manteamiento de los edificios y estos están siendo devorados por la naturaleza, que comienza a reclamar su lugar. El lugar que nosotros le arrebatamos.

El suelo, tan desigual y estropeado, dificulta mucho el andar. Las calles huelen a pobreza, a miedo, a desesperación. En Veira todos estamos en la misma situación, aquí no hay ricos ni pobres, toda la población sucumbió a los mandatos de un dictador, un dictador que no solo acabó con los recursos naturales de la isla, sino que también se fugó llevándose la poca esperanza que tenían los isleños.

—¡Ahí está!

—¡Ya ha llegado!

Los primeros gritos del público se entreoyen, nos comienzan a ver llegando a la plaza. En sus húmedos ojos se logra apreciar un poco de ilusión, todos esperan una buena noticia. Los cientos de personas reunidas en la plaza aplauden mientras subo al estrado, nunca podré estarles lo suficientemente agradecido. Guardo silencio, esperando a que sus aplausos cesen. Entre el público encuentro alguna cara conocida: ancianos, jóvenes, niños en los hombros de sus padres e incluso bebés siendo amamantados.

—Buenos días, ciudadanos de Veira —empiezo de forma clara y concisa, intentando que los nervios no se apoderen de mí. No sé cómo reaccionarán a lo que tengo que contarles, ni siquiera sé si llegarán a entenderlo—. Como todos saben, nuestra isla se muere. Hemos intentado alargar lo máximo posible nuestra estancia aquí, pero tras hacer una estimación de lo que durarán los recursos, sabemos que no podremos seguir en la isla dentro de dos años.

Los ciudadanos enloquecen, se escuchan sollozos y pequeños gritos al hacerse real la noticia que todos sabían que tarde o temprano tendrían que oír. Muchos se tapan los ojos, otros se golpean la cabeza quizá tratando de borrar mis palabras de su cerebro, los niños me miran con desconcierto mientras sus padres niegan en silencio.

—Cada vez los pescadores regresan con menos peces, apenas nos queda alimento para los animales que criamos, las tierras contaminadas no son cultivables e incluso el racionamiento de agua potable comienza a escasear… Si cada uno de nosotros redujese lo máximo posible su consumo alimenticio dentro de lo humanamente posible, conseguiríamos estar tres años en Veira. Pero yo no quiero llegar a ese punto, no quiero que nadie pase hambre mientras yo dirija estas tierras. No quiero que ninguna madre deje de comer para que sus hijos coman más.

Las lágrimas comienzan a brotar entre el público. Me muerdo el labio para guardar la compostura y aprieto los puños buscando el valor que necesito para seguir con mi discurso.

—La única solución es buscar un nuevo hogar.

—¡Estás loco! Sabes muy bien que no hay nada cerca de esta maldita isla perdida —exclama un hombre que, de inmediato, es ovacionado por los demás.

—Lo sé, sé que hemos realizado muchas expediciones y ninguna ha dado resultado. Pero lo que yo quiero proponerles es ir más lejos. Quiero hacer una travesía más larga, explorar más allá de lo que aparece en nuestros mapas. Ustedes saben que yo no nací en Veira, saben que llegué aquí siendo un niño. Si mi padre pudo alcanzar la isla con su barco, yo podré llegar a su punto de partida.

El ruido que se había generado entre los ciudadanos disminuye, logro cautivar su atención de nuevo, aunque sus miradas continúan estando cargadas de desconsuelo.

—Han confiado en mí cuando podrían no haberlo hecho. Han creído en mí cuando ni siquiera yo lo hacía. Me han dado el poder de gobernar en Veira, ¡cuando ni siquiera he nacido aquí! —La pasión se apodera de mi discurso, alzo el tono de voz e intento sonar lo más convincente posible—. Verán… Yo tengo recuerdos de un pasado, recuerdos borrosos porque pertenecen a una etapa de mi infancia. Pero recuerdo cómo corría por unas playas paradisiacas, recuerdo ver calles bañadas en oro y ropajes de tan alta calidad que todos los transeúntes parecían reyes. Sé que parece un sueño, pero soy sincero cuando les digo que sé a ciencia cierta que ese lugar prometido existe, y que seguramente, sea el lugar que me vio nacer.

Giro levemente mi cabeza para ver a Ronan, que me guiña el ojo desde la parte trasera del escenario.

—No solo quiero encontrar ese lugar, sino que creo que debo encontrarlo porque se lo debo a todos ustedes. Déjenme proporcionarles un futuro digno. Déjenme hallar ese paraíso.

El desconcierto sigue presente entre toda la gente. Le hago una seña a Ronan indicándole que ha llegado su momento, sus palabras son lo único que falta para terminar de convencer al público. Todos los ciudadanos le tienen muchísimo aprecio, Ronan es el mejor marinero de toda la isla. Su barco siempre es el que trae más peces. Además, con su carismática actitud los tiene a todos en el bote.

—¡Queridos y queridas! —exclama tan pronto como le doy el turno de palabra—. Sé que quizá es un poco difícil confiar en un hombre que nunca se ha hecho al mar, pero todos sabéis que yo tengo los océanos más que dominados.

Ronan consigue relajar el ambiente y que todos cojamos aire. Esa es su especialidad, aniquilar la tensión para contagiar su sosiego y buen humor.

—Marco me ha propuesto ser el capitán de la travesía que haremos en busca de ese fantasioso lugar. Llegaremos más lejos que nunca y será peligroso, pero, como bien ha dicho el gobernador… No tenemos otra opción. Me encargaré personalmente de escoger a la mejor tripulación para embarcar en el mejor de los barcos de Veira. —Ronan recuerda a la perfección el plan del que tantas veces hablamos. No me ha hecho falta recordarle nada, sabe lo que tiene que decir—. Tenemos un año para encontrar tierra y otro año para regresar aquí y comenzar los viajes definitivos.

—Solo faltaría una cosa —digo mientras me sitúo al lado de Ronan—. Somos una república, así que la decisión final la toman ustedes. Detrás de mí tienen dos urnas y trozos de papel.

—Ya sabemos cómo funciona esto, ¿no? Metéis el papel en la urna del «SÍ» o en la urna del «NO» —explica Ronan concisamente—. ¡Id subiendo al estrado de forma ordenada, venga!

Antes de que los veireses comiencen a subir, Ronan y yo somos los primeros en ejercer nuestro derecho a voto. Tras hacerlo, nos despedimos de los ciudadanos y volvemos a mi despacho, donde esperamos muy nerviosos la noticia del recuento de votos. Sé que dejarles la opción de elegir puede ser peligroso, ya que si se dejan guiar por el miedo a lo desconocido no querrán ver marchar hacia la muerte a sus seres queridos. En Veira se respeta mucho la mar, conocemos su poder y hemos perdido muchas vidas arrolladas entre sus olas. Si nuestros barcos jamás se han alejado mucho de la costa es porque la marea se vuelve incontrolable, las pocas veces que algún navío se atrevió a profundizar más de la cuenta no volvimos a saber nada de su tripulación. Por eso mismo sé que verán esta expedición como un suicidio, dudo incluso que Ronan consiga alistar a más de diez personas… Sin embargo, lo único que podemos hacer ahora es esperar y tener fe.

Pasamos dos horas en completo silencio hasta que llaman a mi puerta.

—Adelante —digo más nervioso que nunca. Mi secretario se abre paso y tras unos segundos de incertidumbre, por fin nos da la noticia que tanto ansiábamos conocer.

—Señor gobernador, todos han votado que sí.

Asiento emocionado tras ver que siguen confiando en mis palabras. Ronan me abraza con fuerza; ambos sabemos que nos estamos embarcando en una aventura sin precedentes. Una aventura que no solo pone en riesgo nuestra vida, sino que también pone en riesgo la vida de toda nuestra isla.

Capítulo 2

Han pasado dos días desde la votación. Todos hemos trabajado muy duro para perfeccionar el barco en el que viajaremos, también reunimos los mínimos víveres para asegurar nuestro sustento y formamos la mejor tripulación posible.

Este último deber se lo encargué a Ronan. Él conoce a cada habitante de esta isla, creció surcando la mar en el velero de sus padres hasta convertirse en el mejor marinero de todo Veira. Para mi sorpresa, gran cantidad de jóvenes quisieron apuntarse a nuestra expedición buscando un futuro mejor para sus familias. También contamos con varios padres que solo desean mejorar la vida de sus hijos y que sus nietos nazcan en una tierra que desconozca qué es la pobreza.

Sé que Ronan también desea llevar a sus progenitores a un lugar mejor, tiene muy buena relación con ellos. Mi llegada aquí no fue sencilla, pero la familia de Ronan me acogió sin pensarlo dos veces cuando decidí huir de una vida que no me correspondía. No tengo a nadie más en mi presente, Ronan y sus padres son las únicas personas que me quieren y a las que yo quiero por igual. Su amor fue el único cariño sincero que recibí desde mi nacimiento. Quizá por ello soy tan frío y duro con la gente que me rodea.

—¿Lo tienes todo listo, Marco? —pregunta Ronan, quien irrumpe en mi habitación sin petar aunque la puerta está cerrada.

—¿Qué te tengo dicho de entrar sin llamar?

—¡Venga, vamos! Puede que nunca volvamos a ver estas paredes —sentencia, fingiendo una cara de terror.

Llevo viviendo en esta casa desde la Rebelión. A pesar de que me dieron alojamiento en el palacio gubernamental, decidí quedarme aquí. No podía seguir viviendo entre esas paredes en las que tanto sufrí.

Ronan y yo bajamos las escaleras con grandes bolsas a nuestras espaldas, lo tenemos todo preparado. Mi experiencia navegando es casi nula, por lo que hice caso a las indicaciones de Ronan y metí lo que él me dijo que era necesario.

—¡Mis chicos, pero qué mayores os habéis hecho! —exclama la madre de Ronan cuando nos ve entrando en el salón.

—Bueno, yo ya tengo veintitrés años, señora —respondo sonrojado.

—¡Mamá, Marco ya es todo un adulto! ¿Has visto qué barba tan frondosa tiene?

—¡Ojalá tuvieses esa barba, hijo mío! Y no ese bigote, que te queda fatal —contesta de forma cariñosa mientras nos abraza a ambos.

Ronan tiene diecinueve años, es muy joven pero su cuerpo musculado y ese estúpido bigote que se ha dejado le dan un aspecto más maduro. Muchas veces piensan que él es el mayor, pero siempre acaban cambiando su apuesta cuando nos escuchan hablar.

—¿Y papá? —pregunta.

—Sabes que no le gustan las despedidas… Os verá embarcar desde el puerto. Él cree en vosotros tanto como yo, los dos sabemos que lograréis encontrar un nuevo hogar —dice apenada mientras acaricia nuestros rostros—. Me ha pedido que os diese estas gorras, él y su difunto hermano las llevaban siempre que iban a navegar. Son gorras de capitanes, así que ahora os pertenecen.

—Las llevaremos con mucho orgullo —prometo mientras me agacho agarrando su mano—. Gracias por todo, Morgana, te debo mi vida.

—Marco… —dice mientras se agacha para ponerse a mi altura; con su dedo en mi barbilla levanta mi cabeza y busca mi mirada—. Eres como un hijo para nosotros.

Nos fundimos en un último abrazo, lleno de agradecimiento, amor y esperanza. Observo por última vez los rincones de esta humilde casa en la que he pasado los últimos cinco años, vivíamos sin lujos, sin ningún tipo de privilegio, pero jamás ha faltado el humor y los caldos calientes junto a la chimenea. Echaré de menos jugar a las cartas, las peleas por ver quién ocupaba antes el baño y ver el océano desde la polvorienta buhardilla. Ahora voy a mirarlo a la cara.

—¡Adiós, mamá, te quiero! —grita Ronan mientras nos alejamos. Y por un momento yo también quiero llamarla mamá.

Su madre sigue en la puerta viendo cómo caminamos hacia el puerto, y ahí se quedará hasta que desaparezcamos entre las calles.

Todos los miembros escogidos por Ronan para formar nuestra tripulación nos esperan. En total ha reunido a treinta personas, como me dijo, la mayoría son jóvenes pero también hay adultos experimentados. Nada más nos ven llegar, se ordenan en filas y se ponen firmes enderezando sus cuerpos.

A sus espaldas, descansa la nave que nos llevará al paraíso o que nos devolverá a la peor de nuestras pesadillas. Como no podía ser de otra manera, el barco en el que viajaremos es el mismo en el que mi padre llegó a Veira. No solo es el más hermoso que todos los de nuestra isla, sino que también es el más grande y el más potente de todos.

—¡Subid al galeón, haremos las presentaciones una vez que hayamos embarcado todos! —grita Ronan, quien hace señas indicando a la tripulación que comience a subir.

Todo el país se ha reunido para despedirnos, nos vitorean y nos desean suerte alzando pañuelos verdosos, el color con el que siempre se ha identificado Veira. Los que no portan un pañuelo nos dicen adiós siguiendo una de las tradiciones veiranas. Juntan las palmas de sus manos y asienten, mirándonos con orgullo. Junto mis manos y me despido de ellos devolviéndoles el gesto de gratitud, deseando que durante estos meses que estaremos fuera estén rodeados de salud y fortuna. Este es un gesto particular de Veira, nuestro saludo lleva consigo un significado muy especial: la promesa de que volveremos a vernos.

Cuando me doy cuenta, soy el único que todavía sigue en tierra. Rápidamente subo al galeón. En el momento en que se levanta el ancla siento cómo una parte de mí se desprende para siempre. Ya no hay vuelta atrás y es ahora cuando soy consciente de ello, el día de hoy marcará un antes y un después en la historia de nuestras vidas.

—Navegar en este barco es todo un sueño, Marco. Es un galeón maravilloso —dice Ronan con una sonrisa que le ocupa todo el rostro. El resto de la tripulación también se encuentra muy animada, curioseando por la popa.

Cuando el barco comienza a moverse, todos se acercan a la banda de estribor para despedirse por última vez de sus seres queridos. Escucho algún que otro llanto pero casi todo son sonrisas y gritos de alegría, así es como quieren que les recordemos, con la felicidad y el orgullo que transmiten sus rostros. Ronan busca entre el gentío a su padre, pero no consigue encontrarle. Intento dar con él y finalmente lo hallo en el navío de al lado.

—¡Allí, Ronan! —exclamo señalando a su padre, quien tras saludarnos va hacia los mandos del barco para tocar la bocina. Nos despide por todo lo alto, haciendo todo el ruido posible.

—¡Ese es mi padre! —grita Ronan orgulloso mientras los dos nos reímos—. ¡Te quiero, papá! —vuelve a gritar mientras vamos perdiendo la silueta de su barco a medida que nos adentramos en la mar.

Al cabo de un par de minutos, ya no vemos ni escuchamos nada, ahora tocará recordarles hasta que podamos volver a abrazarlos.

Viendo que todos han aprovechado el momento para llevar sus pertenencias a los camarotes, me desplazo a proa para ver el horizonte, hace pocas horas que salió el Sol, pero su luz ya calienta mi piel. La mar se extiende allá donde miro; tranquila y sosegada nos da la bienvenida. En Veira existe la creencia de que la mar es una hermosa mujer, por eso siempre se refieren a ella usando el femenino. Creen que las olas son sus largos brazos y que en el fondo reside su alma. Cuando la mar está brava, dicen que es porque alguien ha hecho enfadar a la mujer que se esconde en sus profundidades.

Aspiro para recoger el olor a salitre que ahora mismo inunda mis pulmones, un olor que me purifica y renueva por completo. El vaivén de las olas mueve el barco de forma sigilosa, seguramente en unos meses ni me percate de este movimiento que ahora mismo me resulta tan agradable. Unas gaviotas, algo distraídas, se dejan ver surcando los cielos. Ojalá entendiera su canto y supiera a dónde se dirigen, supiera qué tierras de este inhóspito mundo conocen. Las olas son cada vez más grandes, y chocan contra el casco haciendo que algunas gotas mojen mi cara. Nos estamos adentrando en la mar, estamos justo en el choque de dos mareas contrarias. Entre mis manos sostengo la gorra que el padre de Ronan nos cedió, es blanca con la visera negra, tiene una cuerda dorada que va de lado a lado y la insignia de un ancla bordada. Echo mi pelo hacia atrás y la encajo en mi cabeza, parece hecha a medida para mí.

—¡Marco! ¡Ven a la popa! —grita Ronan. Hago caso a sus palabras y me dirijo hacia él, está acompañado de todos los demás.

—Hola a todos y a todas —saludo levantando la mano.

—Bien, ha llegado el momento de hacer las presentaciones —dice mientras agarra el palillo que siempre lleva sobre la oreja y lo mordisquea entre sus dientes—. Yo soy Ronan y seré el capitán de este barco, pero no olvidéis que no soy el mandamás. Yo obedeceré las órdenes del jefe de esta expedición, mi hermano Marco.

Ronan comienza su charla mientras camina delante de la tripulación, que han formado una fila horizontal y escuchan atentos mirando al frente.

—En la tripulación contamos con el jefe de la expedición, Marco, con el capitán, que soy yo; con el equipo médico liderado por Kiara; con el equipo de carpinteros que arreglarán cualquier desperfecto del galeón, liderado por Sayer, y con parte de la armada de Veira, quienes nos defenderán si nos metemos en problemas. Briana será quien responda por todos ellos. Tenemos también un par de cocineros, marineros que se encargarán de las velas y el timón, y contamos con Ula, experta en elaborar y leer mapas marinos.

Ronan conoce a todos, pero para mí son completos desconocidos. Los observo intentando quedarme con sus caras, la joven a la que Ronan ha llamado Kiara tiene los ojos clavados en mí, unos ojos de un hermoso color esmeralda que me miran con cierto desprecio. También me llama la atención su pelo, lleno de rizos castaños sin control que se cuelan por su rostro tapando parte de sus felinas facciones. La única cara que reconozco es la de Ula, la he visto varias veces en la biblioteca, frecuentando la sección de mapas. Parece la más pequeña de toda la tripulación, es muy bajita y delgada, su larga melena rubia y sus ojos azules le dan un aire angelical. El chico que está a su lado también me suena, su nombre es Sayer y lo más probable es que le haya visto en una de mis visitas al astillero. Para ser el jefe de los carpinteros tiene un cuerpo algo escuálido, aunque bajo su camiseta blanca puedo apreciar el volumen de sus brazos, que sí se notan fortalecidos. Lleva unas gafas redondas que aumentan el tamaño de sus ojos y tiene el pelo muy despeinado… Por su apariencia y su lenguaje corporal parece un joven afable.

—Formaremos un gran equipo. Muchas gracias por arriesgaros a vivir esta aventura —digo haciendo una pequeña reverencia de cabeza—. A mí y a Ronan nos gustaría reunirnos con los líderes de cada división para concretar algunas metas comunes.

—Kiara, Sayer, Briana, Ula, Arturo y Cased, venid por favor —añade Ronan. Arturo y Cased son los encargados de la cocina y del almacenaje de las reservas. Aunque su papel pueda parecer más insignificante, su labor es esencial para distribuir bien los alimentos y que nunca nos falte de nada.

Todos nos dirigimos hacia uno de los camarotes vacíos para tener mayor privacidad y concretar algunas pautas. Aprovechando que no está ocupado por nadie, dejo la bolsa en la que llevo mis pertenencias sobre el catre.

—Bueno, como ya sabéis el barco cuenta con los recursos mínimos. Por ello tendremos que ahorrar y dosificar la comida, las medicinas, los materiales e incluso la fuerza de cada tripulante lo máximo posible —expongo buscando compresión en sus miradas.

Todos asienten, entienden la desafortunada situación que nos toca vivir. No podíamos quitarles más sustento a los isleños.

—Mi trabajo es dirigir especialmente a todos los marineros, pero si tenéis cualquier problema también podéis acudir a mí, aunque no os prometo que pueda arreglarlo —aclara Ronan—. ¿Tenéis alguna duda?

—Sí, yo tengo una —responde Kiara de una forma algo agresiva—. Marco... ¿qué tal se lleva el hecho de ser el hijo de un asesino traidor?

Su pregunta me descompone por completo, Kiara ha decidido remover aguas pasadas y atacarme con lo que más me duele. Todos nos quedamos helados, nadie se esperaba esta pregunta. La tensión se palpa en el ambiente y Ronan levanta las cejas y niega con la cabeza. Está muy molesto. Mantengo una expresión seria en mi rostro, no quiero que se me note ni una pizca de debilidad.

—Un hijo jamás debe pagar los pecados de su padre —contesto de manera concisa —no sé cuántas veces habré repetido esta frase en los últimos años.

—Depende de qué pecados estemos hablando... Tu maldito padre llevó a todo mi país a la ruina —su tono de voz está cargado de resentimiento; en sus ojos puedo ver una ira que no hace más que crecer—. Llegasteis con este gran barco a nuestras costas, cuando jamás habíamos visto a ninguna nave extranjera amarrar en nuestro puerto. Tu padre vino cargado de dinero y de tesoros, y los arrojó entre la gente desesperada de Veira como si estuviese dando migas de pan a las sucias palomas.

—Oye... —susurra Ronan tratando de interrumpirla. Sin embargo soy yo quien pone una mano en su pecho para que guarde silencio y deje que la chica acabe de hablar. Prefiero que suelte ahora todo lo que tenga que decir antes de que mantenga su enfado durante el año que tenemos que convivir juntos.

—Tu padre consiguió comprar algo que ni siquiera sabíamos que estaba en venta, consiguió comprar toda la isla, traficó con nuestra esperanza y nuestras ansias de vivir... —cada vez habla más alto y se acerca más a mí, incluso llega a apuntarme con el dedo—. Y una vez nos convenció con sus estúpidas promesas, estableció la dictadura que nos llevó a la ruina. Durante años, nadie pudo decir nada, éramos sus súbditos… Tuve que curar a cientos de heridos que habían sido mutilados simplemente por defender su libertad. ¿Y dónde estabas tú mientras? Viviendo en el mismo palacio que él, compartiendo sus riquezas.

Su rostro acaba a tan solo unos pocos centímetros del mío. Todo el camarote guarda silencio, tan solo se escucha la agitada respiración de Kiara. Me odia y no aguantaba más sin hacerlo notar.

—Te falta el final de la historia, Kiara. Te olvidas de que fui yo, su propio hijo, quien lo traicionó. Te olvidas de que fui yo quien inició una rebelión contra su mandato y quien le obligó a irse al exilio —respondo tratando de mantener la calma, aunque en mis palabras se advierte cierta furia: estoy harto de que me juzguen por los errores de una persona con la que ya no tengo nada que ver.

Kiara deja de sostenerme la mirada, se aparta de mí y da un paso atrás. Por un momento parece que va a retirarse, pero murmura todavía algo entre dientes.

—Cobarde.

Me quedo callado. Sé que no necesita que diga nada para continuar, solo está masticando su furia para atacar con fuerza redoblada.

—Lo mandaste al exilio porque no tuviste el valor suficiente como para matarlo —sentencia—. Tu padre merecía ser ahorcado en la plaza de Veira.

El poderoso silencio vuelve a ocupar toda la estancia. Dudo entre seguir respondiendo a sus ataques o callarme…. Pero finalmente, comprendo que necesito defenderme de tales acusaciones: ahora soy el líder de este barco y no puedo permitir que nadie me deje en evidencia.

—Podías haberte quedado en Veira si así lo preferías. Nadie te ha obligado a apoyar mi expedición —respondo intentando cambiar el rumbo de la conversación—. Se llevó a cabo una votación, justa y legal, en la que todo el mundo votó que sí. Incluida tú.

—¿Sabes por qué he venido? —me pregunta volviendo a señalarme con el dedo—. Porque sé que no hay otra solución, porque sé que mi pueblo se muere. Pero también sé que si mi patria ha llegado a este punto, ha sido por culpa de tu familia.

Kiara y yo mantenemos la mirada fija el uno en el otro; ella ha decidido odiarme y no hay nada que yo pueda hacer para luchar contra el odio que siente. Pocas enfermedades son tan difíciles de curar como el odio que crece en el corazón, ese odio que no te deja avanzar y que te obliga a recordar día tras día el sufrimiento que te provoca.

Yo odié a mi padre desde el primer momento en el que la vida me otorgó conciencia y juré odiarle hasta perderla. Pero en Veira me enseñaron a olvidar, a cerrar etapas que solo me provocaban dolor. Comprendí que odiar a alguien de tu pasado no conlleva nada más que experimentar de nuevo todo lo que un día te atormentó.

Fue entonces cuando olvidé sus castigos, sus azotes cada noche con el cinturón, olvidé cómo apagaba cada uno de sus puros en mi espalda, olvidé los gemidos de una mujer diferente cada noche. Gemidos que nunca eran de placer. Olvidé todo el infierno que viví en esa mansión.

—Veira no te culpa de lo que hizo tu padre, Marco —afirma la chica que responde al nombre de Ula—. O por lo menos, la mayoría que te votó para que fueses nuestro gobernador.

Tras las palabras de Ula, Kiara abandona el camarote dando un fuerte portazo.

—Gracias, Ula —digo mientras le dedico una pequeña sonrisa—. ¿Podríais dejarme solo unos instantes, por favor?

—Claro, Marco —responde Ronan, quien sigue afectado por la tensa situación que acabamos de vivir. Él es el único que conoce con detalle todo por lo que tuve que pasar—. Volvamos a la popa, allí seguiré contándoos los horarios que seguiremos…

Una vez que me quedo solo, expulso de mis pulmones todo el aire que estaba a punto de hacerme estallar el pecho. Me acerco al tocador del camarote, que cuenta con un cuenco lleno de agua, por lo que aprovecho para lavarme la cara e intentar relajarme. Aunque han pasado ya cinco años desde la última vez que vi a mi progenitor, los temas que a él se refieren siguen siendo muy delicados para mí.

Seco mi rostro con la pequeña toalla que hay sobre la cama y me veo reflejado en el espejo del lavamanos. No tengo muy claro en quién me he convertido, pero tengo muy claro en quién no me convertiré… He trabajado muy duro para borrar todos los daños que mi padre hizo a la gente de Veira, pero eran daños irreversibles, cicatrices abiertas que no he podido curar. Sin embargo, ellos confiaron en mí, me dejaron gobernar su país e intentar llevarlo a un futuro más próspero.

Me quito la gorra de la cabeza y me paso las manos por la nuca, es una manía que tengo desde que soy muy pequeño. En la parte trasera de mi cuello tengo una especie de marca, similar a una herida cicatrizada. A pesar de que le pregunté a mi padre por su procedencia en numerosas ocasiones, jamás se dignó a darme una respuesta. A día de hoy creo que lo más probable es que fuese él quien me la hizo, sería uno de sus castigos o una forma más de hacerme creer inferior, marcándome como ganado.

Dejo la gorra en la mesilla que hay al lado de mi pequeña cama. Está será mi habitación desde hoy hasta que esta travesía llegue a su fin.

Capítulo 3

Hace un mes que la travesía empezó.

Tan solo llevamos treinta días a bordo del galeón y gran parte de la tripulación ha perdido contacto con la realidad. Les advertimos que iba a ser un viaje duro y con recursos mínimos, pero creo que nadie se imaginaba que ni siquiera el tiempo iba a estar a nuestro favor.

Desde que embarcamos, todo ha sido una tortura. La lluvia no nos ha dado ni un solo día de tregua, hace semanas que el Sol desapareció y que unas olas indomables rompen contra el casco del barco sin piedad.

No podemos pescar, tampoco podemos dormir con el continuo vaivén que nos hace vomitar y nos marea hasta el punto de perder totalmente el sentido de la orientación, a duras penas logramos dirigir el barco. Parece que el Destino nos esté castigando por intentar sobrevivir, todo apunta a que la muerte ya estaba escrita en nuestro futuro desde hace años.

He perdido por lo menos diez kilos. No solo por culpa de lo poco que comemos, sino también por lo que vomitamos y el estrés que me genera el hecho de ser el jefe de esta expedición y no tener ni idea de lo que debo hacer.

En mi despacho tengo cientos de mapas que junto a Ula, nuestra navegante, reviso cada hora. Ni siquiera sé lo que buscamos en estos papeles, hemos memorizado cada mapa en busca de algún islote donde por lo menos podamos descansar y recuperar fuerzas, pero la niebla que rodea nuestro barco y el mal funcionamiento de las brújulas ha acabado con nuestra esperanza. Estamos en medio de una tempestad sin igual.

—Marco, no es tu culpa… ¿Lo sabes, verdad? —me pregunta Ula viendo en mis ojos una desesperación creciente. Durante todo nuestro viaje, no ha parado de decirme una y otra vez que yo no tengo la culpa de lo que está ocurriendo… Es una mujer inocente y que no pierde la fe.

—Debería encontrar una solución, y por más que me estrujo la mente no se me ocurre nada —digo cansado, apoyándome en la pared.

—Ni tú, ni yo, ni absolutamente nadie sabe qué hacer —responde mientras apoya una de sus manos en mi espalda. Ula está muy delgada, su cara se ha afinado demasiado y se mueve lentamente, sin fuerzas. Sin embargo, sus ojos color miel no han perdido ni un poco de su brillo inicial. Creo que es la única persona de todo el barco que sigue creyendo que saldremos de esta con vida. Aunque, por otra parte, cabe mencionar que Kiara tiene un carácter tan fuerte que no creo que esté dispuesta a perder su vida por nada ni por nadie. Ella no es de mi agrado ni yo del suyo, pero la fortaleza que esconde esa mujer me inquieta.

Tomo asiento en mi escritorio y me llevo las manos a la cabeza, si la mar no nos da un descanso, acabará con nosotros de una forma u otra. Ula me observa desde la otra esquina de la habitación, ya no sabe qué decir para consolarme, se encoge de hombros y baja su mirada.

De repente una gran ola atiza el galeón y todo comienza a moverse. El escritorio se ve arrastrado, la estantería se cae y todos los mapas salen volando. Ula grita y el fuerte golpe la tira al suelo.

—¡Ula, cuidado! —exclamo al ver que las pocas cosas que quedaban en los estantes terminan por caerse muy cerca de ella. Intento acercarme a su posición, pero el angustioso vaivén termina tirándome a mí también. Voy reptando hacia ella y agarro sus manos—. No me sueltes, nos quedaremos así hasta que el barco vuelva a estabilizarse.

—Vale… —responde asustada.

A pesar de que ya hemos recibido muchos golpes de grandes olas, el bandazo en esta ocasión fue desmesurado. Si nuestra embarcación hubiera sido un poco más pequeña, habríamos volcado.

Ambos cerramos los ojos y poco a poco sentimos cómo el galeón vuelve a tomar el control. El vaivén se reduce y logramos levantarnos apoyándonos el uno en el otro. Ula me abraza, no he visto su rostro, pero escucho cómo solloza apoyada en mi pecho. Se ha llevado un gran susto, supongo que como todos. Yo solo la aprieto contra mí deseando que nadie haya salido herido, ya hemos perdido a diez miembros de la tripulación y sus muertes son como cuchillos en mi espalda… Me siento responsable de cada una de ellas, y sé que sus familias jamás podrán perdonarme, les arrebaté a sus jóvenes hijos y ni siquiera podrán llorar sus cuerpos.

Oigo pasos en el exterior de mi despacho, alguien se acerca corriendo. Cuando la puerta se abre, veo a Sayer, el carpintero al mando.

—¡Marco! —Tras abrir la puerta se queda paralizado, quizá no esperaba verme acompañado y mucho menos abrazando a esta mujer. Rápidamente me separo de ella y realizo el saludo marinero, llevándome la mano a la frente.

—Dime, Sayer.

—La fuerte ola que nos acaba de abatir ha hecho un agujero en la banda de estribor. El agua está entrando, Marco —responde nervioso y con los ojos fuera de sus órbitas—. Vamos a hundirnos, señor.

Sus últimas palabras bloquean mi mente. No soy capaz de pensar, no soy capaz de moverme, siento como si mi alma hubiese salido de mi cuerpo y estuviese observando esta situación desde fuera. Cierro los ojos e intento buscar algún instinto dentro de mí, pero la cabeza me da demasiadas vueltas y no encuentro ningún hilo del que tirar.

—¡MARCO, MARCO! —grita alguien agarrándome con fuerza la cara. Abro los ojos y es Ronan quien está pegándome bofetadas—. ¡No puedes perder el conocimiento ahora, idiota! —Esta vez no vocifera, sino que, con cuidado de que nadie más nos oiga, susurra a mi oído su advertencia.

Ronan sabe que, cuando alguna situación me sobrepasa, suelo caer inconsciente. Mi cuerpo empezó a actuar de esta manera para escapar de los tormentos por los que mi padre me hacía pasar. Para no escuchar los gritos, para no ver los actos violentos, para no sentir sus golpes… Mi cerebro se desconectaba y caía al suelo como un pájaro que olvida cómo volar. Ronan y mi padre fueron las únicas personas que vieron alguno de mis desvanecimientos.

—¿Qué hacemos, Ronan? —pregunto intentando recuperar la plena conciencia.

—Tenemos que desalojar el barco, o nos hundiremos con él —contesta. Sus ojos están inyectados en sangre, sus manos tiemblan y aprieta la mandíbula con mucha fuerza—. Te necesito, hermano. ¡VAMOS!

Asiento con la cabeza y tomo de nuevo el control de la situación. Ronan, Ula, Sayer y yo salimos de mi despacho y nos dirigimos a la cubierta, donde toda la tripulación ya ha empezado a tirar los botes por la borda.

—¿Hay suficientes botes para todos? —le pregunto a Ronan.

—Sí, no te preocupes. Cuando todo el mundo esté en su bote, nosotros cuatro nos montaremos en el último.

Ayudamos a toda la tripulación a desalojar el barco, el ambiente está cargado de gritos de puro terror silenciados por una lluvia que no deja de caer sobre nuestros hombros. Vamos bajando los botes con ayuda de unas cuerdas que nos acaban destrozando las manos, la niebla nos impide ver si los botes llegan al agua, así que solo podemos rezar para que todos estén bien allí abajo. Cada vez la tarea de poner a todos a salvo se vuelve más complicada, el barco se va llenando de agua y nuestros brazos no soportan más el peso de los botes descendiendo.

—¡¿Y quién nos va a bajar a nosotros?! —grita Ula entre la tempestad.

—A partir de ahora Briana y yo bajaremos a los que quedan. Idos en este bote, ¡YA! —Es Kiara quien responde. Nos mira a todos y nos señala un bote que ya está ocupado por cuatro personas, por lo que entiendo que quiere que nos subamos nosotros cuatro para completarlo.

Ula y Sayer corren y se suben tan rápido como pueden. Ronan y yo no vamos a aceptarlo.

—Soy el jefe de la expedición y él el capitán, no podemos abandonar el barco si no somos los últimos en hacerlo —digo acercándome a su oído para que pueda escucharme bien.

—¡SUBE AL BOTE Y CÁLLATE! —me grita Kiara a modo de respuesta. Sé que a ella no le importa lo más mínimo mi vida, así que si toma esta decisión es por el bien de los demás—. Esta gente os necesita. Si encontráis tierra, necesitarán vuestra dirección para saber qué hacer.

Ronan asiente y me empuja haciéndome caer en el bote. Kiara y Briana comienzan a tirar de las cuerdas para hacernos descender. Las observo, quizá por última vez, hasta que la niebla nos envuelve y parece que estemos viajando en una nube. Hay un segundo de calma, donde todos nos miramos pensando en lo que va a suceder a partir de ahora.

¿Llegaremos a algún lugar antes de que la mar nos acabe devorando?

¿Nuestra isla sumida en la tristeza encontrará consuelo?

¿Habrá merecido la pena todo nuestro esfuerzo o ni siquiera quedará alguien para contarlo?

Todas estas preguntas que rondan nuestras cabezas se ven interrumpidas cuando nuestro bote por fin toca el agua, caemos con mucha fuerza sobre ella y tenemos que agarrarnos fuerte a los extremos del bote para no salir despedidos. Los ocho logramos permanecer en el bote, pero los remos que ocupaban el fondo salen disparados. Ahora no es el agua dulce de la lluvia la que empapa nuestros ropajes, es el agua salada la que impregna nuestra piel.

—¡Ataré esta cuerda al bote, si os caéis agarraos muy fuerte a ella! —grita Ronan para que podamos oírle con claridad.

Mientras todos asienten, se me ocurre mirar a mi alrededor.

La imagen que me rodea es la más sórdida que he visto en mi vida.

Casi todos los botes que tocaron el agua antes que el nuestro han sido abatidos por las olas, muchos de ellos han volcado y algunos cuerpos ya flotan sin vida. Los pocos botes que siguen a flote están siendo hundidos por aquellas personas que intentan subirse a ellos. Observo que quienes están a salvo golpean a los que intentan subir, quizá es su instinto de supervivencia o quizá no tengan más remedio si no quieren sufrir el mismo destino… Ver hasta dónde es capaz de llegar el humano para salvar su propia vida me deja atónito.

—¡Escuchadme! —grito al resto de compañeros—. ¡Mirad vuestros pies, no levantéis la mirada!

Ronan me observa incrédulo, pero inmediatamente entiende cuál es mi objetivo. Si nuestros compañeros ven el caos que nos rodea, acabarán sumergiéndose en él y será nuestro fin.

—¡Marco y yo dirigiremos el bote, mirad vuestros pies y callad! —exclama Ronan apoyando mi idea. Necesitamos un poco de calma en medio de toda esta tempestad.

Ambos cogemos dos trozos de madera que vagaban por la superficie y comenzamos a remar. Tenemos que alejarnos lo máximo posible de la locura que nos rodea si queremos permanecer con vida. Sin embargo, es casi imposible mover el bote. Las olas son enormes y son ellas las que nos dirigen a su antojo. No hay nada que podamos hacer, acabaremos donde la mar quiera dejarnos.

Aun así, Ronan y yo no dejamos de intentarlo, nuestras manos en carne viva agarran los remos improvisados que hemos creado como si fuesen nuestra última oportunidad de vivir, nuestro último salvoconducto a la libertad. Las astillas del trozo de madera que he agarrado comienzan a clavarse en la palma de mi mano. Me muerdo el labio y sigo remando, viendo cómo la sangre empieza a teñir los puños de mi camisa. Ronan comienza a gritar desesperado al ver que nuestro último esfuerzo no está sirviendo para nada.

Pongo la mano sobre su nuca y suelto el remo, Ronan me mira y ambos sabemos lo que ocurre sin necesidad de mediar palabra.

Este es nuestro final, y no hay nada que podamos hacer para cambiarlo.

SEGUNDA PARTE

CABRE

Siento cómo mi cuerpo es devorado por las olas, que estallan contra mi cara y me hacen tragar muchísima agua. Intento mantenerme a flote, pero la mar vuelve a atraparme de nuevo entre sus fauces. Mis ojos no son capaces de mantenerse abiertos y mi energía se va consumiendo, esta lucha no la puedo ganar, y mi alma lo sabe.

Debido al fuerte oleaje, apenas puedo coger aire y mis pulmones no aguantan más. Empiezo a escuchar un fuerte pitido y poco a poco noto que mi cuerpo se rinde y deja de intentar ganar la batalla. Mis brazos ya no pueden contra la marea, así que acabo descendiendo hacia las profundidades misteriosas que oculta esta mujer tan poderosa.

Abro los ojos por última vez esperando poder ver el firmamento, pero todo está tan oscuro que ni siquiera soy capaz de despedirme del cielo. Mi cuerpo sigue cayendo al olvido y es entonces cuando, de repente, se hace el silencio absoluto.

Todos los gritos de dolor, el fuerte sonido de la tormenta... Todos los ruidos desaparecen y solo escucho el tímido latido de un corazón muriendo. Me pregunto si alguien sobrevivirá a esta catástrofe, si alguien podrá contar que fallecimos por una buena causa, que fallecimos con honor y valentía buscando un futuro mejor para nuestro pueblo.

Cierro los ojos y pienso en aquellos recuerdos oníricos por los que empezamos este viaje, aun estando a punto de morir sigo creyendo que ese misterioso lugar existe.

En mis minutos finales, me prometo encontrar ese lugar en alguna de mis siguientes vidas. Es entonces, después de hacerme esa promesa, cuando pierdo el conocimiento.

—Joven, joven…

Escucho una voz tenue, una voz masculina que parece venir desde muy lejos y que se va acercando cada vez más. Intento abrir los ojos, pero la claridad me lo impide. No sé dónde estoy ni tampoco quién está tratando de comunicarse conmigo. Lo único que sé es que estoy tumbado en una cama y que siento el cuerpo entumecido, no consigo moverlo.

—Tranquilo, abra los ojos despacio… —dice mientras escucho cómo corre un poco las cortinas, dejando entrar un rayo de luz. Intento abrir los ojos de nuevo y consigo ver dónde me encuentro. Estoy en la cama de una pequeña y sencilla habitación—. Beba también un poco de agua, debe de tener la garganta muy seca.

El hombre me incorpora con destreza y me acerca un vaso de agua, lo apoya entre mis labios y lo va inclinando para que pueda beber cómodamente. Lleva una especie de bata blanca, por lo que intuyo que será el doctor o el curandero del lugar donde me hallo.

—¿Y los… —intento formular una pregunta, pero me cuesta pronunciar palabras de forma clara.

Carraspeo para intentarlo de nuevo, pero el doctor me interrumpe.

—¿Los demás? —pregunta completando lo que intentaba decirle.

Asiento con la cabeza y el miedo me invade por completo de un segundo a otro. Todo el vello de mi cuerpo se eriza a la espera de una respuesta, me aterra demasiado lo que puede decir a continuación, jamás superaría ser el único con vida de toda la tripulación. La culpa me acompañaría cada día de mi existencia.

—Dice mucho de usted que sus primeras palabras sean para preguntar por sus compañeros… —dice mientras desvía su mirada hacia abajo. Suspira y continúa hablando—. Siento decirle que a nuestras costas solo cinco de ustedes llegaron con vida, y que encontramos varios cadáveres.

El mundo se me cae encima cuando empiezo a contabilizar a todos los que hemos perdido, sus caras se pasean por mi conciencia y no puedo evitar pensar en todos esos padres a los que no podremos devolverles el cuerpo de sus hijos. También pienso en Ronan y suplico a los dioses que siga con vida, su muerte también significaría la mía. No podría seguir adelante sabiendo que mis ideas acabaron con el futuro de mi hermano.

—Hay algo que quizá le consuele… —enuncia mientras apoya su mano en mi brazo vendado—. Un jovencito insistió bastante en que nada más se despertase le dijese que él lo hizo antes.

Mis ojos comienzan a llenarse de lágrimas. Con la poca fuerza que tengo levanto mi brazo y me paso el dedo índice por mi bigote.

—Sí, un joven con bigote —responde a mi gesto, con una pequeña sonrisa de complicidad en el rostro.

Las incipientes lágrimas caen ahora sin control por mis mejillas. El alivio que siento es tan grande que mi corazón desbocado parece que se me va a escapar del pecho. Lloro como un niño, sollozando y gritando sin poder controlarme. Doy gracias al destino, a la fuerza del universo o a la suerte que nos acompañó a ambos.

—¿Quiere que le llame? Está en la habitación de al lado —me pregunta el doctor viendo mi desconsuelo.

—Por favor —susurro lo más alto que puedo.

El doctor me guiña un ojo y sale de la habitación.

Una vez que me quedo solo, aprovecho para ver cómo me encuentro. Seguramente me han dado algún tipo de calmante, ya que apenas siento dolor, tan solo noto todo mi cuerpo adormecido. Tengo los brazos y las piernas vendadas. Me intento incorporar por mi propia cuenta, y aunque me cuesta mucho, lo consigo. Me acerco al espejo que se encuentra en el tocador del cuarto y mi propia imagen me deja sin palabras.

Tengo un derrame en el ojo izquierdo, pero, por lo demás, estoy sorprendentemente bien. Se nota que me han estado cuidando, sobre todo porque mi barba no está enredada y la noto bastante limpia, al igual que mi pelo.

La curiosidad me puede y mientras espero la llegada de Ronan voy quitándome las vendas, quiero ver qué se oculta bajo ellas y cuál es la gravedad de mis heridas. Empiezo con las piernas, están llenas de moratones y de algunos cortes, pero nada que parezca grave. Prosigo con los brazos y encuentro más de lo mismo, moratones y cortes no muy profundos. Lo más probable es que todas estas heridas sean por los fuertes golpes de las olas y por una llegada brava a la costa rocosa de este lugar. Esperaba encontrarme con un monstruo marino, pero sigo estando igual que siempre.

Mientras dejo las vendas sucias en la mesilla, escucho unos pasos muy acelerados.

—¡Marco! —Como no podía ser de otra manera, Ronan abre la puerta sin llamar y con una energía descomunal. Me abraza con fuerza y, ante mis quejidos, me suelta inmediatamente—. ¡Estás hecho polvo, hermano! —dice mientras me agarra la cara y observa el estado de mi cuerpo.

—Ya veo que tú estás mejor —respondo intentando pronunciar lo mejor posible. El doctor, que venía tras él, también entra y cierra la puerta.

—¿Por qué demonios se ha quitado las vendas? —pregunta tras ver el panorama.

—Quería ver cuál era mi situación.

—Por suerte no tiene heridas muy profundas, solo debe reposar un par de días para ayudar a la recuperación de su organismo —dice mientras recoge los vendajes usados—. Les dejaré a solas, el señorito Ronan puede responder todas las preguntas que tenga.

—Gracias —contesto haciendo una pequeña reverencia.

Cuando nos quedamos a solas, Ronan me ayuda a sentarme en la cama. En él no veo ni una sola herida, tiene un aspecto inmejorable. La ropa que tiene puesta no es suya, todo apunta a que él lleva días despierto adaptándose a este nuevo ambiente. Le vuelvo a abrazar con fuerza, siempre he sido consciente de lo afortunado que soy de tenerlo a mi lado, pero este tipo de situaciones tan extremas no hacen más que confirmar quién es realmente importante en tu vida.

—¿No te mueres de ganas por preguntarme mil cosas? —pregunta animado dándome dos suaves collejas.

—No sé por dónde empezar… —digo confuso.

—Deja que te cuente… —responde—. Hace tres días que me desperté en una cama como esta. Fui el primero de todos, después me siguieron Kiara, Sayer, Ula y por último tú.

Por lo visto, de nuestro bote la mitad llegamos sanos y salvos. Me sorprende que Kiara también haya conseguido llegar hasta aquí, ella se quedó en el barco hasta el final y su situación era la más complicada de todas. Pero sin duda es igual de dura que sus palabras.

—¿Cómo están ellos?

—Ula se rompió dos dedos, pero todos estamos bien… Le debemos mucho a esta isla que nos ha acogido, Marco. Sin su ayuda estaríamos muertos.

—¿Dónde estamos? —pregunto confuso recordando que no había tierra cerca de donde nuestro barco naufragó.

—En una isla llamada Cabre.

—Es imposible —respondo incrédulo—. No había absolutamente nada en miles de millas náuticas a la redonda. No es posible que llegásemos aquí en un maldito bote de madera.

—Todos pensamos eso, Marco. Ula lleva días estudiando los mapas de este lugar —dice mientras sonríe levantando las cejas—. Pero esta isla estaba tan solo a diez millas de nuestro galeón.

Capítulo 5

Las palabras de Ronan no dejan de repetirse en mi cabeza… Por más que intento encontrar en ellas algo de coherencia, me resulta muy difícil. Nada de lo que dice tiene sentido. Es imposible que esta isla estuviese tan cerca de nuestra última posición.

—Lo que dices no tiene ni pies ni cabeza, Ronan.

Al escucharme, se levanta y abre las cortinas del todo, dejando que la claridad llene cada oscuro hueco de la habitación. Luego abre la ventana y es entonces cuando una brisa fresca e impregnada de salitre inunda mis fosas nasales. Debemos de estar muy cerca de la costa, puesto que también se escucha el graznar de las gaviotas.

—Acércate —me ordena.

Sigo sus pasos y me coloco a su lado. Contemplo las vistas que tenemos y enseguida me doy cuenta de lo mucho que esta isla se parece a Veira. Me recuerda a cuando nuestro hogar no había entrado en ese círculo de autodestrucción y daba gusto pasear por las calles.

—Yo tampoco me lo creía, Marco… Pero es que no hay ninguna otra explicación —comenta mi hermano mientras coloca su brazo sobre mis hombros. Ambos tenemos la mirada perdida en el horizonte, pero sé que estamos pensando lo mismo—. Deberías ir a hablar con Ula, ella te explicará todo mucho mejor, sabes que prestar atención no es lo que mejor se me da.

—Quiero ver a los demás, sí —sentencio. Necesito hablar con Ula y que ella me aclare toda la información que he recibido de golpe. Necesito saber si fuimos nosotros quienes cometimos algún error a la hora de interpretar los mapas o si fue quizá nuestro material náutico el que estaba obsoleto. Si esta isla estaba a diez millas, tendríamos que haberla visto.

—Toma —dice Ronan mientras abre mi armario y saca un conjunto de ropa—. Primero aséate y ponte esto, los baños están al fondo del pasillo.

—¿Estamos en un hospital? —pregunto recogiendo el pantalón, la ropa interior, la camisa y los zapatos que me han prestado.

—Sí, es el hospital de la ciudad, es muy pequeño y con los cuidados más básicos.

—Ronan… ¿Deberíamos confiar en esta gente?

—Por favor, Marco, nos han salvado la vida… —responde algo indignado—. ¡Claro que podemos confiar en ellos!

Algo que me caracteriza es mi gran desconfianza. Antes de ver la bondad en aquellos que me rodean, siempre me fijo en todo lo que puede ser mínimamente sospechoso. Gestos, palabras, actos, miradas… Analizo su comportamiento y, sobre todo, su manera de tratar al prójimo. Si desprecian a alguien de su entorno, puedes imaginar lo que harían con un insignificante desconocido. También he aprendido que las apariencias engañan, y que a veces solo mostramos la cara conveniente para conseguir aquello que ansiamos. Mi confianza se gana a base de tiempo y demostraciones; la de Ronan se podría obtener con un buen filete y algo de alcohol… Por eso mismo, sé que tendré que ser quien guarde un cuchillo bajo la manga.

—Cuando estés listo baja las escaleras que encontrarás a la derecha de los baños —prosigue Ronan—. En la primera planta hay un salón donde te estaremos esperando todos.

—De acuerdo.

Tras mi respuesta, Ronan abandona la estancia y yo me dirijo a asearme. Los baños están bastante deteriorados, se nota que no viene mucha gente a este hospital. Me desnudo y deposito mi ropa y la que me han prestado en un banco de madera. Cuando el agua comienza a deslizarse por mi cuerpo, todas las heridas que tengo empiezan a escocerme muchísimo, aprieto la mandíbula y dejo que el dolor se vaya disipando en el tiempo. Cojo la pastilla de jabón que hay junto al punto de cierre del grifo y me enjabono con cuidado, intentando evitar las zonas más malheridas.

El agua no sale caliente; además, cada vez se va enfriando más y mis músculos comienzan a contraerse. Rápidamente, me lavo el pelo y me deshago de la espuma poniéndome bajo el agua. Aprovecho para frotarme la cara e intentar despejarme lo máximo posible. Quiero que mis compañeros vean en mí la fuerza que quizá ellos han perdido.

Cierro el grifo y me seco con una toalla que no tapa ni un tercio de mi cuerpo. La verdad es que soy bastante alto y esbelto; en los últimos años he entrenado para ser capaz de afrontar de la mejor manera cada situación que pueda suponer un problema. Por eso mismo, aprendí a manejar la espada a la perfección y también me dieron alguna clase de tiro, aunque eso ya no se me da tan bien.

Una vez que estoy seco, me pongo la camisa limpia. La camisa de lino que me han dejado me aprieta y transparenta demasiado, pero, por suerte, los pantalones son flojos y bastante cómodos. Al igual que las de Ronan, todas mis prendas, e incluso mis zapatos, son de color hueso. Antes de bajar a encontrarme con la tripulación, voy a mi habitación para dejar mis cosas. Aprovecho para acicalarme un poco el pelo en el tocador, necesito un corte y un arreglo de barba urgentemente.

Algo que me llama la atención es que incluso después del naufragio el pendiente que llevo en la oreja izquierda sigue en su sitio. En mi oreja derecha tengo un pequeño aro de plata que me regalaron los padres de Ronan por mi pasado cumpleaños; el de la izquierda es una pluma que encontré siendo niño en mis primeros días en Veira. Paseaba por la playa cuando me topé con ella, lo malo es que otro niño repelente también la había visto y quería llevársela. Era una pluma preciosa: por sus colores verdosos, parecía de un pájaro exótico. Después de una férrea discusión y algunos golpes, ese niño debilucho tuvo que irse con las manos vacías, pero me sentí tan mal tras haberle quitado su pequeño tesoro, que días después le regalé uno de mis juguetes favoritos… Y así fue como empecé a ser amigo de Ronan. Un par de años después, haríamos el juramento de sangre que nos hizo hermanos. Recuerdo que nos hicimos un pequeño corte en la palma de la mano, luego las unimos convirtiéndonos desde entonces en miembros de la misma familia. No puedo evitar sonreír al recordar esos buenos momentos, aunque también pienso de forma inevitable en todos los castigos que recibía al volver a casa después de escaparme para verle.

Por desgracia sí que he perdido mi gorra, habrá acabado en el fondo del océano o puede que incluso en el estómago de alguna ballena.

Decido dejar de pensar en el pasado y bajar las escaleras que darán explicación a este misterioso presente. Nada más llegar a la primera planta, miro cómo todos me esperan sentados en viejos sillones.

—Vaya, así que por desgracia sigues vivo —me recibe Kiara con su característico odio hacia mi persona.

—Me alegro de que todos estemos bien —replico ignorando sus palabras. Ula y Sayer me dedican una mirada animada y enseguida se levantan a saludarme, Ronan me guiña el ojo y me hace un gesto para que tome asiento.

—No te vas a creer lo que sucede en esta isla, Marco —dice Ula mientras me abraza con cara incrédula. Sus ojos brillan con mucha ilusión, como si estuviese en un sueño hecho realidad.

—Por favor, aclaradme de una vez por todas cómo llegamos aquí —respondo mientras tomo asiento.

—¿Hablas de los cinco que llegamos aquí? Porque te recuerdo que éramos treinta al iniciar la travesía. —Como no podía ser de otra manera, Kiara no me deja ni tomar un respiro. Sus ataques son continuos y esta vez no puedo hacerme el sordo.

—Y siento sus pérdidas tanto como tú, lo que nos ha pasado fue una verdadera tragedia, pero no nos queda más remedio que seguir adelante con la expedición.

—Que sus muertes pesen en tu espalda el resto de tu vida —afirma señalándome con su dedo.

Sin moverme y manteniendo la tensión que se está apoderando del ambiente, respondo:

—Y te aseguro que llevaré esa pesada carga hasta el fin de mis días solo para que vosotros podáis vivir sin remordimientos. Solo para que tú —digo imitando su gesto y apuntándola— puedas dormir tranquila.

Kiara, acostumbrada a mi tranquilidad, se queda perpleja. No es mi intención intimidar a nadie, pero tampoco voy a dejar que me intimiden a mí.

—Ula, explícamelo todo —pido de forma clara, intentando cambiar de tema y conseguir las respuestas que llevo horas queriendo escuchar.

Ula toma aire, y comienza a hablar:

—Verás… Sé que suena poco creíble, que pensarás que estamos locos y que quizá tragamos demasiada agua salada… Pero no, Marco, todo lo que te voy a decir es verdad. Nos lo han dicho todas las personas de Cabre, incluso lo he leído en libros que relatan la historia de este país.

Ula señala los libros que hay sobre la mesa; parecen muy antiguos, ya que sus páginas son amarillas y sus lomos están muy desgastados. Sus ojos están abiertos como platos y respira de forma ajetreada, incluso me atrevería a decir que está emocionada por contarme la historia de esta peculiar isla. Ante mi ceño fruncido, prosigue con su dulce voz de niña inocente.

—Ambos sabemos que en nuestros mapas no había ninguna isla en esta localización, pero Marco, lo curioso es que Cabre no solo no aparece en nuestros mapas, sino que no aparece en ninguno.

—¿Cómo? —pregunto sin entender nada.

—Esta isla no aparece en ningún mapa, pero lo más extraño es que las brújulas también son incapaces de indicar su situación.

—Ula… ¿estás segura de lo que estás diciendo? —digo atónito.

—Sí, Marco —afirma Sayer—. Mientras tú descansabas hemos conocido a los habitantes de esta isla y nos han contado sus historias… Ula hasta ha visitado la biblioteca para documentarse mejor.

—Él parece entender lo sorprendido que estoy, habla con calma para que pueda entender todo lo que trata de decirme—. Los habitantes de Cabre no pueden alejarse más de diez millas de la costa, si lo hacen, incluso ellos mismos no podrían volver a su hogar.

—Es imposible, si no pueden salir de la isla no pueden subsistir. No podrían ir a pescar, tampoco podrían ir a por suministros a islas cercanas.

—Déjales terminar de contar la maldita historia, Marco —me ordena Kiara balanceándose en su silla. Parece aburrida de escuchar siempre lo mismo.

—Los habitantes de Cabre tenían la única brújula que indicaba dónde se encontraba su hogar. Era el mayor tesoro que poseían y fue pasando de generación en generación hasta que, hace veinte años, unos piratas naufragaron, al igual que nosotros.

Ula narra la historia con mucha pasión, como si se tratase de un cuento infantil.

—Esos piratas saquearon la isla, se llevaron todos sus tesoros, y entre ellos estaba la brújula.

—¿Y qué ocurrió después? —pregunto extrañado al ver que Ula ha dejado de hablar.

—La isla entró en una crisis sin igual…

—No lo parece, mirad la ropa que nos han dejado, y cómo nos han tratado… Mirad por la ventana, esta isla parece Veira en sus buenos tiempos —respondo al ver la incongruencia que esconde el relato.

—Lo sabemos… —susurra Ronan—. Pero nadie nos quiere contar nada más. A partir del robo, la historia de cómo Cabre puede mantenerse y subsistir es un misterio para nosotros, un misterio que se esfuerzan en que no podamos resolver.

Capítulo 6

Todos guardan silencio esperando mi reacción, pero ni siquiera sé qué puedo decir ante tales declaraciones. ¿Qué tratan de ocultarnos los paisanos de Cabre? Hemos despertado en una tierra que desconocemos por completo, rodeados de extraños que nos han cuidado, pero a saber con qué intenciones. ¿Querrán algo de nosotros, quizá tal vez que seamos sus súbditos?

El ruido de unos pasos acercándose interrumpe mis pensamientos. Una bata blanca se deja ver por el pasillo: es el doctor quien camina hacia el salón donde nos encontramos.

—Doctor Hasan, bienvenido a nuestra tertulia —saluda Ronan tan pronto como le ve entrar.

—Buenas tardes jóvenes… Marco, veo que ya se ha aseado —responde mientras me observa de arriba abajo.

—Sí, muchas gracias por la ropa y por los cuidados.

Mi agradecimiento es sincero, me sorprende encontrar altruismo en los días que corren. Todavía no tienen mi confianza, pero sí que se han ganado mi gratitud.

—No tiene por qué darlas, cualquiera en su sano juicio ayudaría a unos náufragos desamparados —contesta mientras toma asiento junto a Kiara—. Creo que debemos celebrar que todos se hayan recuperado. ¿Qué les parece si les invito a la mayor atracción de nuestra isla?

—¿Y de qué atracción estás hablando? —pregunta Kiara con cierta amonestación, es la única que no ha tratado al doctor de usted.

—Tenemos una sala de baile maravillosa en Cabre, además mientras ven el espectáculo podrán gozar de una deliciosa cena de productos autóctonos. —Mientras habla, se le hace la boca agua—. Créanme, se arrepentirán si no acuden.

—¿Estás hablando en serio? Acabamos de perder más de veinte vidas en la mar y pretendes que vayamos a celebrarlo… —La indignación de Kiara es cada vez más notable. Su rostro es como un libro abierto: no es capaz de camuflar ni una sola emoción.

—Bueno… Perdonen si les he ofendido, solo quería que conociesen nuestro hogar e intentasen relajarse un poco.

—No se preocupe, doctor Hasan —replico mientras clavo la mirada en Kiara y niego con la cabeza de una forma casi imperceptible—. Estaremos encantados de asistir esta noche al espectáculo.

Todos me miran con asombro, sin entender por qué he accedido a esta proposición. Kiara no solo lleva razón, sino que además todos saben que asistir a un evento de ese tipo no encaja totalmente con mi fría personalidad y mis singulares gustos. Puede que nuestra travesía en el galeón fuese corta, pero mi tripulación me conoce al igual que yo a ellos.

—¡Sí! —exclama Ronan recogiendo el hilo suelto que dejé—. No hay nada que me apetezca más en estos momentos que tomarme un buen filete.

—Perfecto. Entonces, en un par de horas les estaré esperando aquí mismo, yo les acompañaré hasta allí… Aunque, Ronan, la comida puede que le sorprenda un poco —responde el doctor finalizando la conversación entre risas.

Una vez que abandona la sala, todos guardamos silencio hasta que oímos cómo abre una puerta para cerrarla tras salir. Tan pronto Kiara es consciente de que Hasan no puede escucharnos, se levanta histérica.

—¿Alguien me puede explicar por qué hemos aceptado su asquerosa proposición? ¡Porque no lo entiendo!

—Quizá si usases la cabeza para algo más que incordiar, entenderías lo que ha sucedido —repone Ronan guiñándome un ojo, como buen hermano, sabe por qué acepté.

.   —Que sea la última vez que tengas la poca vergüenza de hablarme así, engendro —exclama Kiara señalando de forma agresiva a Ronan, quien se encoge de hombros y sonríe de manera picaresca.

—Kiara, tranquilízate… —susurra Ula buscando relajar el ambiente—. Marco es el jefe de la expedición, debemos confiar en sus actos. Seguro que todo tiene un sentido, ¿verdad? —asevera mirándome con sus característicos ojos color caramelo.

—Exacto, Ula. Gracias por tu confianza, eso es lo que espero de todos vosotros. Somos un equipo y estamos en un campo desconocido, o peleamos juntos o perderemos la batalla.

Confieso sentirme un poco hipócrita tras mi respuesta. Al fin y al cabo, yo no confío en ellos, tan solo en Ronan. Les estoy pidiendo que confíen en mis palabras cuando yo no confiaría en las suyas, pero pretendo empezar a hacerlo en un futuro no muy lejano.

—¿Me puedes explicar de una vez por qué vamos a asistir al maldito baile? —inquiere Kiara algo más tranquila.

—Vamos a asistir porque necesitamos información, necesitamos que nos cuenten la verdad sobre Cabre. ¿Y sabéis quiénes dicen la verdad? —pregunto retóricamente mientras los miro a todos, uno por uno—. Los borrachos y los niños…

—Y en una sala de bailes nocturnos no creo que haya niños… Pero borrachos seguro que hay más de uno —añade Ronan en tono satírico.

Kiara acepta mi explicación y vuelve a sentarse. Debemos buscarnos un lugar en Cabre, tenemos que hacernos querer para conseguir que nos dejen un barco. Nuestra expedición tiene que seguir su curso, estamos en deuda no solo con Veira sino también con los marineros fallecidos.

—¿Y vamos a ir con esta ropa? —pregunta Sayer mientras pellizca su camisa de lino blanca.

—Se ve que tú tampoco has salido mucho a la calle —responde Ula riéndose—. Aquí todo el mundo va vestido así, parece un uniforme. Todos de este color blanco roto y con ropajes confeccionados a base de lino.

—Pues espero que las bailarinas no estén también así vestidas… —susurra Ronan.

Ante su comentario, todos entornamos los ojos y nos vamos del salón. En un par de horas vendrán a recogernos y tendremos que estar presentables, aunque no hay mucho en nuestro atuendo que podamos cambiar.

Decido pasear por este hospital casi vacío en busca de unas tijeras que pueda usar para cortarme el pelo y arreglarme la barba. En mi mente ordeno una serie de preguntas a las que quiero encontrar respuesta, pero la que más se repite es la siguiente: ¿cómo logra una isla pequeña abastecerse sin ayuda de medios externos? La solución a esta duda puede ser también el futuro de Veira. Quizá nunca hubiese sido necesario buscar otro hogar, quizá hubiésemos podido reconstruir el que ya teníamos.

En mi recorrido por el hospital me cruzo tan solo con un par de personas, no llamo su atención puesto que mi apariencia es exactamente igual a la suya. Me pregunto también por qué todos vamos igual vestidos, ¿qué sentido tiene…? Al final, consigo encontrar unas tijeras, así que vuelvo a mi cuarto y comienzo mi labor como peluquero.

Cuando termino, mi rostro está mucho más visible y mi barba tiene la forma perfecta que siempre tuvo. Estoy sacudiéndome intentando librarme de los pelos que se han quedado en mis hombros cuando alguien abre la puerta.

—¿Estás listo? —pregunta Ronan apoyándose en el marco.

—Sí, lo estoy.

Ambos bajamos al salón donde ya están todos esperándonos, incluido el doctor, que ha colgado su bata blanca y ahora es una copia más. Nos ordena que le sigamos y por fin piso las calles de Cabre.

Paseando por ellas me doy cuenta de que todas las construcciones tienen un peculiar tono rojizo y la mayoría de las casas han sido hechas a ladrillo visto. Por mi descripción, parece que esté hablando de una ciudad pobre, pero no es así. Aunque la arquitectura sea muy básica, la vegetación cubre las imperfecciones y genera cierta calidez, parece que estemos en el oasis de un desierto. A medida que avanzamos, me percato de que toda la población ha crecido alrededor de una pequeña montaña que, en la cima, tiene algo parecido a un palacio.

—¿Quién vive ahí? —pregunto señalando la preciosa torre que se alza en medio del palacete.

—El Innombrable. No haga más preguntas sobre él, porque no podré responder ninguna.

La respuesta de Hasan nos deja patidifusos, cada vez tenemos ante nosotros más incógnitas y menos facilidades para hallar las respuestas. El tono que empleó Hasan para contestarme fue tan cortante que sé que no voy a conseguir ningún tipo de información por su parte, así que guardo silencio y continúo caminando.

Tras aproximadamente diez minutos, llegamos a lo que parece una casa sin tejado. Es de noche y hace calor, por lo que supongo que esta isla tendrá un clima cálido, y al ver casas como estas desprovistas de cobertura, supongo que tampoco lloverá.

La entrada que tenemos ante nosotros suscita cierto misterio. No hay puertas, tan solo un largo pasillo tapado con telas de diferentes colores tierra y muchas velas que alumbran el camino hacia el salón donde cenaremos. Desconfiados, entramos.

Recorremos el pasillo y a medida que avanzamos vamos escuchando la música que suena en el interior. Los espectadores de la función esperan que comience sentados en cojines que se reparten por el suelo, que está cubierto con alfombras. Las mesas son muy bajas y en ellas las camareras sirven comida exótica que nunca antes había visto…

—Esa de allí será su mesa, tomen asiento. Su cena está pagada.

—¿No nos acompaña? —pregunto desconcertado.

—No, tengo mucho trabajo en la enfermería, quiero que disfruten de esta experiencia por su cuenta. Pueden volver a descansar al hospital cuando lo deseen, ya conocen el camino.

Tras sus palabras, el doctor se aleja y sentado en mi cojín, observo cómo se acerca al oído de una camarera para susurrarle algo. Toda esta situación me incomoda y me hace estar alerta, hay demasiadas cosas que no tienen el mínimo sentido.

Ronan, Sayer y Ula disfrutan ajenos a las preocupaciones, pero sé que esta intranquilidad también ronda la cabeza de Kiara, quien me mira buscando cierta compresión. Me odia pero me conoce. Sabe que debajo de mi apariencia calmada estoy en estado de alerta. Como ella. Ambos estamos preparados para cualquier situación que se nos presente.

—¡Buenas noches! —exclama la camarera que se acerca con bandejas de comida—. Espero que les guste nuestra gastronomía, no solemos ver caras nuevas y estamos muy nerviosas.

La joven deja varios platos de arroz y de una especie de carne bañada en salsa sobre la mesa. Su sonrisa parece sincera. Una compañera se acerca con bebidas.

—Aquí les dejo la especialidad de la casa, nuestro té verde a la menta.

—¿Tiene alcohol? —pregunta Ronan agarrando uno de los cuencos en los que están sirviendo el té.

—¡Claro que no! El alcohol se empieza a servir tras el espectáculo —contesta mientras nos sirve a todos—. Deben estar atentos, puesto que está a punto de empezar.

Tan pronto las jóvenes camareras se alejan de nuestra mesa, los farolillos que cuelgan de las paredes comienzan a apagarse y la cortina del escenario se abre. Una música sensual y delicada comienza a sonar; cuando las notas se vuelven más fuertes una mujer sale de entre bambalinas.

Cuando la veo, siento que algo dentro de mí se activa. Sus movimientos logran embaucarme y su mirada consigue que pierda la noción del tiempo. Sus ojos son oscuros como el carbón, pero su tez, a diferencia de la de todos los habitantes de Cabre, es muy blanca. La luz de la luna ilumina su piel haciéndola parecer muy brillante, tiene los labios gruesos y están pintados con carmín rojo.

Nunca antes había visto un corte de pelo como el suyo, su cabello es negro y muy corto, tan corto que está a la altura de su mandíbula y perfila su cara enmarcándola como si de una obra de arte se tratase. Tiene un flequillo algo abierto que tapa parte de sus cejas, pero su cuello, largo y fino, se ve a la perfección.

Comienza a bailar por la tarima desplazándose por ella como un pequeño pájaro. Todo el mundo tiene los ojos fijados en la ella, y mi corazón no puede evitar estremecerse cuando la veo bajar del escenario y acercarse a nuestra mesa.

Ella me mira, pasa su dedo por mi barbilla y por un segundo siento una conexión sin igual. Noto cómo el vello de mi cuerpo se eriza y la respiración se ajetrea tanto que me cuesta tomar aire.

Tras nuestro segundo en común, la mujer continúa moviéndose por las mesas satisfaciendo a los clientes que ansían tenerla cerca.

Cuando la canción parece llegar a su fin, vuelve a encaminarse al escenario, al cual se sube de manera elegante y sofisticada, para finalizar su representación. Es entonces cuando se pone de espaldas y se quita la bata de seda roja que llevaba puesta para arrojarla al público que tanto la venera.

En ese momento, mi corazón se para, noto cómo la sangre deja de correr por mis venas y mi ceño se frunce sin entender cómo eso puede ser posible.

—Marco…

Ronan también la ha visto.

Esa mujer, esa bailarina que jamás había visto en mi vida hasta el día de hoy, tiene exactamente la misma marca que yo en la nuca. La escarificación que me acompaña desde que tengo uso de razón.

Capítulo 7

Tras unos aplausos que inundan por completo la estancia, la bailarina hace una reverencia a modo de agradecimiento y abandona el escenario para desaparecer entre bambalinas. Aunque ya no puedo verla, su imagen me ha dejado hechizado.

—Marco, ¿has visto lo mismo que yo? —me pregunta Ronan a pesar de que ya conoce mi respuesta.

—Sí, y no logro encontrarle una explicación.

Recuerdo que desde pequeño sé que tengo esa extraña marca en la parte baja de mi nuca. Cuando pasaba las manos por mi cuello, notaba cierto relieve y no entendía muy bien el origen de aquel distintivo. Pasaba mucho tiempo enfrente de los espejos tratando de verla en su plenitud, pero por más que me retorcía nunca lo conseguía. Fue con seis años, cuando una de las amables criadas que me asistía en el aseo, me ayudó a descubrir qué tenía en la piel. Ella sujetó un espejo de mano mientras yo veía el reflejo de este en el espejo que tenía enfrente. En ese momento lo vi. No era una marca de nacimiento, tampoco una cicatriz fortuita: era un símbolo. Un símbolo que alguien había dibujado en mí.

Tanto la bailarina como yo tenemos un círculo en cuyo interior se dibujan tres puntos: el primero de ellos es más grande que el segundo y el tercero es casi imperceptible. Los tres puntos siguen una línea recta en el medio del círculo que los acoge.

Este símbolo no es un tatuaje, es una escarificación.

Las escarificaciones son marcas que se forjan realizando pequeñas incisiones en la piel hasta que esta queda marcada de por vida.

Por la zona en la que ambos la tenemos, alguien nos la tuvo que hacer, pero ¿por qué querrían marcarnos a los dos? ¿Qué puedo tener yo en común con esta misteriosa mujer?

—Marco… Se está yendo.

Ronan consigue sacarme de mis pensamientos avisándome de que la bailarina está saliendo del local. Un instinto se apodera de mí y la necesidad de aclarar mis dudas hace que me levante y vaya tras ella.

—Esperadme en el hospital —digo a mis compañeros mientras voy tras su delgada silueta.

Se ha quitado el vestuario ostentoso que llevaba y también el maquillaje que ocultaba parte de sus rasgos; su piel es en realidad mucho más clara y sus ojos no son tan rasgados como parecían. Parece como si encima del escenario intentase asemejarse más a sus espectadores, pero realmente ella rompe con el estereotipo de los ciudadanos de este país.

Sigo sus pasos pero camina tan rápido que acabo perdiéndola entre bambalinas. Decido ir a la salida y esperarla allí, y tras unos minutos que se hacen eternos la veo salir apresurada, despidiéndose de las chicas que entran al siguiente turno. Sus pasos de aceleran todavía más como si estuviese deseando llegar a casa. No quiero que piense que la estoy siguiendo o que tema que pueda hacerle algo malo, somos los únicos en la calle y entendería su miedo.

—Quizá deberías dejar de seguirme, extranjero. —Antes de que pueda presentarme es ella quien empieza con la conversación. Me siento estúpido y un maleducado por haberla seguido y quizá asustado.

—Perdona, no era mi intención seguirte ni mucho menos, solo…

—No eres el primer ni serás el último hombre que lo hace —me interrumpe mientras se gira con una daga en la mano—. Dime, ¿qué es lo que quieres tú?

Me sorprende su agresiva reacción y lo preparada que estaba para afrontar cualquier peligro. Levanto las manos y me distancio para que se sienta más segura y no me vea como una amenaza; mi manera de proceder ha sido egoísta y muy desconsiderada.

—Solo quería hacerte una pregunta —respondo siendo yo el que se siente intimidado por su mirada felina y su ceño fruncido.

—¿Y cuál es esa pregunta?

Callo durante unos segundos. No sé por qué, pero una parte de mí piensa que quizá no es lo más inteligente preguntarle directamente por aquello que tenemos en común. No sé si tener esta marca es algo positivo o algo negativo, no sé si intentará alejarse de mí al saber que yo también la tengo.

—Me estás haciendo perder el tiempo y mi tiempo es sagrado —dice con desdén mientras apoya su daga en mi cuello. Su pulso es firme y estoy seguro de que no titubearía ni un segundo ante sus enemigos, debo demostrarle que no soy uno de ellos.

—¿Cómo te llamas? —pregunto lo primero que se me pasa por la cabeza y solo tras decirlo soy consciente de lo estúpido que he sonado.

—¿Esa es tu maldita pregunta? —replica levantando las cejas y soltando un pequeño quejido.

—Bueno, tengo muchas más preguntas que hacerte, pero creo que esta es la mejor manera de presentarnos —añado intentando arreglar un poco mi metedura de pata. Ella se relaja, no sin dejar de estar alerta, y me da la espalda colgando el arma de su cinturón.

—Me llamo Camilla.

—Encantado, yo me llamo Marco —digo mientras le tiendo mi mano, ella la observa y duda entre si estrechármela o no, pero finalmente lo hace y sigue caminando.

—Voy a dejarlo claro desde este preciso instante, Marco. Si piensas que soy una ramera, te equivocas —afirma. Entonces, se para en seco y se gira para clavar su mirada en la mía—. Me da igual cuánto dinero tengas o lo que intentes ofrecerme a cambio: mi cuerpo no está en venta, yo solo bailo.

No sé cuántos hombres han tenido que intentar aprovecharse de ella para que esta sea su primera declaración de intenciones.

—No he pensado eso en ningún momento, Camilla.

—Explícame entonces por qué has dejado el espectáculo a medias y me has seguido sin ni siquiera acabarte la cena.

Entiendo sus dudas sobre mi persona, entiendo que desconfíe de mí y más aún si se ha criado en un aura tan extraña como la que envuelve esta isla. Podría enredar más la conversación o intentar sacarle información, pero mi corazón me ordena que le diga de una vez por todas lo que oculto en mi cuello.

—Por esto, Camilla —digo mientras me giro y me quito la camisa.

Aunque estoy de espaldas y no puedo ver su reacción, escucho un pequeño grito y cómo su respiración se acelera.

—Tápate ya, ¡tápala ya, Marco! —exclama muy nerviosa mientras se agacha para recoger la camisa del suelo.

—¿Por qué? —replico desconcertado. Ella no ha tomado ninguna medida a la hora de esconder la suya, todo el mundo la ha podido ver mientras bailaba en el escenario.

—¡Ponte la maldita camisa!

Está tan nerviosa que hago caso a sus palabras para intentar tranquilizarla. Su estado de ánimo ha cambiado tan rápido que me temo lo peor, esta marca no puede significar nada bueno.

—¿Alguien más te ha visto la escarificación? —pregunta aún muy inquieta.

—Supongo que el doctor. —Tras mi respuesta parece que respira aliviada, como si no le preocupase que el doctor la hubiese visto.

—Bien… él está en nuestro bando. No dirá nada —responde mientras camina en pequeños círculos.

—¿Qué ocurre, Camilla? ¿De qué bandos estás hablando?

Esta situación comienza a molestarme. Me encuentro totalmente perdido ante sus palabras, ante sus exageradas reacciones y ante una mirada que transmite puro miedo.

—No conoces el origen del círculo, ¿verdad?

—No sé de qué estás hablando, no sé nada acerca de la marca que tenemos —contesto cada vez más desconcertado. Camilla se lleva las manos a la cabeza—. ¿Hay más gente en esta isla que tenga nuestra marca?

—Sí, Marco. Aquí es donde se hacen las escarificaciones.

—No es posible, ¿cómo iba a tener yo una?

—¿Recuerdas quién te la hizo? —pregunta con cierta compasión en su rostro. De repente ha dejado la agresividad a un lado para mostrarse comprensiva y preocupada.

—No, la tengo desde pequeño. ¿Tú lo recuerdas?

—No, también la tengo desde que era una niña —contesta bajando la cabeza mostrando cierta inseguridad.

—Dime qué significa, necesito saberlo.

Llevo tantos años tratando de buscarle un significado que, ahora que estoy a punto de descubrirlo, una parte de mí tiene miedo a saber lo que implica llevar esta distinción. Cuando dos personas tienen algo en común, tienden a sentirse más unidas aunque tan solo sea por una afición o por un simple gusto musical… Nosotros tenemos algo más fuerte, la incógnita de un símbolo que nos ha acompañado desde siempre. Camilla parece conocer el significado de este enigma, y necesito que me explique de una vez por todas a qué debo enfrentarme o quién soy realmente.

—Significa que eres un esclavo, Marco. En esta isla, todos los esclavos tenemos la marca —confiesa por fin—. El doctor guardó en secreto vuestro naufragio, por suerte vuestros cuerpos aparecieron en una cala poco frecuentada —prosigue con cierto misterio, me sorprende que ella supiese de nuestra llegada. ¿Qué lugar ocupa en la sociedad de Cabre para estar tan bien informada?—. Si el Innombrable descubre que tienes la marca, te matará.

—¿Qué? —exclamo desconcertado—. ¿Por qué?

—Porque si tienes la marca significa que has nacido aquí, y que por lo tanto huiste de Cabre —responde nerviosa—. Y escaparte de su mandato es un delito capital… Te matará.

Capítulo 8

Los rayos de un Sol ardiente me despiertan de mi largo letargo. He dormido con la ventana abierta intentando luchar de alguna manera contra el fumigador calor de Cabre.

Me empezó a doler tanto la cabeza tras mi conversación con Camilla, que tan pronto como me acosté en la cama caí en un profundo sueño. Pero ni siquiera en sueños pude estar tranquilo, puesto que el rostro de la hermosa Camilla y su advertencia de peligro me acompañaron toda la noche

Es una sensación extraña, casi inefable. No podría explicar muy bien lo que percibo al recordarla, pero siento que mi alma ya conocía a la suya. Siento que mi corazón ya había escuchado los latidos del suyo. Sus facciones, incluso sus movimientos y su manera de hablar, es algo que mi cerebro ya tenía registrado. Pero por más que lo intento, por más que trato de atar cabos y saber qué me une con esta mujer, solo me choco contra una blanca pared de recuerdos vacíos.

Una parte de mí no puede evitar pensar en que todo apunta a que yo nací aquí, en esta isla a la que el destino nos arrojó hace una semana. Quizá el universo tiene un plan para mí y por eso vuelvo a pisar estas calles por las que tal vez ya he paseado… Sin embargo, me niego a aceptar esta hipótesis. Me gustaría que la locura desafiase por una vez a la razón y que mi origen no fuese Cabre. Porque entonces, todas mis infantes ensoñaciones no tendrían sentido, y el motor que inició nuestra misión de cara a un nuevo hogar tendría que apagarse.

Ayer, cuando llegué al hospital, quería reunirme con Ronan y los demás para compartir con ellos lo que había averiguado y que ellos, en el caso de que tuviesen alguna, también me transmitiesen sus informaciones. No obstante, todos estaban dormidos.

Como nos informó el doctor, el desayuno se sirve a las diez en punto en el comedor de la primera planta, por lo que me visto y bajo las escaleras para reunirme con mis compatriotas.

—¡Buenos días, Marco! —exclama Ronan nada más verme.

—Buenos días. ¿Dónde están los demás? —pregunto al ver que no hay nadie en la sala.

—Siempre se quedan dormidos, aparecerán en dos minutos —responde mientras ambos nos sentamos. En la estancia hay dos mesas muy alargadas con platos, vasos y cubiertos; en una de ellas estamos Ronan y yo y en la otra tan solo dos pacientes que esperan su comida—. Oye, Marco, estás tardando mucho en contarme qué pasó anoche con esa chica.

Ronan me mira deseoso de que le cuente todo, siempre ha sido un chismoso y nunca dejará de serlo.

—Lo contaré cuando estemos todos, no quiero repetir lo mismo dos veces.

—¡Venga ya! ¿Y dónde queda mi exclusividad? —pregunta de forma irónica fingiendo que está indignado.

—Mira, ahí vienen —comento viendo cómo nuestros amigos se acercan a la mesa. Todos tienen cara de dormidos, así que supongo que no se acostaron mucho antes que yo.

—Vaya, vaya… Es la segunda vez que llegan tarde, a la tercera igual se quedan sin comida —dice con un tono amable una joven enfermera que trae una bandeja repleta de comida.

—¡Perdone, ayer fue una noche muy divertida! —exclama Ula mientras toma asiento junto a Sayer.

—No creo que fuese igual de divertida para todos… —añade Kiara sentándose frente a mí.

Ahora que estamos todos reunidos, llega el momento de poner sobre la mesa los datos que hemos recopilado tras la salida de ayer.

Espero a que las enfermeras se alejen de nuestra posición para comenzar con la conversación y aportar lo que yo conseguí descubrir.

—Perdonad que ayer me fuera tan repentinamente de la cena, pero he descubierto algo que puede ayudarnos a entender qué está pasando en esta isla.

—¿Crees que a alguien le importó que te fueses? —pregunta Kiara con su característico mal humor.

—Veo que tu carácter incluso empeora por las mañanas, Kiara —respondo con una falsa sonrisa.

—Empeora si una de las primeras cosas que veo al despertarme es tu cara.

—¡Venga, chicos! Somos un equipo, dejad ya de poneros a prueba constantemente —dice Ula mientras se frota los ojos, parece que todavía no se ha despertado del todo.

Decido hacerle caso y dejar las provocaciones de Kiara a un lado para comenzar con mi testimonio.

—Todos sabéis que yo tengo una marca en el cuello, la habéis visto, ¿verdad?

—Claro que sí, todos en Veira saben que tú y tu padre llegasteis marcados a la isla —expone Kiara. Y en efecto, no le falta razón. Mi padre también tenía una marca en la nuca, era casi idéntica a la mía si no fuese porque él solo contaba con dos puntos dentro del círculo y no con tres. Siempre pensé que quizá con el paso del tiempo el tercer punto, que es el más pequeño, se podría haber difuminado.

—Bien… Pues ayer, la primera bailarina del show tenía exactamente la misma marca que yo.

—Pues yo no me percaté de ello… —susurra Sayer.

—Porque tú solo tienes ojos para mí —responde Ula, también entre susurros.

Quizá piensan que nadie más les ha escuchado, pero Kiara tan solo ha tardado un segundo en poner una expresión de asco, y Ronan se tapa la boca para evitar soltar una carcajada. ¿Acaso hay algo entre ellos? Sinceramente, no lo sé y tampoco me importa. Ahora mismo tenemos muchas más cosas por las que preocuparnos.

—Como iba diciendo, ayer fui tras la bailarina para preguntarle por su marca, pensé que quizá sabría su origen o lo que significa ser el portador de una.

—¿Y qué te dijo? —pregunta Ronan, quien no puede más con el suspense.

—En esta isla todos los esclavos deben tener esta distinción. Si tienes la marca, significa que debes tu vida al jefe de Cabre.

—O sea que resulta que tú y tu padre escapasteis de esta isla como esclavos para llegar a Veira y proclamaros reyes… —enuncia Kiara entre risas sarcásticas.

—¿Y no crees que eso es muy incoherente? —pregunto retóricamente diciendo en voz alta lo que llevo pensando toda la mañana—. Decidme, si mi padre y yo éramos esclavos, ¿cómo llegamos a Veira en ese barco tan lujoso y lleno de riquezas?

Por un momento, todos guardan silencio intentando buscarle una explicación lógica a este sinsentido, pero Kiara no tarda mucho en hallar una.

—Que fueseis esclavos no quita que también fuisteis ladrones.

—Podría ser… —contesta Ronan frotándose el mentón pensativo—. Pero yo he estado estos días paseando por el puerto de Cabre y aquí las embarcaciones son muy diferentes. No hay ningún barco que se parezca al galeón con el que ellos llegaron a Veira.

—Además, dos esclavos no pueden burlar a todo el ejército que tendrá esta isla… Es absurdo —añado en mi defensa.

—Entonces… ¿qué crees que pasó en realidad? —pregunta Sayer un tanto perdido.

—No lo sé, pero no siento que esta isla sea mi hogar natal.

—Pero ¿tú que crees que, al llegar a la isla en la que tu madre te parió, van a sonar campanas y que cuando toques tierra te iluminará un rayo de luz? —Se burla Kiara apoyando los codos en la mesa—. ¡No seas ridículo! Lo más probable es que hayas nacido aquí, ¿dónde sino? Esta isla es la más cercana a Veira. Que no quieras afrontar tu origen no quita que sea la cruda realidad que tarde o temprano tendrás que aceptar.

Sus palabras consiguen herirme y es que, en parte, lleva razón. La lógica apunta a que Cabre es la isla que me vio nacer, pero no pararé hasta asegurarme de que así fue.

—Camilla, que es como se llama la bailarina, me explicó cómo funcionan las cosas en Cabre —continúo—. Toda la población está bajo el yugo de un cacique, al que deben obedecer cumpliendo todas sus peticiones. Los esclavos trabajan para él sin ganar nada a cambio; la marca les posiciona como posesiones del cacique, quien puede hacer con ellos lo que le plazca, ya que no están considerados ciudadanos... Una vez que cumplen sesenta años, los esclavos recuperan el poder sobre sus vidas y vuelven a ser libres.

—¿Y por qué no huyen? —pregunta Sayer.

—Huir de su mandato es un delito capital; por eso he de tener especial cuidado en que nadie pueda ver mi marca —respondo pensando en la suerte que tengo de que el uniforme que nos han dado tape la totalidad de la escarificación.

—¿Y por qué no se rebelan? Nadie tendría que aguantar algo así... —dice Ula algo afectada por mi relato.

—No lo sé... Quizá el cacique les chantajee con algo.

—Exacto, y yo sé con qué los chantajea —responde Ronan dejándome asombrado—. ¿Crees que eres el único que consiguió algo de información? Parece que te olvidaste de que al que se le dan bien las relaciones sociales es a mí, hermanito.

—¿Qué descubriste? ¿Qué es lo que obliga a la gente de Cabre a agachar sus cabezas? —pregunto exaltado.

—¿Os acordáis que no conseguíamos descifrar cómo una isla tan pequeña puede abastecerse sin ayuda externa?

Todos asentimos y recordamos que llegamos a Cabre por mera casualidad y por azares de un destino algo juguetón.

—Pues bien... —sigue contando Ronan— cuando ayer, siendo unos auténticos aguafiestas y unos aburridos, os fuisteis del bar, yo me quedé para seguir bebiendo con los divertidos locales. Que era el plan inicial, por si alguno se acuerda —añade echándonos en cara que nos fuésemos tan temprano.

—Ve al grano, Ronan —dice Kiara, y por una vez no puedo estar más de acuerdo con ella.

—Les pregunté quién vivía en la alta colina que está en medio de la ciudad… Al principio no quisieron decirme nada, pero tras un par de copas me confesaron que ahí es donde vive el Innombrable.

—Ronan, eso ya lo sabíamos —comento algo decepcionado.

—Chist… Aún no he acabado —prosigue—. Aprovechando que cada vez estaban más ebrios, seguí con mi interrogatorio y les pregunté por qué seguían a ese hombre tan idiota.

—Pero no sabemos si es idiota…

—¡Ula, por Dios! Tenía que decir algo para provocarles y que siguiesen hablando. Además, ¿qué esperas de alguien que tiene esclavos repartidos por toda la ciudad? —exclama Ronan algo molesto por las continuas interrupciones.

—Tienes razón… Ha sido un comentario estúpido —se retracta Ula.

—No ha sido tan estúpido, todos tenemos dudas —susurra Sayer intentando consolar a Ula mientras estira el brazo sobre sus hombros.

—Por favor, ¿no solo tengo que escucharos toda la noche deciros lo mucho que os queréis que ahora también tengo que soportar vuestras ñoñerías? —se lamenta Kiara entornando los ojos. Su habitación está pegada a la de Sayer, así que supongo que Ula ya habrá dormido con él.

—No es nuestra culpa que estés todo el día y toda la maldita noche amargada, Kiara. —Sayer contraataca tratando de defender a su presunta pareja, quien le mira con ternura.

—¿Puedo continuar con mi historia o es que no os interesa que podamos acabar muertos en un par de días?

Ante la pregunta de Ronan, el silencio vuelve a inundar nuestra polémica mesa. Cada minuto que pasa tengo más claro que el equipo que hemos formado no es muy estable: unos somos muy diferentes entre nosotros y otros demasiado compatibles… Tanto el amor como el odio son sentimientos peligrosos que pueden acabar con la razón de cualquier individuo.

—Continúa, Ronan —le pido.

—El Innombrable tiene en sus manos la clave para que esta isla pueda subsistir.

Lo miro atentamente, ahora es él quien guarda silencio para crear un poco de suspense. Nos mira a todos, uno por uno, mientras se balancea en su silla contento de contar con toda nuestra atención.

—El Innombrable tiene la única brújula sobre la faz de la Tierra que indica la posición de Cabre. Así que él es el único que puede traer víveres a esta isla, es el único que puede salir a pescar, es el único que puede mantener con vida a los isleños. Por eso, todos dependen de él y bajarán la cabeza las veces que haga falta.

Capítulo 9

L as palabras de Ronan nos dejaron a todos helados. La historia de esta isla comienza a tener sentido; aun así, tenemos todavía muchos cabos sueltos que atar para entenderla en su totalidad. Ningún miembro más de la tripulación consiguió información, así que después de desayunar cada uno volvió a su habitación, excepto Ronan, que vino a la mía.

—Tienes que volver a ver a esa chica, Marco —dice mientras cierra la puerta y se sienta en el borde de la cama.

—Lo sé.

Camilla puede darnos mucha información sobre Cabre, ella puede ser la pieza clave de este enigma que poco a poco vamos resolviendo. Además, mentiría si no confesase que deseo volver a verla y percibir ese hechizo que me hizo sentir libre de toda la pena que llevo a mis espaldas. Ella roba mi atención de tal manera, que mi mente no es capaz de pensar en otra cosa cuando la tengo ante mí. Es como un bálsamo, como volver a casa si supiera lo que significa eso.

—¿Por qué no nos la presentas? —pregunta deshaciéndose de mis deseos de verla a solas.

—Igual se siente algo presionada, ¿no crees?

—¿Y por qué iba a sentirse así? —dice.

—Porque ayer se puso muy nerviosa cuando descubrió mi marca. Creo que si vamos todos a verla quizá se cohíba a la hora de darnos información útil —respondo con sinceridad. Realmente creo que se asustaría si tuviese que someterse a un interrogatorio de mis compañeros.

—Mmmm… Lo que suponía —comenta mientras se cruza de brazos y arquea las cejas—, solo será por eso, ¿verdad?

Ronan espera que le cuente lo que sentí cuando vi a Camilla; él es un conquistador nato y se ha enamorado tantas veces que ya he perdido la cuenta de las ocasiones en las que me ha jurado que esa vez iba a ser la definitiva. El coqueteo es su especialidad y, aunque ha roto muchos corazones, he de decir a su favor que siempre actúa desde la honestidad. Desde el primer momento dejaba claras sus intenciones a las jóvenes que conocía, pero, aun así, todas se iban llorando de casa cuando él decidía terminar la relación inexistente.

En este sentido, yo difiero bastante de mi hermano. Si ya de por sí me cuesta sociabilizar con las personas, intimar con mujeres se me hace todavía más complicado. Mi hermano lo intentó en numerosas ocasiones, pero nunca sentí una conexión real con ellas. Nuestros encuentros eran banales y carentes de emociones más allá de las que aportaba el sexo. Quizá yo no estuviese preparado para el amor, o puede que fueran ellas las que no lo estaban… La conclusión final es que en mi vida nunca he sentido apego por ninguna mujer, siempre he sido un lobo solitario.

—Ronan, sabes que yo no soy como tú —replico deseando que no continúe con este tema de conversación.

—Lo sé, pero por primera vez en años veo en tus ojos un brillo que no sé identificar muy bien… —contesta con cierto tono burlón—. Y quiero conocer a la mujer que por fin ha conseguido despertarte de tu letargo.

—Hagamos un trato.

—Me muero por escucharlo —dice mientas se levanta y muerde un palillo que ha sacado de su bolsillo.

—Vayamos todos al baile, esta noche. —Mientras hablo, camino en círculos por mi dormitorio con cierto nerviosismo—. Cuando ella acabe de actuar, iré en su busca e intentaré sacarle más información sobre Cabre.

—¿Y cuál es el trato, Marco? ¿Qué tengo que hacer yo en tu plan?

—Quiero que tú te quedes con los demás en el baile, necesito que me dejes ese pequeño momento para mí. —Continúo viendo cómo Ronan empieza a sonreír de una manera pícara.

—¿Y qué gano yo? —inquiere encogiéndose de hombros.

—Te hablaré de mis sentimientos.

A cualquier otra persona esta propuesta le parecería un timo, una burla e incluso una falta de respeto… Pero sé que Ronan la aceptará sin miramientos. Él siempre me echa en cara mi frialdad, los pocos detalles que le ofrezco sobre mi vida y lo mucho que oculto bajo mi armadura personal.

—¿En serio? ¿Lo dices de verdad? —pregunta sin acabar de creerse mis palabras.

—Sí —respondo alegre, pero con resignación.

—Exijo detalles, Marco —dice mientras me apunta con el dedo.

—Los tendrás.

—¡Pues tenemos trato! —exclama tendiéndome la mano. Ambos nos reímos y cerramos un pacto que espero que no incumpla. Tras nuestro apretón de manos, Ronan se dispone a irse cuando justo antes de cruzar el umbral de la puerta, se gira para poner el punto final a nuestra charla—. Aunque si yo fuese tú, si estuviese en tu situación… Quizá iría antes de que la función empezase para poder hablar con ella en el camerino.

—Lo tendré en cuenta —contesto intentando cerrar la puerta, pero sus manos me lo impiden.

—Y puede que le llevara un ramo de flores —añade haciendo fuerza para que no sea capaz de cerrarla.

—¿En serio, Ronan? —replico entre risas dando un portazo. Puedo escuchar su característica carcajada tras la madera.

Siendo sincero conmigo mismo, quizá seguir los consejos de un embaucador como él me ayude a crear un buen ambiente entre Camilla y yo. Me preocupa ser muy intrusivo, parecer pesado o incluso resultar una molestia para ella.

Son las doce de la mañana, todavía tengo todo el día por delante hasta que llegue el momento de ir a verla, el espectáculo comienza a las diez, así que tal y como me recomendó Ronan iré sobre las nueve.

Decido aprovechar el buen tiempo para pasear por Cabre, para conocer los entresijos de este lugar. Tan pronto salgo del hospital una bocanada de aire tórrido me abofetea la cara, mi cuerpo todavía no está acostumbrado a estas altas temperaturas y enseguida me sofoco. Camino sin prisa, disfrutando del paseo que, carente de rumbo, no sé a dónde me llevará. Tras tantos años en la misma isla, se me hace extraño estar en un lugar tan diferente a lo que mis ojos conocían. Tengo una sensación de irrealidad cada vez mayor, siento como si todo esto fuese un sueño muy profundo del que podría despertar en cualquier momento. Quizá en realidad estoy en un último sueño antes de ahogarme, quizá todo esto es solo un delirio final y mi cuerpo está a punto de ser olvidado para siempre en las profundidades. A veces hasta podría jurar que noto cómo se desdobla de este escenario que estoy explorando, como si no perteneciese a este mundo.

Mientras que en Veira el musgo cubría las calles proporcionando a nuestra isla un tono verde mustio, en Cabre el color que destaca es el rojo teja. Parece que las paredes, los muros e incluso las aceras por las que camino han sido pintadas con tizas por los niños juguetones que corretean a mi alrededor. No hay mucha gente en la calle, pero siempre que me cruzo con alguien su mirada parece atacarme. Los niños son los únicos que no le dan importancia a mi presencia, agradezco que no me juzguen como lo hacen sus padres.

Como gobernador de Veira, mi propósito no era solo encontrar amparo para los isleños… Mi mayor preocupación fue siempre dar a los niños un futuro con más aspiraciones. No creo demasiado en los adultos, sus mentes están corrompidas por el odio, por el miedo e incluso por un amor demasiado fuerte a algo lleno de maldad. Sin embargo, los niños nacen en blanco, preparados para ser altruistas y bondadosos con el prójimo, deseando repartir amor y recibir cordialidad. Nunca creí en el cambio de mis compatriotas, llevaban demasiado resentimiento acumulado sobre sus espaldas, pero siempre creeré en la educación de los más pequeños y velaré por que sus limpios corazones no sean contaminados por los ideales de unos padres sin valores.

—¡Señor! —oigo un tenue grito y noto cómo alguien tira tímidamente de mi holgado pantalón. Cuando bajo la cabeza, observo a un muchacho que no llegará a los cinco años de edad y que me mira con emoción.

—¡Hola! —saludo agachándome; me quedo con las rodillas flexionadas para estar a su altura.

—¿Eres malo?

Su pregunta me sorprende, ¿de qué tiene miedo este pequeño pelirrojo?

—No, claro que no soy ma…

Antes de que pueda terminar la frase, la madre del niño lo agarra fuerte del brazo y entre reproches se lo lleva rápidamente.

—¡Te lo he dicho mil veces, NO te acerques a esta gente! Sabes lo que pasa cuando vienen extranjeros… —escucho sus gritos y observo cómo cobija al niño entre sus brazos, intentando protegerle de una amenaza inexistente.

No acabo de entender por qué en la cena pasamos desapercibidos mientras que aquí, a plena luz del día, todos huyen cuando me ven a menos de dos metros de distancia. Quizá la oscuridad de la noche nos refugió, o puede que nos recibiesen con los brazos abiertos, fingiendo un falso decoro, por llegar acompañados por el doctor. Puede que el rumor de nuestra llegada comience a extenderse… Lo que sería muy peligroso para mí.

Cansado de que el Sol hierva mi cuerpo, decido entrar en el primer bar que aparece ante mí. Está casi vacío; supongo que por la hora que es, todos estarán en sus casas preparando la comida. Me acerco a la barra para pedir un refrigerio que logre bajar un poco mi temperatura, pero a medida que me voy aproximando, la mujer que está sentada con una jarra de cerveza se me va haciendo familiar.

—¿Kiara? —pregunto tras acercarme lo suficiente como para ver que esa melena castaña era la suya.

—Lo que me faltaba —responde resoplando tras girarse y verme.

Decido sentarme junto a ella y Kiara hinca los codos en la barra, sujetándose la cabeza con las manos que van enredándose en su rizado pelo.

—No es mi intención molestarte… ¿quieres que me vaya? —pregunto intentando ser cordial. Sé que nuestra relación no es demasiado buena y la tensión siempre aparece cuando estamos en el mismo espacio.

—Puedes quedarte si no hablas demasiado.

Asiento y levanto la mano esperando a que el camarero me vea y me traiga una jarra de cerveza. Kiara observa cómo espero a que mi comanda sea atendida y en seguida frunce el ceño.

—Chist… —chista, llamando la atención del barman. Enseguida viene y me toma nota, y en apenas unos segundos ya tengo una fría jarra de cerveza entre mis manos.

—No te dirijas así a los camareros, Kiara —le reprocho mientras apoyo mis labios en el borde del vaso—. Es una falta de respeto.

—¿Preferías estar con el brazo levantado media hora?

—Sí, porque prefiero esperar siendo educado que quedar como un insolente tan solo por ahorrarme un par de minutos.

Kiara agarra su jarra y se la bebe del tirón, no deja ni una gota. Con la manga de su camisa se limpia los morros que tenía manchados de espuma blanca; por su barbilla descienden algunas gotas despistadas.

—¿Vas a darme alguna lección más?

—No, si es que no me obligas a hacerlo. —Kiara entorna los ojos y alarga su brazo para robarme mi consumición, parece sedienta—. ¿Cuántas llevas?

—He perdido la cuenta.

Sus ojos están medio cerrados y se tambalea en el taburete, ni estando sentada es capaz de disimular el alcohol que corre por sus venas.

—¿Siempre bebes tanto?

—No, solo desde que llegamos a esta maldita isla —responde con una sinceridad que logra sorprenderme. Parece que estando ebria sí que es capaz de mantener una conversación conmigo sin insultarme, todo un logro.

—¿Por el naufragio? —Aprovecho que han bajado sus defensas para intentar entender qué hay detrás del escudo que supone su fuerte carácter.

—Siento que no hice suficiente, ni siquiera pude salvar a mi compañera de bote.

—Todos hicimos cuanto pudimos, pero entiendo tus remordimientos… Son los mismos que siento yo, una gran culpabilidad, como un vacío sin fin en el centro de mi pecho.

Kiara guarda silencio, espero su respuesta pero esta nunca llega. Sé que hablar del tema no hará más que empeorar la situación, así que mientras echo un ojo al bar me percato de la baraja de cartas que hay sobre una mesa. Decidido a darle un vuelco a este dramático momento, me levanto y la cojo.

—¿Jugamos? —pregunto mientras barajo. En el barco solíamos jugar siempre al chinchón, un divertido juego de naipes que nos entretenía y enfadaba a partes iguales. Aunque nunca tuve la oportunidad de jugar con ella, sé que siempre ganaba todas sus partidas.

—Juegas con ventaja y, aun así, no creo que puedas ganarme —responde recogiendo las cartas que le han tocado.

—¿Sabes quién era Platón?

—¿Crees que soy estúpida? Claro que sé quién era —dice mientras ambos vamos jugando nuestras cartas.

—Platón decía que jugando descubrimos mucho de las personas. Cuando jugamos, nos olvidamos de lo que queremos aparentar y nos mostramos tal y como somos en realidad —digo pensando en mi siguiente movimiento—. Jugando podemos ser temerosos, rápidos, agresivos, pacientes…

—¿Y cómo soy yo? —me pregunta mientras fija sus embaucadores ojos color esmeralda en mí.

—Demasiado impulsiva.

Kiara ha jugado muy mal sus cartas, así que cierro el mazo y descubro las mías, casi insuperables. Ella las observa con resignación y una sonrisa un tanto pícara. Antes de descubrir las suyas, se acerca lentamente a mi cara y apoya sus gruesos labios en mi oreja, provocándome un pequeño escalofrío.

—Y tú sigues siendo un imbécil —susurra con su aterciopelada voz. Permanece unos segundos cerca de mi rostro, noto su respiración en mi cuello y aspiro su aroma floral hasta que termina separándose de mí y deja caer con fuerza sus cartas boca arriba.

Tiene mejores cartas que yo.

Ella es la ganadora.

Capítulo 10

Tras mi derrota, acompañé a Kiara al hospital para que descansase un poco. Bebió demasiado y no quería dejarla en esas condiciones vagando sola por un lugar que apenas conocemos. Sigo bastante sorprendido por su actitud, lo más probable es que su simpatía fuese causada por el alcohol… Pero ojalá bajase sus defensas en más ocasiones, ya que he de admitir que disfruté de su compañía.

Guie a Kiara hasta su dormitorio y allí nos despedimos, el resto de mi tarde la pasé ojeando alguno de los libros que tienen en la biblioteca.

Ahora mismo son casi las nueve de la noche, mi encuentro con Camilla está cada vez más cerca y mientras camino hacia su puesto de trabajo ordeno en mi cabeza todos los misterios a los que quiero encontrar respuesta.

En mi recorrido veo cómo las flores silvestres se las ingenian para crecer entre las grietas de las piedras que forman las calles, no puedo evitar pensar en el consejo que me dio Ronan… Me detengo y aunque intento no hacerlo, finalmente desisto y me agacho para arrancar algunos tallos. Cuando llego a la puerta del lugar, llevo entre mis manos más de una decena de grandes margaritas blancas; para ser flores de la calle me asombra lo bonitas que se ven y lo bien que huelen.

—No abrimos hasta las diez, caballero —me dice el portero que vigila la entrada.

—Venía a visitar a Camilla, soy su amigo. —En verdad apenas la conozco, pero no sabía muy bien cómo explicar qué hago en este lugar a estas horas.

—¿Su amigo? —pregunta entre carcajadas el fuerte hombre que tengo enfrente—. ¿Sabes cuántos «amigos» tienen estas muchachas? —La entonación que ha usado para la palabra «amigos» me da que desconfiar, pero intento no darle mucha importancia y seguir con mi plan—. Si dejase entrar a todos sus amiguitos acabaría aquí dentro toda la jodida isla.

—¿Así es como hablas de nosotras?

Como si alguien la hubiese llamado, Camilla aparece de repente para defenderse. El hombre enseguida se disculpa y baja la mirada avergonzado por su comportamiento.

—Perdone, señorita —dice con una voz que suplica clemencia.

—Déjale pasar —ordena Camilla de forma directa y ruda, mirándole desafiante desde su puesto de poder… Parece la máxima autoridad de este lugar, actúa como si todos trabajasen para ella.

El hombre se hace a un lado y me deja pasar, Camilla me da la espalda y comienza a andar para que siga sus pasos, recorremos la estancia vacía de clientes hasta que acabamos entre bambalinas para llegar a su camerino. Es una pequeña habitación en la que guarda su vestuario, también tiene numerosas pelucas y un tocador con grandes luces y mucho maquillaje disperso por su superficie.

—¿Me has traído flores? —me pregunta mientras toma asiento y comienza a retocarse.

—Quería tener un detalle contigo a modo de disculpa por mi comportamiento de la otra noche.

—Margaritas… ¿Sabes qué significado tienen las margaritas? —me plantea mientras observa el ramo improvisado que tengo en mis manos a través del espejo. Es curioso el contraste que se crea entre mis estropeadas y curtidas manos y las delicadas flores que soportan.

—¿Acaso tienen alguno?

—Claro, todas las flores tienen ciertas connotaciones… Con ellas se pueden expresar muchas cosas sin la necesidad de mediar palabra —explica mientras se aplica muchos ungüentos sobre la tez—. Muchos pintores las colocan en sus cuadros para hacer llegar un mensaje secreto…

—¿Y qué significan las margaritas?

—Sencillez, inocencia, amabilidad… Pero no creo que tus intenciones viniendo a verme sean del todo inocentes —dice girando la silla para mirarme a los ojos—. ¿Por qué has venido, Marco?

Camilla no se anda con rodeos, sus ojos me piden la verdad y es lo que voy a darle.

—Quiero saber más sobre la marca que tenemos, sobre esta isla, sobre lo que nos une, sobre…

—Quieres saber demasiadas cosas y no estás preparado para oír todas las respuestas que ansías conocer —me interrumpe mientras levanta un dedo para que guarde silencio—. Solo te daré información a cambio de información, no te voy a regalar algo tan poderoso a cambio de unas cuantas flores arrancadas de la calle.

—¿Qué quieres saber tú? —pregunto algo intrigado, podría responder a cualquiera de sus cuestiones, no habría nada comprometido en mis respuestas.

—Quiero saber la verdad. ¿Por qué os fuisteis de vuestro hogar? Quizá escapabais de algo…

—Nuestra isla, Veira, se estaba muriendo. —Entiendo su desconfianza, pero de mi boca solo saldrán verdades—. Como gobernador de Veira decidí salir en busca de un nuevo hogar al que poder llevar a mi gente.

—Sí… Esa es la historia que todos tus amigos han ido contando… Deberíais ser más discretos.

—Es la verdad, Camilla. Llegamos aquí porque naufragamos, perdimos a casi toda la tripulación.

—¿Cómo sé que dices la verdad?

—Supongo que tendrás que creer en mí al igual que yo creeré en tus palabras —contesto intentando establecer cierta confianza en este duelo de miradas. Su personalidad es arrolladora, tiene carácter y una fuerte fuerza de voluntad. Por sus venas corre el instinto de una superviviente. Me gustaría preguntarle por Cabre, conocer por fin los secretos de este lugar… Pero una corazonada me aconseja que vaya por otros derroteros.

—Si esa es tu respuesta he malgastado mi pregunta… —afirma tras varios segundos pensando en si darme credibilidad—. ¿Qué quieres saber tú?

—Quiero saber tu historia —digo dejando las flores sobre la mesa que tengo a mi lado—. ¿Cuál es tu historia, Camilla?

Camilla se ríe, me observa mientras niega con la cabeza y se gira para seguir arreglándose.

—¡Vaya pregunta!

—Necesito saber —respondo orgulloso de mi razonamiento.

El silencio se apodera de la habitación, parece como si mentalmente estuviese ordenando sus vivencias para compartir conmigo un resumen de su pasado. No sé por qué, pero su rostro me transmite la sensación de que no ha tenido una vida fácil, sus ojos azabaches parecen un pozo sin final, tiene una mirada profunda pero muy vacía. Cuando comienza a recogerse el cabello para ponerse una peluca, empieza a hablar.

—Según la familia que me acogió en esta isla, llegué aquí con alrededor de tres años. Me encontraron en el puerto, abandonada. —Camilla habla rápido, sin hacer pausas, parece que quiera acabar cuanto antes para no tener que pensar más en lo que está contando—. Cabre estaba sumida en la pobreza, la isla estaba pasando una crisis sin igual, pero, aun así, mi familia me crio desde el amor y la bondad —mientras habla, con la mano que tiene libre se toca un colgante que nunca antes le había visto. Es una piedra azulada de forma ovalada que cuelga de una fina cadena dorada, lo acaricia con mucho cariño, como si en vez de una joya se tratase de un ser querido. Debería haberlo visto en alguna de sus actuaciones, pero encima del escenario lo mantenía oculto debajo de su sostén, como si no quisiese que nadie pudiese verlo—. Hace unos años se nos dio la oportunidad de recuperar nuestra economía, se nos dio la opo…

—Camilla, ¿quién os dio la oportunidad y cómo lo hizo? No entiendo lo que tratas de contarme —pregunto tras perderme entre los hilos de su historia.

—Me has preguntado por mi historia, no por la historia de Cabre —responde con un tono pícaro—. Si deseas conocer la historia de esta isla, tendrás que venir otro día y hacerme otra pregunta.

Se levanta y va tras un biombo para cambiarse de ropa. Observo cómo su sombra se mueve con especial sosiego librándose de las prendas que tenía puestas.

—En ese caso volveré, pero termina de contarme tu historia.

—A Cabre se le dio la oportunidad de recuperarse de la crisis en la que se hallaba sumida —continúa mientras cuelga su camisa y su pantalón en el borde superior del biombo—. Para ello, cada isleño tuvo que llevar a cabo ciertos sacrificios. Yo, como muchos otros, me volví una esclava.

—Pero ¿y tu marca? ¿No la tienes desde tu nacimiento?

—Yo sí, el resto de los esclavos fueron marcados como ganado a medida que sus vidas iban siendo compradas. —Camilla hace pausas continuas para controlar sus emociones—. Ahora cada uno cumple con su función, la mía es trabajar en este sitio que tanto odio, ser una atracción para el resto de los habitantes, ser un objeto del que puedan disfrutar.

—¿No puedes irte? —pregunto a pesar de conocer la respuesta.

—Si me voy incumpliría el contrato y harían daño a mi familia —dice saliendo de las sombras ya con su exuberante atuendo puesto. Parece otra persona, supongo que disfrazarse le ayudará a disociar la realidad de la ficción que supone subirse al escenario. Lleva un corsé rojo y negro muy ajustado al cuerpo, sus pechos quieren escapar de él y sus largas piernas están cubiertas con unas medias negras de cristal que permiten apreciar el verdadero color de su suave piel—. Debo quedarme aquí por ellos, que fueron quienes me han dado cobijo cuando nadie más me quería acoger. Se lo debo, Marco.

—Pero quizá puedas trabajar en otro lugar, negociar tu puesto.

—Los esclavos no negocian, los esclavos no opinan —dice acercándose a mí e imponiendo su cuerpo sobre el mío, que a su lado parece empequeñecerse—. Yo no solo trabajo bailando aquí, también trabajo directamente para el Innombrable.

—¿Eres su criada? —pregunto con una inocencia fingida. Mi mente no puede dejar de pensar en una posible contestación que me dejaría atónito, que me dejaría sin palabras. Una contestación que me haría entender lo duro y cruel que puede llegar a ser este lugar.

—No, Marco, soy su puta.

Me mira desafiante. Camilla espera una reacción negativa, lo sé porque observo cómo sus ojos se mueven de un lado a otro y cómo frunce el ceño al ver que no he dicho ni hecho nada. Me ha hecho una confesión con la que espera asustarme, con la que espera ahuyentarme.

—¿No… no vas a decir nada? —pregunta confusa.

Quizá esperaba que su secreto cambiaría mi opinión sobre ella, pero para mí Camilla sigue siendo la misma chica de la que me quedé prendado el primer día. No son nuestras circunstancias las que nos definen, sino cómo actuamos ante ellas. Esta chica ha tenido que sacrificar su dignidad por mantener a salvo a su familia, y esa lealtad, ese amor incondicional y puro que siente por los suyos es en lo único que puedo pensar ahora mismo. ¿Qué somos capaces de hacer los seres humanos por amor? Somos capaces de sufrir, de matar, de sacrificarnos… Somos capaces de cometer auténticas locuras solo por aquellos a los que amamos de corazón.

—Lo único que tengo que decir es que ya sé cuál será la siguiente pregunta que te haga cuando nos veamos.

—¿Y cuál será?

—Te preguntaré quién es el Innombrable y cómo podemos acabar con él.

Camilla no lo sabe, porque no puede saber la urgencia que nos empujó al mar. Pero yo estoy en una cuenta atrás, y sé que la única forma de escapar de esta isla es acabando antes con el corrupto sistema que la encarcela.

Capítulo 11

Tras mi declaración de intenciones, Camilla me dejó solo en el camerino para salir al escenario. Podría haberla esperado y seguir con nuestra charla, pero consideré que por hoy había sido suficiente así que volví caminando al hospital.

La conclusión a la que he llegado tras la pregunta que le hice a Camilla es que en esta isla todos viven al son del hombre que habita en la colina. Nadie le desafía, nadie osa desobedecer sus órdenes y eso explicaría la cantidad de soldados que hay por las calles. Lo único que me extraña es que el Innombrable no haya exigido vernos en su gran castillo. Ya han pasado varios días desde que naufragamos en Cabre y, a pesar de que el rumor de nuestra llegada se ha extendido, todavía no se ha molestado en saber si quiera si somos una amenaza para su mandato.

Y sinceramente, intentaré ser esa amenaza que acabe con su injusto poder. He visto a niños con la marca de esclavos en la nuca, he visto a ancianos que casi no podían caminar yendo a cumplir su obligada labor. ¿Acaso es justa esta sociedad que clasifica a los individuos en grupos desiguales? ¿Acaso merece un bebé ser clasificado como si de un número se tratase? Inicua es la ley que no es igual para todos, marcar a alguien desde su nacimiento significa privarle de elegir su propio camino y convertirse en la persona que realmente estaba destinado a ser.

Ante las injusticias, siento que algo se rebela dentro de mí. He sufrido tantas en mi infancia y en mi juventud, que me prometí a mí mismo no quedarme mirando cuando una inmoralidad tuviese lugar frente a mis ojos.

—¿En qué piensas?

Al entrar en el hospital me encuentro con Ronan, quien parece que iba a salir a dar un paseo.

—En nada, en todo.

—Buena respuesta para evitar responder —comenta mientras coge el palillo que tiene tras la oreja y lo agarra entre sus dientes.

—¿No te parece extraño que nadie haya venido a por nosotros? —pregunto para reflexionar en voz alta, dos cabezas siempre piensan mejor que una.

—Vinieron los primeros días, cuando tú todavía no habías despertado.

—¿Qué? —digo atónito, ¿cómo pudo no contarme esto?

—Sí, pero no pasó nada importante. El doctor habló con los agentes y no han vuelto a venir a incordiar.

Es entonces cuando recuerdo la inusual tranquilidad que sintió Camilla cuando le dije que el único que pudo ver mi escarificación fue el doctor Hasan.

—¿A qué viene tu pregunta, Marco?

—Solo me extraña que en una isla gobernada de una forma tan totalitaria no hayamos tenido más complicaciones…

—¿Y qué complicaciones te esperabas que tuviésemos? ¡Somos como sus invitados, tienen que tratarnos bien! —exclama Ronan con cierto tono jocoso. Su forma de hablar me molesta, él ha tenido más días para conocer Cabre y no se ha percatado de nada de lo que ocurre en esta isla.

—¡Esta isla está llena de esclavos, Ronan! —grito furioso al sentirme incomprendido—. ¿No crees que querrían aprovecharse de nosotros? ¿No crees que cabría esperar que traten de controlarnos de alguna manera y pedirnos algo a cambio de su ayuda?

—¿Crees que soy estúpido? Yo también tengo mis hipótesis, creo que se aprovecharán de nosotros, pero en otros aspectos —replica mientras me pone una de sus manos en mi hombro derecho, intentando tranquilizarme.

—¿Y cuáles son esos aspectos?

—Creo que querrán que les llevemos a Veira, Marco.

—¿A Veira? —pregunto sin entender el sentido de lo que Ronan acaba de decir.

—Piénsalo bien… ¿Qué es lo que más ansían los regímenes totalitarios?

—Poder —contesto muy seguro de mi respuesta: viví la mayor parte de mi vida bajo el yugo de un gobernador totalitario que solo deseaba más y más poder.

—Exacto… —prosigue Ronan mientras se acerca a mí para bajar el tono de voz y evitar que alguien nos escuche—. ¿Y qué pasa cuando un dictador ya consigue ejercer poder sobre todo aquello que lo rodea?

—Que busca otros lugares a los que extender sus dominios —susurro asintiendo con la cabeza. Es increíble lo bien estructurada que está la cabeza de mi hermano; por su apariencia nadie apostaría por su inteligencia, pero Ronan es muy observador y siempre tiene a su cerebro maquinando. Incluso yo, que le conozco muy bien, le infravaloro muchas veces.

Gracias a él he descubierto por qué quizá nos dejan tan tranquilos. Quieren que nos acomodemos, que respiremos aliviados pensando que estamos seguros… Vigilan nuestros pasos, vigilan lo que hacemos y cuando menos nos lo esperemos nos obligarán a guiarlos hasta nuestro hogar, nos obligarán a llevar incluso más penuria de la que ya hay a Veira.

—Tenemos que irnos de aquí lo antes posible —digo de forma clara.

—Seguirán nuestros pasos al igual que lo hacen cada vez que pisamos la calle, no nos permitirán zarpar —responde Ronan desesperanzador.

—¿Por qué no me dijiste antes todo esto? —pregunto algo frustrado—. Juntos podríamos haber encontrado una solución hace días.

—No te lo dije porque no hay solución, Marco —contesta mientas escupe el palillo al suelo, indignado—. Lo llevo pensando desde que me desperté: somos cinco pelagatos contra todo un gobierno, no hay nada que podamos hacer.

—En verdad… Hay algo que sí que podríamos hacer —expongo con energía, intentando aportar algo de positivismo a la situación—. Podemos acabar con el Innombrable, desafiar su mandato y liberar a Cabre.

Ronan me mira, yo sonrío mientras espero su contestación. Sé que estaremos juntos en esto, sé que es lo que debemos hacer. Tras unos segundos de silencio, Ronan estalla en una carcajada que me pilla desprevenido.

—¿Estás de broma, Marco? —pregunta frotándose los ojos tras haber echado alguna lágrima provocada por su fuerte risa.

—¡No estoy de broma, imbécil! —exclamo enfadado—. Podríamos hacerlo con un buen plan, si los esclavos estuviesen de nuestra parte… Sería como repetir lo que hicimos en Veira.

—No lo entiendes, ¿verdad? Veira era nuestro hogar, nos siguieron en la rebelión porque confiaban en nuestras palabras, confiaban en nosotros. Aquí solo somos unos jodidos extranjeros que ni siquiera tienen credibilidad. —Ronan ha dejado de reírse para mostrar una actitud cortante ante mis ideas—. ¿No te das cuenta de cómo nos miran cuando paseamos por sus calles? ¡Nos temen, Marco!

—Pero más temen a la persona que los esclaviza… Y cuando hay un frente en común, los enemigos pasan a ser compatriotas.

Ambos nos quedamos paralizados, pensando en un plan que no parezca imposible. Tanto Ronan como yo sabemos que rebelarnos sería la única oportunidad de salir de aquí sanos y salvos y sin enseñarles el camino a Veira. El silencio que invadía la entrada del hospital se rompe con unos aplausos muy lentos que vienen del fondo del pasillo. Cuando nos giramos, vemos cómo Kiara se acerca a nosotros sin dejar de aplaudir.

—Bravo, chicos —dice mientras asiente con ironía—. No hay nada mejor que compartir vuestros planes con el edificio entero… ¿Creéis que este es el mejor lugar para hablar de una revolución?

—Ronan y yo la miramos, hemos sido muy inconscientes hablando en este lugar—. Seguidme, quiero unirme a esta conversación, pero lo haremos en un lugar más privado.

Seguimos los pasos de Kiara, quien nos lleva hasta su habitación y cierra la puerta y la ventana, procurando que ninguna palabra vaya a escapar del cuarto.

—Habría que llamar a Ula y a Sayer —digo pensando en que todos juntos decidamos cuál es la mejor opción.

—¡Estamos aquí! —Kiara, Ronan y yo nos miramos extrañados. Sus voces viajan a través de la pared, a la que dan varios golpes para que entendamos que han estado escuchando al otro lado.

—Imaginad todo lo que tengo que escuchar yo cada noche —se lamenta Kiara mientras entorna los ojos.

Ula y Sayer llaman a la puerta y entran en el cuarto cogidos de la mano, se han vuelto inseparables.

—Hemos escuchado vuestra conversación en el vestíbulo, lo sentimos… Pero era imposible no prestaros atención —afirma Ula sonriendo con cierta maldad cómica. Su rostro es tan risueño que es imposible tomarse en serio cualquier expresión de enfado o de picardía que pone.

—Mejor, así no tendremos que repetir todo de nuevo —replico—. ¿Qué creéis que debemos hacer?

Todos tardan en responder excepto Kiara, que me mira y enseguida declara:

—Yo estoy contigo, Marco.

—¡Esto sí que es extraño! —exclama Ronan tras ver que Kiara me ha dado la razón—. ¿Qué ha cambiado entre vosotros dos?

—Nada… —responde Kiara clavando sus verdosos ojos en mí.

—Yo también creo que Marco tiene razón, no podemos abandonar a toda la gente de esta isla, deberíamos ayudar siempre que esté en nuestra mano —dice Ula demostrando una vez más la bondad que tiene en su interior.

—¿Estáis seguros? Sé que es lo correcto, pero es muy arriesgado… —expone Sayer dubitativo.

—Sayer, es nuestro deber… —Ula intenta persuadirlo mientras agarra su brazo con dulzura; él, que no puede resistirse a las peticiones de su amada, asiente.

Ronan abre los brazos y da una fuerte palmada en el aire.

—Pues está decidido: creo que tendremos que llevar a cabo un plan que nos permita liberar a esta maldita isla para conseguir nuestra propia liberación.

Y cuando parece que por fin estamos todos de acuerdo, escuchamos cómo alguien llama a la puerta de nuevo. Los cinco no miramos incrédulos, llegando a la conclusión de que quizá sea el doctor Hasan.

Sin embargo y para la sorpresa de todos, es una joven quien abre la puerta.

—Marco… creo que esto es tuyo —dice Camilla mientras se abre paso tímidamente; en su mano abierta lleva el pendiente que debería estar en mi oreja izquierda.

—¿Quién puñetas es esta? —pregunta Kiara cruzándose de brazos.

—Gracias, Camilla, pero no hacía falta que vinieses hasta aquí para dármelo. ¿No tendrías que estar en tu espectáculo?

—Una chica me está sustituyendo… pensé que quizá el pendiente era importante para ti y quise entregártelo cuanto antes.

—Es un pendiente, chica, no un lingote de oro —replica Kiara con su antipática naturaleza.

—Muchas gracias —digo recogiendo mi pendiente de entre sus manos. ¡Qué anecdótico! Aguantó un naufragio, pero consiguió zafarse de mí en una tranquila charla. A veces parece que el destino nos tiende trampas llamadas casualidades—. Vuelve antes de que te descubran.

Camilla asiente y se da la vuelta para volver al trabajo; sin embargo, antes de cerrar la puerta, se gira con una gran sonrisa en la cara. Por primera vez, consigo ver algo de brillo en sus cansados ojos.

—No he podido evitar escuchar vuestra conversación… Y quiero que contéis conmigo y con todo Cabre —habla con una emoción desbordante, como si hubiese estado esperando durante años que alguien liderara una revolución en la isla—. Puede que a vosotros no os sigan, pero os aseguro que a mí sí.

Y este fue el primer paso de la rebelión.

Capítulo 12

Vamos a salvar esta isla.

Puede que suene egoísta, pero una parte de mí necesita hacerlo para tranquilizar todos los pensamientos intrusivos que tengo sobre mí mismo. Obviamente mis intenciones son puras y ansío ayudar a la gente de Cabre, pero ayudándoles espero conseguir ese perdón propio que ahora visualizo tan lejos.

Camilla nos citó a todos hoy al mediodía en el comedor del hospital. Dice que esta es la zona más segura para hablar de nuestro plan, ya que tanto el doctor que nos trató como los demás empleados están en contra del mandato del Innombrable.

Faltan apenas unos minutos para que el reloj marque la hora a la que quedamos, así que salgo de mi habitación y camino hacia las escaleras. Estoy muy entusiasmado por saber lo que tiene que contarnos.

—Vaya… Parece que tienes mucha prisa por volver a ver a tu amiguita —quien habla es Kiara, casi nos chocamos en mitad del pasillo.

—¿Tú no tienes curiosidad por saber todo lo que tiene que contaros? —pregunto intentando relajar el ambiente. Ayer Kiara optó por estar a la defensiva, supongo que será así con todas las personas que acaba de conocer.

—No sé si podemos confiar en ella… —dice mientras camina junto a mí y muerde la manzana que lleva en la mano—. ¿No crees que todo está yendo demasiado rápido?

—Así han surgido las cosas.

—Así has empujado tú los acontecimientos —responde de forma cortante.

—¿A qué te refieres, Kiara? —replico sabiendo que tras sus palabras siempre hay una intencionalidad enmascarada.

—Desde la primera noche que la viste se te cae la baba por ella... No creo que seas objetivo cuando Camilla está de por medio.

Kiara habla con una especie de resentimiento que no logro entender del todo, sé que desconfía de Camilla y puedo llegar a entenderlo... Lo que no comprendo es por qué le causa tanta rabia que yo crea en sus palabras. Al fin y al cabo, Camilla no nos ha perjudicado nunca.

—Creo que estás exagerando —digo intentando restar seriedad al momento mientras bajamos las escaleras que nos llevan a la primera planta.

—¿Tú crees? —me pregunta Kiara parándose en seco.

—Sí, creo que sí. —Tras su parada la he adelantado un par de pasos, así que me giro y me aproximo a ella esperando su contestación.

Tras mi afirmación, ambos estamos paralizados enfrente del otro, esperando que uno de los dos lance el siguiente ataque. Kiara abre la boca y parece que será ella quien reanude la confrontación, pero tras unos segundos de indecisión, opta por cerrar la boca, fruncir el ceño y guardar silencio.

—¿No vas a rebatirme con lo mucho que te gusta hacerlo? —inquiero con una pequeña sonrisa en el rostro.

Kiara exhala, su respiración se acelera a lo largo de unos segundos que parecen eternos. Es entonces cuando, tras negar con la cabeza en lo que parece un intento de controlar sus impulsos, pierde totalmente el control sobre sus actos y se abalanza sobre mí dejando mi cuerpo entre el suyo y la pared.

La miro dubitativo y su manera de aclarar las cosas es agarrándome del cuello de la camisa y acercándome a sus labios, que se funden con los míos dejando pasar su cálida lengua. Kiara se pone de puntillas y deja caer la manzana que llevaba para entrelazar sus manos por mi pelo tirando sutilmente de algunos mechones. Mis manos, quizá por mero instinto, se colocan en su cintura y aprietan su cuerpo contra el mío. Cuando decide terminar de besarme, se separa de mí y desliza su lengua por el borde de mis labios, que aún no han conseguido reaccionar ante su pasional gesto.

—¿QUÉ?

Tanto ella como yo nos giramos enseguida y salimos del trance en que estábamos sumergidos tras oír ese monosílabo. Mi sorpresa es encontrar a todos mis compatriotas en el comedor observándonos perplejos; por la expresión de sus caras cualquiera diría que han visto un fantasma… Pero mi sorpresa aún es mayor cuando veo a Camilla entre ellos. Mis brazos de inmediato se alejan de la cintura de Kiara y ella se aparta para poner rumbo a una de las sillas vacías que esperan ser ocupadas. Yo todavía me encuentro algo inmovilizado, todo ha sucedido tan rápido que ni siquiera soy capaz de encontrarle una explicación.

—Marco, será mejor que te sientes —dice Ronan incrédulo. Él fue quien despertó a mi mente cuando estaba besando a Kiara… ¿Besando a Kiara? Por más que intento buscarle un sentido a lo ocurrido no lo encuentro: Kiara me odiaba y hace unos segundos me estaba besando como si el mundo se estuviese acabando. Me ha besado con una pasión que nunca antes había sentido… nuestro beso ha durado apenas unos segundos, pero ha conseguido avivar una llama muy tórrida en mi pecho.

Haciendo caso a las palabras de Ronan, tomo el único asiento que queda libre, justo enfrente de Camilla, quien baja la mirada y arquea las cejas. Quizá se sienta engañada, puede que piense que estoy jugando a dos bandas, pero me encantaría explicarle lo sucedido. Explicarle que fue un beso fortuito sin trasfondo, sin sentimiento y carente de amor. Le mentiría si negase que hubo pasión, porque la hubo, pero tan solo fue un reflejo de mi cuerpo, un instinto natural.

Puede que Kiara quisiera expresar su rabia de esa manera, igual la tensión que había en el ambiente fue malinterpretada.

—Bueno… ¿Por qué no empezamos a elaborar el plan? —plantea Ula intentando llenar los vacíos incómodos.

—Será lo mejor —responde Kiara mientras se balancea en su silla. Por un instante cruzamos miradas y ella no la aparta, sino que me mira fijamente hasta que soy yo el que termina mirando hacia otro lado. La fuerza de espíritu que tiene esta mujer nunca dejará de sorprenderme. Es valiente, decidida, capaz de afrontar sus emociones y hacer caso a lo que su corazón le ordene. Parece vivir a base de actos pasionales, como si no premeditase nada y solo dejase fluir los acontecimientos.

Su actitud tiene cierto encanto, ¿acaso no soñamos todos con sentir esa completa libertad de no estar atados a responsabilidades y a propias limitaciones? Me gustaría ser un poco más como ella, pero Kiara y yo somos contrarios en todo lo que se me pueda ocurrir. No tenemos nada en común, y lo más seguro es que acabásemos matándonos si nos dejasen unas horas a solas.

—¿Marco, estás escuchando? —dice Ronan mientras mueve su mano de un lado a otro intentando llamar mi atención. Estaba de nuevo absorto en mis pensamientos y su pregunta fue lo único que escuché.

—¿Perdón?

—Maldita sea Marco, ¡despierta! —exclama Ronan un tanto enfadado por mi desinterés.

—Perdonadme, ¿qué estabais diciendo? —pregunto reincorporándome en la silla y centrándome en la charla.

—Camilla comenzaba a contarnos cómo el Innombrable llegó a hacerse con el poder —contesta Kiara—. ¿Qué pasa, Marco, ya no te interesa lo que tiene que contarnos? —Su tono de voz es pícaro y su sonrisa me confirma que está intentando provocarme de nuevo. Me ha desestabilizado, pero no logrará hacerlo de nuevo. Sus provocaciones han pasado a ser un juego entre los dos.

—Claro que me interesa, prosigue Camilla, por favor —replico muy serio y frunciendo el ceño. Esta situación ya ha dejado de hacerme gracia, no pienso dejar que Kiara juegue con mis emociones a su antojo.

—Como iba diciendo, la riqueza de Cabre residía en usar la brújula sagrada. Desde los tiempos de nuestros ancestros, esa brújula ha guiado a nuestra isla… Con ella podíamos salir a pescar mar adentro o a costas lejanas, podíamos saquear otros países y volver sin peligro de ser perseguidos…

—¿Así que vuestra riqueza se fundamentaba en robar a los demás? —pregunta Kiara entre risas sarcásticas—. Por suerte nunca os encontrasteis con Veira… Aunque tampoco tendríais mucho que robar.

—Qué mal… —susurra Ula algo impactada con este nuevo dato.

A mí también me parece un grave error, aprovecharse de tu situación privilegiada para atacar a los más débiles… Está claro que un gran poder conlleva una gran responsabilidad, y muchas veces es el propio poder el que acaba cegándote.

—Sí, nuestros ancestros no distinguieron el bien del mal, y fue el destino el que los castigó por sus injustos actos. —Mientras habla, Camilla mira un poco a todos los de la mesa, excepto a mí. Sus ojos van saltando de persona en persona, pero jamás se encuentran con los míos—. Hace cien años, un gran barco pirata consiguió llegar a Cabre… Al igual que vuestros botes, su navío fue empujado por la corriente y el azar lo arrojó a nuestro puerto.

—¿Y su barco llegó sano y salvo? —pregunto al recordar lo destrozada que acabó nuestra embarcación víctima de las fuertes olas de la zona.

—No del todo, pero pudo amarrar en puerto —responde Camilla mirando a Ronan—. Era una nave sin igual… A pesar de las malas condiciones en las que llegó se podía notar lo lujosa que era… ¡O eso dicen los ancianos! Según cuentan, la madera estaba cubierta de adornos de oro, incluso el mascarón de proa, una hermosa sirena que dirigía el barco, era de oro.

—¿Seguro que eran piratas? —cuestiona Sayer extrañado.

—Yo no pude verlo con mis propios ojos, pero los isleños siempre cuentan la historia diciendo que del mástil colgaba una bandera con una gran calavera… —aclara Camilla—. La tripulación de ese barco saqueó nuestra isla, decenas y decenas de soldados se llevaron todos los tesoros que Cabre había estado reuniendo durante años de expediciones. Arrebataron muchas vidas y nos quitaron lo que más necesitábamos, nuestra brújula.

—Justicia divina —sentencia Kiara con desconsideración. Aunque tiene parte de razón, no está bien culpar al presente de los errores que se cometieron en un pasado.

—Cabre merecía pagar por sus actos, pero aquello nos sumió en una crisis sin igual… No podíamos salir a por víveres y nuestra agricultura local era casi inexistente… —Camilla hace una pausa; aunque ella no nació aquí, por su forma de hablar se nota lo apegada que está a esta isla—. Tuvimos que empezar de cero.

—¿Y pudisteis solventar la situación? —pregunta Ula con especial interés. Parece como si estuviese escuchando un cuento y quisiera descubrir el final de una vez por todas.

—Durante las primeras décadas no fue tan mal, pero Cabre es una isla demasiado pequeña como para poder valerse por sí sola. Había demasiadas bocas que alimentar y poco terreno que cultivar, al tener poca vegetación no había forma de mantener la ganadería, además de que cada día había menos peces en nuestras costas…

Su relato me recuerda mucho a mi hogar. Puedo empatizar con ella y entender la desesperación que provoca ver cómo el lugar en el que te criaste va muriéndose poco a poco, sin poder hacer nada para evitar esa muerte anunciada.

—Cuando yo llegué a la isla, la situación no estaba tan descontrolada… Pero recuerdo que cuando cumplí doce años, la gente empezó a morir de hambre. —Los ojos de Camilla se llenan de lágrimas que se esfuerza por contener, aprieta los labios con fuerza e intenta serenarse para proseguir con la historia—. Y cuando creíamos que ya había llegado nuestro fin, él llegó.

—¿El Innombrable? —pregunta Sayer agarrando la mano de Ula, ambos están en tensión.

—Sí, pero lo más sorprendente fue lo que trajo consigo. —Todos guardamos silencio y observamos a Camilla deseosos de escuchar sus próximas palabras—. De su cuello colgaba la brújula sagrada.

De repente todo comienza a cobrar sentido, ahora entiendo la rápida sumisión del pueblo ante el dictador, entiendo lo mucho que él puede ofrecerles.

El Innombrable les ofreció seguir viviendo a cambio de su libertad, y nadie puede rechazar una oferta así.

—Todos tuvimos que bajar la cabeza y rendirnos ante él —prosigue Camilla—. Él era nuestra última oportunidad de vivir, así que todos sus deseos se volvieron órdenes, solo a cambio de dejarnos utilizar la brújula para reanimar la economía y poder salir en busca de alimento.

—¿Y qué deseos tenía? —pregunta Ronan cruzándose de piernas.

—Se hizo con el poder sobre la isla, hizo del castillo de la colina su residencia y compró a los soldados de Cabre a cambio de pactos de favor. Les prometió privilegios, les dijo que formarían parte de la élite de Cabre… Y alguien que solo ha conocido la pobreza, se rinde enseguida ante la posibilidad de salir de ella… Así que no solo tenía el poder de la sumisión del pueblo, sino también el poder de las fuerzas armadas.

—Y eso hizo que no pudierais rebelaros contra él… —reflexiono en voz alta.

—Exacto, no teníamos fuerzas para luchar, ni siquiera las teníamos para pensar en una posible revolución… El Innombrable no tardó ni un año en instaurar su jerarquía, nombró a cientos de ciudadanos esclavos y me quitó algo que pensaba que no podrían arrebatarme nunca… —dice Camilla entre unas lágrimas incontenibles que comienzan a mojar sus mejillas. Son lágrimas silenciosas, ella no gime ni solloza, solo sigue hablando para dejar de recordar lo sucedido cuanto antes—. Me arrebató mi dignidad, me hizo su esclava personal.

—¿Y por qué te eligió a ti? —plantea Ronan de una forma demasiado directa. Le doy una pequeña patada por debajo de la mesa para que la próxima vez intente tener más delicadeza.

—No lo sé… Un día estaba paseando por las calles de Cabre cuando me choqué con él y su tropa —prosigue mientras se limpia el rostro con las mangas de su camisa—. Él se quedó paralizado al verme, recorrió mi cuerpo con los ojos y con la mano me agarró la barbilla para observar mi cara más de cerca… Nunca antes me habían observado de esa manera tan sucia, tan lasciva. —Su relato comienza a darme escalofríos—. Recuerdo que giró mi cuerpo bruscamente y separó mi pelo buscando la marca.

—Así que tú también tenías la marca antes de que él comenzase a marcar a los esclavos con ella… —La esperanza de que Cabre no sea mi lugar de origen va creciendo con fuerza. Si Camilla tenía la marca antes de la connotación que el Innombrable le dio, significa que tiene otra procedencia.

—Así es, tomó mi marca como referencia y empezó a realizarle escarificaciones a todos los esclavos, los marcaba como ganado… —dice mientras niega con la cabeza—. El día que me encontró me llevó a lo alto del valle, me desnudó, me…

—No hace falta que hables de esto si no quieres, Camilla —la interrumpo para que no se sienta presionada a contar algo que no quiera decir. Sé lo duro que puede resultar hablar de un pasado tormentoso. Ella me responde levantando la palma de su mano asintiendo, y sigue con su testimonio.

—Me lavó y me convirtió en su propiedad. Yo no pude hacer nada, él me amenazó con hacer daño a mi familia y, para demostrarme que era capaz de todo, me entregó la oreja cortada de mi madre como prueba —continúa.

El silencio absoluto se adueña del lugar, su historia no deja indiferente a nadie y todos somos conscientes de la locura que esconde la cabeza del hombre al que vamos a enfrentarnos.

Si Camilla ya tenía la marca cuando llegó a esta isla, todavía no encuentro una explicación que justifique el porqué ambos la tenemos. Esta marca no pertenece a los esclavos, tiene que tener otro significado y no pararé hasta hallarlo.

—¿Y a qué situación nos enfrentamos a día de hoy? —pregunto para comprender cuál es la problemática actual.

—Ahora existe un grupo de rebeldes secreto, isleños que se han cansado de vivir bajo el yugo del Innombrable y prefieren morir luchando contra él que seguir viviendo así.

—Si ideásemos un plan… ¿Nos apoyarían? —plantea Ronan, que ya debe estar maquinando algo.

—Sí, no me cabe duda. Solo necesitan un empujón —responde Camilla mientras se levanta—. Así que pensad un plan, y tenedlo cuanto antes.

Sin ni siquiera despedirse, Camilla camina hacia la puerta y decido salir tras ella. No quiero que se vaya de esta manera, no quiero que tras haber contado algo tan personal huya en busca de una soledad que no va a reconfortarla.

—¡Camilla! —exclamo mientras agarro con delicadeza su brazo, pues ya estaba a punto de cruzar la puerta de la salida. Ella se gira y se libra de mí tirando de su extremidad.

—Marco, no quiero hablar contigo ahora mismo —dice con una expresión muy seria y con cierto rencor en su mirada—. De hecho, creo que tú también tienes mejores cosas que hacer, ¿verdad?

Me quedo mirando cómo me da la espalda y cruza el umbral de la puerta sin mirar atrás. Sé que la he decepcionado, ha visto algo que no tendría que haber sucedido y que no podré explicarle si sigue a la defensiva mucho tiempo. Mañana intentaré hablar con ella, cuando todo esté más calmado, cuando incluso yo sea capaz de procesar todo lo que Camilla nos ha contado y el beso inesperado de Kiara.

—Vaya…

Me giro para ver quién está detrás de mí, y veo cómo Kiara se agacha para recoger la manzana que hace unos minutos dejó caer. La agarra y la frota contra su camisa para limpiarla.

—Parece que tu amiguita no quiere saber nada más de ti —comenta con un especial retintín abriendo la boca para morder la fruta.

—Creo que hay algo de lo que debemos hablar, Kiara.

—¿Tú crees? —me pregunta mientras mastica—. Yo creo que todo está muy claro. Tranquilo, Marco, no volveré a molestarte. Al fin y al cabo, ya he visto detrás de quién vas.

Tras sus palabras, Kiara sube las escaleras y en el último escalón se gira y clava una última vez sus ojos esmeraldas en los míos.

Y no sé por qué, no sé qué demonios ha hecho esta mujer conmigo… pero cuando Kiara me mira, se me eriza cada centímetro de piel.

ras todo lo que nos contó Camilla, vuelvo a mi habitación y me tumbo sobre la cama. Tengo tantas cosas en las que pensar que no soy capaz de centrarme ni siquiera en una de ellas; siento como que mi cabeza da tumbos y me parece que el techo, lleno de grietas, empieza a moverse sobre mí.

Recuerdo que cuando era pequeño, el techo de mi habitación también estaba lleno de pequeñas grietas. La pesadilla más recurrente que tenía era una en la que comenzaba a resquebrajarse y el polvo que salía de las roturas se me caía en la nariz hasta que conseguía despertarme; entonces todo el cemento empezaba a caérseme encima, aplastándome e impidiéndome respirar. La angustia que sentía era tal que siempre mojaba la cama y me despertaba gritando, sintiendo todavía la presión de tener mucho peso sobre mi pequeño pecho.

Lo que me tranquilizaba era que mis gritos siempre eran socorridos por la sirvienta que me cuidaba. Se llamaba Aldara, era una anciana afable y con la suficiente paciencia como para calmar mis brotes de ansiedad. Con sus arrugadas manos acariciaba mi cara hasta que volvía a quedarme dormido, escuchando cómo su dulce voz entonaba una nana.

Ella era mi ángel de la guarda. Me cuidó como si fuese su hijo y me hacía compañía en los largos días de soledad. Me educó para ser un buen hombre, me enseñó a diferenciar entre el bien y el mal, a aplicar la justicia en todas las circunstancias e hizo más llevadero el infierno al que mi padre me sometía. Muchas veces, tuvo que curar las heridas abiertas que me dejaba en la espalda tras azotarme con su cinturón. Nunca olvidaré lo mucho que lloraba cuando me quitaba la camiseta impregnada de sangre y contemplaba el nuevo estropicio que tenía que arreglar. Con algodones y alcohol, iba desinfectando lo que ahora son mis cicatrices, y lo hacía con tanta delicadeza que el dolor pasaba a un segundo plano. Juntos despotricábamos contra mi padre para desahogarnos, le llamábamos «cerdo de dos patas» y cientos de apodos todavía más ridículos que lograban sacarnos unas sonrisas y restarle seriedad al asunto.

Aldara estuvo a mi lado desde los seis años hasta que cumplí doce. Cada vez se hacía más mayor, pero se esforzaba en estar activa para no perder la energía que necesitaba para cuidarme. Ella sabía que era lo único que tenía, la única pizca de bondad que conocía por aquel entonces. Pero a medida que yo crecía, todo lo que Aldara se esforzaba por inculcarme iba haciendo mella en mí. Con los años comencé a entender lo que mi padre le estaba haciendo al pueblo de Veira, comprendí lo necesario que era acabar con su mandato y buscar un futuro mejor para los isleños. Y así como Aldara se iba dando cuenta de la honorable persona en la que me estaba convirtiendo, mi padre también se percató del peligro que suponía tener un enemigo en su propia casa. Empezó a ver cómo me rebelaba contra él, cómo hacía caso omiso a sus palabras aunque eso significase afrontar un castigo… Y él no podía permitirse tener una amenaza en su propio hogar.

Podría haber matado a Aldara y así acabar con la raíz del problema, pero ella ya había conseguido cultivar en mi mente las semillas de sus ideas, las semillas del progreso. Si mi padre acababa con su vida, lo único que habría conseguido sería avivar en mí la llama de la venganza y del odio, y con ello solo lograría darme más fuerza de voluntad… Así que lo que hizo fue mil veces peor.

Cierto día mi padre me llamó a su despacho, algo que nunca antes había hecho. Entré con cierta incertidumbre, pero supuse que acabaría recibiendo golpes o gritos por incumplir alguna de mis responsabilidades. Pero mi padre se hallaba sereno, mirándome desde su sillón con total tranquilidad.

«Tengo algo que confesarte.»

Me dijo con su grave e imponente voz, yo guardé silencio, esperando a que continuase hablando. Antes bajaba la cabeza nada más escuchar que se dirigía a mí, mas después de tantos años de sumisión di el paso de mirarle fijamente sin titubear ni un segundo.

«¿Soy un cerdo de dos patas, Marco?»

Cuando escuché su pregunta sentí un escalofrío tan fuerte que todo mi cuerpo se congeló. Toda la valentía de la que me había adueñado se esfumó, sentí miedo, quería huir antes de que me empezase a torturar, pero mis pies no se despegaban del suelo.

«Sé todo lo que dices sobre mí… Y también sé el cariño que le has cogido a la sirvienta, ¿Cómo se llamaba…? ¿Aldara, quizá?»

Escuchar ese nombre salir de su sucia y degenerada boca generó en mí un miedo diferente, ya no me importaba que me hiriese o me azotara como siempre hacía, mi preocupación en ese momento se volcó totalmente en Aldara. Solo pensar que su débil cuerpo tendría que aguantar los golpes a los que yo estaba acostumbrado me helaba la sangre.

«¿No te preguntas cómo lo sé?»

Pensé que quizá otro súbdito de mi padre lo habría escuchado, también valoré la opción de que mi padre hubiese torturado a Aldara en busca de información sobre mí… Pero lo que mi padre me confesó, me dejó atónito.

«Aldara trabaja para mí, Marco. Ella ha sido desde el principio mi manera de saber todo sobre ti. Tus planes de escapar, todas las sandeces que decías sobre tu propio padre… Ella me lo ha contado todo siempre, jamás ha estado contigo por otra razón que no sea el dinero que yo le ofrezco.»

Sus palabras se clavaron en mi corazón como estacas, haciéndome mucho más daño que el peor de sus golpes. Me sentí traicionado, engañado, todo a mi alrededor parecía desmoronarse, todo lo que creía real se volvió una mentira que crecía a cada segundo que pasaba.

«No te ha querido ni te querrá nunca, Marco.»

Incapaz de asimilar con claridad lo que estaba ocurriendo, fue mi cuerpo el que reaccionó y ordenó a mis piernas llevarme muy lejos de esa sala. Corrí por los pasillos, bajé las escaleras con una rapidez inaudita y cuando llegué a los jardines me dejé caer de rodillas sobre la fría y mojada hierba. Grité, grité como grita un niño de doce años. Con desesperación, dejando a mi pecho sin un ápice de aire. Lo único valioso que tenía en mi infame vida se había evaporado, y no solo eso, sino que acababa de descubrir que nunca había sido verídico. Empecé a arrancar brotes de hierba hasta que mis manos se tornaron rojas al igual que mis irritados ojos, enmarcados por unos párpados hinchados de tanto llorar.

No volví a ver a Aldara, en tan solo unos minutos mi padre consiguió deshacerse de ella y hacer que yo la odiara con cada parte de mi ser. Maldije a esa mujer cada noche, cada mañana que me levantaba y veía a la nueva señora del servicio. Ya no tenía a nadie con quien hablar dentro de aquel infierno, mi padre consiguió encerrarme en la peor de las cárceles: mi propia mente.

En aquel momento era demasiado vulnerable como para plantearme la veracidad de los hechos, estaba demasiado dolido como para buscar una explicación más lógica a todo lo que había ocurrido… Pero con el paso de los años, lo empecé a ver todo más claro.

Y es que no hay mejor forma de acabar con el enemigo, que volver a su compatriota contra él. Porque un ataque procedente del adversario te lo esperas, pero una traición desde tu bando es algo con lo que nunca cuentas, algo que no estás preparado para afrontar.

—¡EXACTO! —exclamo saliendo del pasado que estaba recordando mientras me reincorporo en la cama. Nuestras vivencias nos enseñan muchas veces a cómo afrontar futuros conflictos, y ese engaño que no fui capaz de desmontar con doce años será la clave para superar este nuevo reto.

Salgo de mi cuarto con una emoción desbordante, cruzo el pasillo para llegar a la puerta de la habitación de Ronan y la abro con mucha fuerza.

—¿No eres tú el que siempre dice que hay que llamar antes? —me pregunta Ronan tirándome la almohada sobre la que estaba recostado. Parece que acabo de despertarle de la siesta.

—¡Creo que lo tengo, Ronan! Creo que sé cómo acabar con el mal de esta isla.

Los ojos de Ronan dejan de parecer somnolientos para abrirse como platos, está dispuesto a escucharme y su expresión corporal así lo demuestra. Se levanta y se cruza de brazos.

—¿Y qué has pensado? —dice con curiosidad.

—Tenemos que romper sus filas desde dentro, hacer que sus propios guardias se rebelen contra el Innombrable —digo mientras camino en círculos por el cuarto. Siempre lo hago cuando estoy muy nervioso o emocionado, no puedo dejar de caminar mientras hablo.

—Una táctica que suele ser infalible, pero ¿cómo podemos conseguir algo así?

—Solo hay que extender un rumor, una información falsa que consiga desestabilizar a todos —contesto mientras me toco la barba con una mano, un gesto que también hago de forma recurrente—. Tenemos que lograr que vean a ese malvado hombre como nosotros lo vemos.

—Yo creo que ellos ya saben cómo es él, Marco… Pero se engañan a sí mismos cegados por los privilegios que les otorga. El Innombrable compra su lealtad —repone Ronan siendo muy coherente. Y es que muchas veces, para aliviarnos del sentimiento de culpa que nuestras acciones pueden traernos, nosotros mismos somos capaces de alterar nuestra propia percepción de los hechos. Sabemos lo que está pasando, sabemos lo que ocurre, pero nos autorrealizamos una distorsión cognitiva para no procesar la información de forma racional. Nuestra propia mente distorsiona la realidad, oculta lo que preferimos no recordar y nos envuelve en una ilusión que justifica nuestros actos.

—Exacto, Ronan —asiento muy convencido de lo que voy a decir—. Pero no hay peor lealtad que la que es comprada.

—Porque la lealtad no se compra.

—Porque la lealtad no se compra —respondo repitiendo sus palabras y abrazándolo. Ambos sabemos que seremos leales al otro pase lo que pase, y nuestra confianza ciega no hay dinero que la pueda igualar.

—Para que ellos lo vean como nosotros lo vemos, tenemos que quitarles esos privilegios con los que se vendan los ojos —enuncia Ronan.

—Y podemos conseguirlo, solo necesitamos un infiltrado en sus filas.

—Seguro que Camilla conoce a alguien de la oposición que trabaje como soldado. ¡Tenemos que preguntárselo cuanto antes! —exclama mientras da una palmada al aire para desfogar su euforia.

—Creo que hoy tiene un espectáculo a las diez, podemos ir y así le presentamos nuestro plan —propongo pensando también en que será una buena oportunidad para aclarar las cosas. Ronan me mira con cierta condescendencia y guarda silencio, esperando a que diga algo más—. ¿Qué?

—Creo que quizá es mejor que vayas tú solo a verla —expone chirriando los dientes—. Y tienes que explicarme qué pasó con Kiara, me da la sensación de que hay muchas cosas que no me estás contando.

—Ojalá pudiera decirte algo, Ronan, pero estoy tan perdido como lo estás tú —contesto con total sinceridad.

—¿Así que me tengo que creer que ese beso no tuvo ninguna razón de ser? —Por su expresión Ronan no parece creerme, frunce mucho el ceño y se encoge de hombros—. Pensaba que habías tenido un flechazo amoroso con Camilla, ¿a qué estás jugando?

Sus preguntas me desquician y no me apetece intentar explicar algo a lo que ni siquiera yo le encuentro una explicación.

—Creo que ahora mismo tenemos cosas mucho más importantes en las que pensar —digo de forma cortante tratando de volver al tema de conversación inicial.

—Te recuerdo que hicimos un pacto… —responde Ronan haciendo referencia a la promesa que hice de contarle más sobre mi vida y mis sentimientos. Sé que no puedo romper mi palabra porque él cumplió con la suya, así que resoplo y procedo a contarle lo poco que sé sobre lo que está sucediendo en mi cabeza.

—Lo único que puedo decirte es que Kiara pasó de odiarme a querer besarme. No sé qué le hizo cambiar de opinión —le explico.

—Yo creo que le gustas a Kiara desde el principio… —afirma Ronan entre risas; le encanta hablar sobre amoríos y mujeres y sabe lo incómodo que me siento yo con estas temáticas—. Los primeros días intentó reprimirlo recordándose a sí misma lo mucho que te odiaba, pero ahora sus sentimientos reales han salido desbocados… Algo así como lo que sucede en los amoríos entre primos, quieres silenciar la atracción por todo lo que acarrea, pero finalmente te dejas llevar y…

—¡VENGA YA, RONAN! —exclamo incrédulo ante la analogía que acaba de hacer—. ¿No se te ha ocurrido una comparación mejor?

—Sabes que tengo razón —dice entre carcajadas mientras muerde uno de sus palillos.

—Espero que no lo hayas dicho desde la experiencia… —comento asqueado solo de imaginármelo.

—Bueno… Veira es una isla muy pequeña y… —contesta con picardía mientras no deja de reírse. Yo me cubro la cara con las manos y emito una pequeña carcajada: este hombre no dejará de sorprenderme.

—No tenemos tiempo para hablar de eso ahora mismo —digo intentando cambiar de tema cuanto antes.

—¿Y qué me dices de Camilla? —pregunta generando otra conversación que también quiero evitar—. Has empezado hablando de Kiara y no has dicho nada sobre ella… Eso ya dice much…

—¡Para, Ronan! —exclamo interrumpiéndole. No quiero escuchar lo que va a decir, ya tengo un conflicto interno demasiado fuerte como para hacerlo todavía mayor con las teorías amorosas de mi hermano—. Este tema está zanjado, a partir de ahora nos centraremos en lo importante, y te estoy hablando como tu jefe —le aclaro intentando mostrar un poco de autoridad—. Por la noche iré a hablar con Camilla, le contaré lo que hemos estado hablando.

—Perfecto, jefe —responde Ronan desde la sátira. Yo entorno los ojos y me voy de la habitación.

Cruzo de nuevo el pasillo para llegar a mi cuarto y descansar un poco; mi cuerpo aún está un poco resentido del naufragio y no es capaz de soportar activo como debería todas las horas del día... Además, si tenemos pensado luchar contra el sistema, más nos vale reunir todas las fuerzas posibles.

El silencio del pasillo me calma, cierro los ojos y muevo mi cabeza de lado a lado para hacer crujir mi cuello.

Cuando abro los ojos, me encuentro frente a la puerta de mi habitación, pero lo que hay ante ella hace que se me pare el corazón. Solo he estado en la habitación de Ronan unos quince minutos, pero en ese tiempo alguien ha venido hasta aquí para darme un toque de atención muy siniestro.

Ante mis ojos y bajo el umbral de mi puerta yace la cabeza de un cerdo, y escrito en el suelo de madera con la sangre del animal puede leerse la palabra «CERDO».

Lavo mis manos manchadas de sangre bajo el agua que cae del grifo. El lavabo comienza a teñirse de rojo, así que voy frotando con los dedos para que no queden manchas sobre el blanco mármol. He eliminado todos los elementos de la escena que alguien se encargó de dejar en la puerta de mi habitación, he tirado la cabeza del cerdo y he frotado enérgicamente el suelo para que no queden restos de la sangre. No quiero alertar al resto de mis compañeros, pero debo avisarles de que alguien quiere asustarnos.

Debemos actuar cuanto antes; de lo contrario, será demasiado tarde y nuestro destino acabará marcado por la tragedia. Levanto la cabeza para ver mi reflejo en el espejo y me encuentro con un rostro cansado, mis ojeras se han vuelto más oscuras.

Una vez tengo las manos limpias, aprovecho para echarme un poco de agua por la cara y mojarme el pelo, intentando despejarme y huir del calor insoportable que hace en esta isla. También me percato de que mi camisa se ha manchado un poco, así que aprovecho que no hay nadie en el baño para quitármela y lavarla con jabón para que salgan las manchas.

Froto con fuerza, pero por más que lo intento la sangre no se desvanece, ni siquiera pierde un poco de color. Sigo frotando cuando, de repente, la puerta del lavabo se abre.

—¿Qué haces?

Como no podía ser de otra manera, es Kiara quien entra y me pregunta por mis quehaceres. Lleva en las manos un cepillo de dientes, así que supongo que vendría a lavárselos tras comer. Yo no respondo, simplemente levanto las manos para que ella misma pueda ver qué estoy haciendo.

—¿Son manchas de sangre? —pregunta tras ver los tonos rojizos sobre el lino de la camisa.

—Sí, no soy capaz de quitarlas —contesto mientras sigo frotando.

—La sangre no suele salir solo con agua y jabón, Marco —replica mientras se acerca y deja el cepillo apoyado en el lavabo—. Probemos con esto —dice cogiendo el bote de pasta de dientes que también traía consigo.

Kiara aplica un poco de pasta dentífrica sobre las manchas, agarra mis manos con las suyas y las va moviendo con suavidad, dejando que el agua pase entre nuestras palmas. Nuestros movimientos están sincronizados, ella dirige los míos y yo me dejo guiar por los suyos.

—Vaya, parece que están saliendo —comento viendo que su remedio funciona. Las manchas se han ido casi por completo.

—A veces es más útil actuar con astucia antes que con fuerza —comenta mientras despega sus manos de las mías acariciando sutilmente mis dedos. Kiara es capaz de transmitir sensualidad hasta limpiando una prenda de ropa. Es increíble lo estudiados que parece que tiene sus movimientos: solo rozándome el dorso de las manos ha conseguido erizarme la piel.

—Creo que deberíamos hablar de lo que sucedió antes —digo repitiéndome. Antes no quiso hablar conmigo y creo que es importante dejar las cosas claras.

—Ya te he dicho que no creo que haya nada de lo que debiésemos hablar, lo pensé hace unas horas y lo sigo pensando ahora —responde cortante mientras escurre mi camisa para dármela y poder lavarse los dientes.

—¿Por qué hiciste eso, Kiara? —pregunto. Ella decide ignorarme, así que cierro el grifo justo cuando iba a mojar su cepillo para que deje de esquivar mis preguntas.

—Eres muy pesado, Marco —se queja resoplando tras ver que no voy a dejar de incordiarla hasta que responda—. Me apetecía y lo hice, no hay más.

Pienso en si debería insistir, ya que su respuesta no me parece del todo creíble. Me parece que su acción esconde segundas intenciones, pero no creo que me las cuente por mucho que siga insistiendo, así que opto por mostrar la misma actitud pasiva que ella tiene y voy hacia la puerta del baño, decidido a dejar la conversación aquí.

—Y lo haría de nuevo ahora mismo —declara Kiara deteniendo mis pasos. Me quedo parado bajo el umbral de la puerta, sin saber qué hacer. ¿Debo girarme y decirle algo, o mejor sigo mi camino e ignoro su comentario? Por suerte, antes de que pueda reaccionar Ula se cruza conmigo y entra en los baños.

—¡Hola, chicos! Yo también venía a lavarme los dientes —exclama con su habitual inocencia.

Kiara suelta una pequeña risotada y yo, algo confuso, aprovecho la ocasión para salir de los lavabos y alejarme de lo que podría ser una incómoda situación. No puedo evitar pensar en lo que haría si Kiara se lanzase de nuevo a besarme… ¿su beso sería correspondido o ahora reaccionaría de otra manera? Ni yo mismo sé qué haría, supongo que en ese momento mi cuerpo respondería de una forma o de otra, pero ahora mismo estoy tan confuso que no podría adivinar lo que sucedería… Y es que hay algo en Kiara que me atrae de una manera casi indebida, su forma de ser me pone de los nervios, pero a la vez consigue llamar mi atención. Siento una especie de deseo culpable, saber que estar junto a ella no me conviene genera en mí cierta excitación hacia lo prohibido. Aunque… realmente, ¿quién me lo prohíbe? ¿Yo mismo? Quizá sea yo quien se pone las limitaciones, puede que por mis sentimientos hacia Camilla.

De hecho, creo que la primera que sabrá lo que acaba de pasar será ella, en unas horas comienza su función, así que aprovecharé para ir a verla y hablar sin prisas. Quizá sepa quién ha podido dejar la cabeza de cerdo en mi puerta.

Tras dejar mi camisa en la ventana durante unos minutos para que se secase, me la pongo y procedo a salir del hospital para ir al salón de baile. Tardo muy poco en llegar y esta vez no hay nadie vigilando la puerta, así que entro con prudencia. Hay muchas chicas que apresuradas van de un lado a otro, cargando con ropa y pelucas. Busco el rostro de Camilla entre ellas, pero no lo encuentro… Puede que esté en su camerino, y como recuerdo donde está, voy a las bambalinas para llegar a él.

—¿Qué haces aquí? —pregunta una voz cuando estaba a punto de petar en la puerta. Cuando me giro encuentro a Camilla de brazos cruzados y con una expresión un tanto seria.

—Quería hablar contigo —respondo de forma amistosa. Ella me aparta para abrir la puerta con su llave; una vez entra, sigo sus pasos y la cierro. Camilla ya está preparada para el evento de esta noche. Esta vez viste una falda negra muy corta de un ligero color rojo pasión, a juego con sus labios. Cubriéndole el pecho lleva un sujetador lencero algo transparente, es muy insinuante y resalta las curvas de su cuerpo. La peluca que ha elegido para esta noche es rubia; aunque le queda bien, su pelo natural encaja mucho más con su rostro, aunque quizá ella busque esa diferenciación.

—¿Y de qué quieres hablar? —pregunta buscando algo que hacer para no tener que mirarme. Decide coger el pintalabios y retocarse el maquillaje, a pesar de que está perfecto y seguramente recién hecho.

—Lo que viste hoy por la mañana… me sorprendió tanto como a ti —digo intentando encontrar las palabras perfectas para no descarrilar la conversación.

—No tienes que darme explicaciones de nada, es tu vida —responde haciendo valer su orgullo.

—Bueno… por tu comportamiento pensé que te había ofendido, por eso quería aclarar las cosas —confieso percatándome de que intenta esconder su molestia. Camilla guarda silencio, parece que está pensando muy bien cómo responderme.

—Solo me pareció extraño que un día me trajeses flores y al día siguiente estés besándote con una de tus marineras. —Su tono ha cambiado por completo, parece que ahora sí que está dejando ver lo que siente realmente. Habla con indignación y con cierto rencor, algo que sospechaba que pasaría y que puedo llegar a entender si me pongo en su lugar.

—Kiara me besó de repente, no he tenido nada con ella si es lo que estás pensando.

—¡Y no me importa si tienes algo con ella! —exclama dejando el pintalabios con fuerza sobre su tocador—. Lo único que no quiero es que estés jugando a dos bandas… Hay muchos hombres como tú en este país, mas por la forma en la que me mirabas… creía que eras diferente. Pero en esta isla ya se sabe que lo que nos trae la mar no es nunca nada bueno. Quizá estaba equivocada, creé una imagen de ti sin conocerte lo suficiente.

No sé muy bien cómo tomarme sus palabras. Parece estar decepcionada conmigo, pero al fin y al cabo yo no tengo la culpa de sus expectativas. Soy como soy y si Camilla esperaba más de mí quizá el error esté en lo mucho que espera de los demás sin dar ella nada a cambio. ¿Acaso hizo algo por mí, acaso mostró interés más allá del agradecimiento por mis flores? Muchas veces pedimos a los demás cosas que nosotros mismos somos incapaces de dar.

—Solo quería dejar claro que mis intenciones han sido y siempre serán sinceras. —Podría decir todo lo que se me pasó por la cabeza, pero prefiero evitar confrontaciones y cambiar de tema. Creo que dejándonos llevar acabaremos en el lugar que el destino quiere para nosotros, no pienso forzar nada ni con ella ni con Kiara…

—Pues supongo que queda claro… —dice mientras se gira para mirarme por primera vez desde que estamos en la misma habitación.

—Hay otra cosa que me gustaría contarte…

—Te escucho.

—Hoy me ha ocurrido algo bastante perturbador… Al volver a mi cuarto tras nuestra conversación por la mañana, encontré la… —guardo silencio unos segundos intentando decir lo que vi sin que parezca una locura, pero no hay forma de edulcorarlo— la cabeza de un cerdo ante mi puerta.

Tras mis palabras, Camilla se asusta y retrocede unos pasos exaltada, haciendo que muchas de las cosas que había sobre el tocador caigan al suelo.

—¿De… de un cerdo?

—Sí, y con su sangre alguien escribió la palabra «CERDO» en la madera de la puerta.

—No puede ser… —dice en un estado de nerviosismo extremo. Se lleva las manos a la cabeza y empieza a morderse los labios, presa de un histerismo contagioso.

—¿Qué pasa, Camilla? —pregunto también nervioso, queriendo saber de una vez por todas por qué le ha afectado tanto esta información.

—Él siempre utiliza a los cerdos para dar mensajes, toques de atención… para amenazar, para dejar su marca sobre alguien… Es lo que hace antes de asesinar a un traidor, o antes de exiliar al culpable de un crimen… —Mientras habla, Camilla está petrificada. Sus ojos están humedecidos y las lágrimas no tardan mucho en caer por sus mejillas—. Les hace llegar la pata de un cerdo, las orejas, la cabeza… para que sepan que sus actos no tienen vuelta atrás.

—¿Quién hace eso, Camilla? ¿El Innombrable? —pregunto a pesar de que creo conocer la respuesta.

Camilla asiente, y con cara de absoluto terror enuncia las siguientes palabras:

—Nuestros días están contados.

Capítulo 15

«Nuestros días están contados.»

La frase de Camilla se repite palabra por palabra en mi cabeza; mientras proceso lo que acaba de decir intento pensar en alguna posible solución.

—¿Marco? —pregunta Camilla mientras me zarandea los hombros tras ver que me he quedado callado y con la mirada perdida. He estado a punto de perder el conocimiento.

—¿Tienes algún lugar donde podamos escondernos?

Lo único en lo que puedo pensar es en la seguridad de mis compatriotas, necesito ponerlos a salvo lo antes posible.

—Sí… conozco un sitio, es donde se reúne la Resistencia de Cabre —enuncia Camilla tranquilizándome un poco—. Te guiaré por las catacumbas de la ciudad para que ningún guardia pueda vernos, iremos a por ellos y luego os llevaré al lugar seguro.

—¿Es necesario que nos acompañes tú? Necesito que hagas otra cosa —digo pensando en el plan que visioné esta mañana. Camilla tiene que encargarse de extender ese falso rumor que desestabilice las tropas del Innombrable. Solo ella podrá hacerlo con cierta credibilidad.

—Os puede acompañar una amiga, pero ¿qué quieres que haga?

Cojo aire y le explico parte por parte la idea que tuve hace unas horas. Ella me mira incrédula, negando con la cabeza, como si le estuviese contando una auténtica locura. Sin embargo, y como me dijo Kiara, a veces la fuerza no arregla el problema mientras que la astucia consigue resolverlo. Nosotros no podemos combatir, nos superan tanto en número como en calidad de batalla. Nuestra única opción es actuar desde la inteligencia, conseguir que sean ellos mismos los que se derrumben desde dentro. Una vez consigamos generar el caos actuaremos de forma directa.

—¿Tienes a algún conocido dentro de la armada? —pregunto intentando avanzar lo antes posible. Si Camilla está en lo cierto, a partir de ahora esto es una cuenta atrás.

—Sí, un cliente… —me responde dudosa; no tiene mucha confianza en el plan y el miedo recorre su tembloroso cuerpo—. Pero ¿qué puedo decirle? No se me ocurre nada que logre provocar el revuelo del que hablas.

Camilla tiene razón: para conseguir que unos súbditos desafíen a su jefe se necesita una auténtica bomba de relojería. Tenemos que pensar en algo que los enfurezca, que les dé tanta rabia que no puedan retenerla dentro, algo que les dé ansias de venganza.

¿Y qué es lo que más les dolería perder a esas personas? Ellos bajaron la cabeza a cambio de un estatus de poder y un escudo protector para sus familias, así que quizá si les advertimos de que perderán sus privilegios consigamos enfurecerlos lo suficiente.

—¿La gente sabe que eres la favorita del Innombrable?

—Todo el mundo lo sabe, Marco —Camilla responde de forma cortante y muy avergonzada, bajando la mirada. Se nota que no le gusta hablar del tema y que odia la situación que le ha tocado vivir. El sacrificio que hace por su familia es muy admirable. Es una mujer luchadora llena de cicatrices que tardarán mucho en curarse, pero me prometí a mí mismo no solo ayudarla a ella, sino sacar a todos los isleños de esta pesadilla que parece no tener final.

—Debes hablar con tu contacto y decirle que te has enterado de que el Innombrable está pensando en echarlos para formar una nueva cuadrilla —digo mientras levanto su barbilla con mi dedo índice—. Tienes que dejar muy claro que les quitará todo lo que les ha dado, que se quedarán sin nada.

—¿Y por qué iban a creerme? Si el Innombrable se enterase… Acabaría, acab… Acabaría con mi vida al instante —Camilla habla con pánico, haciendo infinitas pausas y tartamudeando. Puedo entender lo difícil que es dar el paso hacia la liberación, después de estar durante años tras unos barrotes invisibles romperlos se vuelve una ardua tarea. Sentí algo parecido a lo que ella refleja cuando salimos del puerto de Veira, también lo sentí cuando vi cómo nuestro barco se hundía en medio del océano y lo vuelvo a sentir ahora cuando soy consciente de lo que estamos a punto de hacer.

Es como una presión en el pecho, como si tu caja torácica empequeñeciese de repente y tus pulmones estuviesen enjaulados sin poder coger aire. Se te hace un nudo en la garganta, sientes cómo la saliva no baja y se acumula en la laringe sin poder seguir su curso. Comienzan los sudores fríos, notas cómo se te empapa la nuca y cómo por tu frente cae una gota lentamente… Lo definiría como la transición al comienzo de la acción, justo en el momento en el que sabes que ya no hay vuelta atrás.

—Si sabe todo lo que tenemos entre manos, y tú misma has dicho que el cerdo que dejaron ante mi puerta es la clara evidencia de que lo sabe, todos seremos asesinados igualmente —expongo con elocuencia, intentando hacerle ver que tenemos que estar al cien por cien para conseguir nuestro propósito—. ¿Prefieres que te maten sus manos o morir intentando derrocarle?

—Quiero ser yo quien acabe con su vida —responde tras unos segundos de intenso silencio. Mis palabras han conseguido despertarla, aportarle esa motivación que estaba apagada por el miedo.

—Te lo prometo —digo con sinceridad agarrando sus manos. Por el rostro de Camilla resbala una lágrima fugitiva, una lágrima de pura furia. Ella me abraza con fuerza, apoyando su cabeza en mis hombros, yo acaricio su pelo con calma y delicadeza, deseando que esta no sea la última vez que pueda verla…

Cuando nos separamos, nuestras miradas se endurecen y ambos sabemos que ha llegado el momento de que cada uno se vaya a cumplir su misión.

—Si todo esto funciona, te estaré agradecida de por vida —declara Camilla apretando los labios para aguantar el llanto—.

—Espera aquí, Marco —dice antes de abandonar su camerino e irse tras recoger su ropa.

Yo me quedo quieto, sentado en el taburete que tiene junto a su tocador. Ni siquiera sé a quién estoy esperando, el tiempo pasa tan lento que los minutos parecen horas. Es increíble lo mucho que puede cambiar nuestra percepción de los que nos rodea dependiendo de lo que sintamos en ese momento. El tiempo se puede ralentizar si estás esperando a alguien o, por el contrario, se puede esfumar de forma veloz si estás disfrutando con tus amigos. Algo parecido pasa con los lugares.

Viví la mayor parte de mi vida en una gran mansión con mi padre. Teníamos todos los lujos que alguien puede desear, incluso aquellos que nadie necesita. Sin embargo, a pesar de estar rodeado por esculturas de mármol y oro, a pesar de comer en vajilla de plata y que las obras de los mejores artistas te acompañen con la mirada mientras recorres los pasillos… yo siempre sentí ese lugar como un infierno construido con la sangre y el sudor de cientos de personas. Y es que muchas veces, tras el éxito y la fortuna de alguien, se encuentra el sufrimiento y la penuria de muchos otros.

Prefiero una vida modesta con la conciencia tranquila que una llena de opulencia y remordimientos de conciencia. Mi padre nunca pidió mi perdón, pero si me lo hubiera pedido jamás se lo habría podido dar. Soy el hijo de un traidor, de un ladrón y de un asesino… Limpiar mi nombre fue algo que logré con perseverancia, a base de esfuerzo y de buena fe, y aun así siento que la sombra de sus crímenes siempre me acompañará vaya donde vaya.

—¿Eres Marco? —pregunta una voz hasta entonces desconocida abriendo la puerta del camerino. Por la ropa que lleva es obvio que trabaja aquí, lo más probable es que sea la amiga de Camilla.

—Sí, soy yo —respondo levantándome, saliendo de mis pensamientos.

—Sígueme, Camilla me ha dicho que te ayude.

Sin mediar más palabras, la joven comienza a andar y yo la sigo algo apresurado. Se mueve como pez en el agua, sorteando los innumerables pasillos que tiene este pequeño laberinto. Acabamos en los baños privados, los que solo pueden usar las mujeres que trabajan aquí. La chica va hacia la última cabina y abre la puerta con delicadeza, intentando no hacer ruido. Lo que veo me sorprende muchísimo, en el sitio que debería ocupar el retrete hay un enorme agujero de por lo menos tres metros de profundidad.

—¿Es un túnel? —pregunto recordando lo que Camilla me había comentado al respecto de unas catacumbas.

—Sí, la Resistencia aprovechó las antiguas catacumbas de la ciudad para cavar unos túneles que uniesen los diferentes puntos de Cabre —dice observándome de arriba abajo, noto cómo me inspecciona con la mirada, quizá pensando si merece la pena arriesgar la vida por alguien como yo—. Las salidas de los túneles son lugares seguros dirigidos por aliados —añade tras darse cuenta de mi inseguridad—. Saltaré yo primero.

La joven pelirroja salta sin miedo, como si ya lo hubiese hecho cientos de veces antes. Una vez llega al fondo oscuro de tierra, me hace indicaciones para que salte. Sin pensarlo dos veces, me impulso con los pies y caigo. A nuestro lado, apoyada en el en suelo, hay una pequeña lámpara de queroseno que la joven agarra y enciende tras varios intentos. Ahora que la cálida luz de la llama inunda el túnel, me percato de lo largo que es.

—Quieres ir al hospital, ¿verdad? —inquiere mientras camina acelerada. El camino es de tierra y hay muchas rocas y piedras sueltas, por lo que aunque intento seguir su ritmo soy cuidadoso para evitar caerme.

—Sí, allí están mis amigos.

—Una vez nos reunamos con ellos os llevaré al refugio.

—¿Son del todo seguros estos túneles? —pregunto con curiosidad. No comprendo cómo puede existir esta gran obra subterránea sin que las autoridades estén al tanto.

—Todos en Cabre saben que existen las catacumbas, pero muy poca gente bajó alguna vez a verlas —me explica acelerando todavía más el paso, parece que estamos escapando de alguien—. Nadie sospecha que las usemos, así que por ahora sí lo son.

Los túneles son un auténtico pasadizo, no sé cuántas veces hemos girado a la izquierda para luego hacerlo a la derecha y viceversa… Me parece imposible ubicarse en este lugar, pero la chica a la que sigo parece saberse de memoria todos los movimientos que debe hacer para llevarme al hospital. ¿Cuántas veces han debido de usar los túneles para conocerlos tan bien? ¿Cuántas veces han tenido que esconderse, que huir, que salir corriendo sabiendo que no tenían a dónde ir…?

A medida que avanzamos creo escuchar unos pasos tras nosotros, pero después me percato de que seguramente lo que escucho sea el eco de nuestras propias pisadas rebotando contra las claustrofóbicas paredes.

—Hemos llegado, sube por aquí y aparecerás en una de las habitaciones del hospital. No te preocupes, todos los que trabajan allí forman parte de la Resistencia.

Asiento con la cabeza y hago lo que la pelirroja me ordena. Ante mí hay un agujero como por el que descendimos, pero ahora me toca ascender por él. Meto los pies en las pequeñas perforaciones que hay sobre la pared de piedra y me agarro a los salientes lo mejor que puedo; es una tarea complicada, pero serán solo alrededor de tres metros, por lo que tras un poco de empuje ya puedo agarrar con la mano el suelo de madera de la habitación.

Cuando me reincorporo miro hacia abajo, la pelirroja parece ahora muy pequeña vista desde las alturas. La llama que la alumbra es igual que su pelo, anaranjada con un subtono rojizo.

—¡Gracias! —exclamo para que me escuche. Ella sonríe y a modo de respuesta levanta el dedo pulgar mientras cierra la mano—. Ahora mismo volveré con mis amigos.

—¡Aquí te espero! —exclama mientras me guiña un ojo. Agradezco mucho la gratitud que muestra por mí sin conocerme de nada. No sabe quién soy, pero ha decidido ayudarme de todas formas.

Salgo del cuarto corriendo pero con precaución. Puede que los enemigos ya estén por las instalaciones. Me doy prisa, aunque cada vez que cruzo una esquina ralentizo mis pasos y lo hago pegado a la pared, por miedo de lo que pueda encontrarme en el siguiente pasillo.

El agujero al que tengo que llevar a mis compatriotas está en el primer piso, es una habitación que queda muy cerca del comedor y que nunca antes había visto, ya que la puerta está camuflada como una falsa pared. Tengo que encontrar a todos pronto para sacarlos de aquí antes de que sea demasiado tarde.

El hospital consta de tres plantas: la primera, donde se encuentra el comedor, una sala de estar, la biblioteca y una especie de recepción; la segunda, donde están todas las habitaciones y los cuartos de baño; y la tercera, donde tienen a las personas heridas, las consultas y alguna sala más para ciertos tratamientos médicos...

Corro por la estancia esperando encontrarles cuando me choco con Ula, que se disponía a subir hacia su habitación.

—¡Ay, Marco! —chilla ante el fuerte golpe que le he dado sin querer al chocarme con ella—. Tienes que mirar mejor por dónde vas —dice frotándose el brazo mientras hace un puchero.

—¿Y los demás? —pregunto ajetreado y con preocupación, la prisa que tengo es palpable.

—Están en la biblioteca... ¿Ha pasado algo? —Su actitud ha cambiado por completo. Parece que el brazo ha dejado de dolerle de repente y su rostro muestra mucha inquietud.

—Tenemos que irnos, ¡YA! —grito para que entienda la urgencia con la que le hablo. Agarro su mano para no perderla y me dirijo hacia la biblioteca, donde todos están sentados charlando y riéndose mientras juegan a las cartas. Cuando me ven llegar, guardan silencio y me miran con desasosiego.

—¿Estás bien, Marco? —pregunta mi hermano levantándose del sillón. Él me conoce e incluso sin mediar palabra sabe que algo malo ha pasado, que algo malo está a punto de pasar.

—Corremos peligro, no tengo tiempo de explicaros mucho más, pero tenemos que irnos de aquí inmediatamente.

Kiara frunce el ceño, Sayer no deja de mirar a Ula con cariño e intranquilidad y Ronan pone los brazos en jarra. Todos están paralizados, al fin y al cabo estaban divirtiéndose y en tan solo un segundo sus planes han cambiado por completo.

—¡VAMOS! —grito para sacarlos de su estupor, lo que surte efecto porque enseguida se levantan y me siguen. En los pocos metros que hay hasta el túnel, no cesan de hacerme preguntas que decido no responder. Lo más importante es sacarlos de aquí en el acto, más adelante se lo explicaré íntegramente, quizá en las catacumbas ya pueda adelantarles algo de todo lo que ha sucedido. Antes de abrir la puerta tapiada que da acceso al pasadizo decido aclararles lo que están a punto de ver, para que no se queden paralizados de nuevo—. Esta pared esconde una puerta, tras ella encontraremos un túnel que nos servirá para escapar de aquí sin ser vistos, ¿de acuerdo?

—De acuerdo —responden todos casi a la vez, parece que ya han entendido la gravedad del asunto. Quizá les ha sorprendido verme tan nervioso, ya que nunca suelo perder los nervios.

Tiro de la puerta camuflada que antes dejé algo entreabierta y un sordo alarido sale de la boca del agujero. El corazón se me acelera y la sangre se me hiela al momento. Ese grito transmitió un dolor tan grande que siento cómo perfora mis tímpanos.

Pero lo peor solo estaba por llegar.

Preocupado, me acerco al profundo agujero y veo cómo varios soldados están agarrando a la joven chica pelirroja.

—¡CORRED, CORRED! —consigue decir entre sus gritos de angustia y sufrimiento. Cada segundo que transcurre un nuevo soldado aparece, hasta que el último de ellos desenvaina un gran cuchillo que desliza por la garganta de mi guía, que agarrada por los tobillos y muñecas no puede hacer otra cosa que retorcerse mientras su propia sangre baña su pálido cuerpo, esperando a que la muerte venga pronto a buscarla para dejar de sentir el tacto del frío metal sobre su tráquea. Cuando sus ojos se cierran, su mano se abre y la lámpara que sujetaba cae al suelo.

Sin embargo, la llama no se apaga, sino que genera una explosión que inunda el túnel de un fuego abrasador. El grisú es un gas que se suele encontrar en minas de carbón o en túneles subterráneos y que es capaz de crear atmósferas explosivas ante la presencia de llamas desnudas. Al romperse la lámpara, hicieron pedazos la protección de la llama… Matando, acabaron también con su propia vida. Los guardias, envueltos en fuego, intentan ascender por el túnel para salir de ese infierno ardiente que ellos mismos han provocado.

—Tenemos que irnos —exclama Ronan al verme entumecido observando cómo arden vivos—. ¡VENDRÁN MÁS, MARCO!

Haciendo caso a su petición y con una furia implacable que me quema las entrañas, salgo del cuarto con mis amigos en busca de otra salida, en busca de otra forma de escapar y encontrar un sitio donde poder escondernos.

—¡Mirad por la ventana! —grita Ula llorando de manera descontrolada, no sabe gestionar sus emociones y el miedo se ha apoderado de ella. No obstante, cuando me acerco al ventanal, entiendo por qué está tan asustada. Desde aquí podemos ver a decenas de guardias aproximándose a la puerta del hospital, cargados con armas de fuego y grandes espadas, preparados para darnos caza y acabar con nuestras vidas.

—¿Cómo vamos a salir de aquí? —pregunta Sayer mientras cobija a Ula entre sus brazos, que también tiemblan de terror.

—No lo sé —respondo.

Y es cierto.

No tengo ni la menor idea de cómo vamos a salir vivos de esta.

Capítulo 16

Las balas de sus armas comenzaron a impactar contra los cristales de las ventanas, rompiéndolos en pedazos. Todos nos tapamos las orejas con las manos intentando silenciar el ruido de los continuos disparos. Estamos a ras de suelo, paralizados, preguntándonos cómo vamos a salir de esta.

Si nos quedamos aquí quietos, será como esperar a la muerte de brazos cruzados. Pero si salimos al exterior, estaremos suicidándonos. ¿Cuál es entonces nuestra mejor escapatoria? Por más que intento pensar en formas de escapar, solo hay una que se repite sin cesar en mi cabeza, y aunque sé que es una locura, creo que es nuestra única opción viable.

—¿QUÉ HACEMOS, MARCO? —grita Ronan entre el ruido que los soldados están haciendo. Las ventanas siguen rompiéndose y las balas comienzan a impactar contra el hormigón del edificio, creando un polvillo que se mete por mis fosas nasales y dificulta mi respiración.

—¡El túnel! —exclamo tosiendo. Ronan me mira con los ojos como platos, pero en menos de un segundo ya comienza a reptar por el suelo para llegar a la habitación de la que acabamos de salir—. ¡VAMOS! —grito para que los demás nos sigan. Ula, Sayer y Kiara nos siguen arrastrándose, parecemos serpientes escapando de un águila real.

Cuando llegamos al agujero el fuego se ha extinguido casi por completo, los cuerpos de los soldados yacen sobre la tierra envueltos en las últimas llamas de la explosión. Por suerte no había nada más que piedra y tierra, así que los cadáveres fueron lo único que pudo arder. El olor de la carne chamuscada es irrespirable, pero es nuestro único camino.

—¿Tenemos que meternos… ahí? —pregunta Ula señalando temblorosa la boca del túnel.

—Es nuestra única salida —responde Sayer agarrando su mano. Sayer no es un hombre valiente; de hecho, fue quien más pegas puso a nuestro plan de rebeldía… Sin embargo, comprende que ahora es Ula quien necesita su fuerza, quien necesita un brazo del que agarrarse. No podemos permitirnos el lujo de tener miedo, no tenemos tiempo para acobardarnos.

—¿Y si hay otra explosión? —ahora es Ronan quien hace la pregunta, pero él no habla desde el miedo, solo parece estar examinando los pros y los contras de meternos en esta trampa para ratas.

—No tenemos un plan mejor y tampoco tiempo para pensar en uno —digo hablando lo más rápido que puedo. Cada segundo que perdamos puede jugar en nuestra contra, debemos aprovechar cada posibilidad que tengamos de ganar esta maldita guerra que no ha hecho más que comenzar.

Tras mi sentencia, Kiara sortea los cuerpos del suelo para llegar al agujero y saltar dentro de él, mostrando una vez más su gran fuerza de voluntad y la valentía que tiene corriendo por sus venas. Ronan la sigue, decidido, y yo me posiciono detrás de la parejita para cerciorarme de que saltan y ser el último en hacerlo.

—Vamos, cariño, puedes hacerlo —susurra Sayer entre todo el ruido. Ula apoya su frente en la de él y ambos cierran los ojos, comunicándose sin necesidad de mediar palabra. Tras unos segundos de compenetración, Ula salta y Sayer la sigue al instante.

Antes de mi salto, me agacho para coger las pistolas de los soldados caídos. Me tiemblan las manos solo de pensarlo, pero pueden sernos de mucha utilidad aunque no sepamos muy bien cómo manejarlas; en Veira nuestras armas de fuego eran muy primitivas, pero en esta isla son capaces de disparar de forma muy seguida y se pueden recargar muy rápidamente, así que supongo que tienen un armamento mucho más avanzado del que nosotros conocemos.

—¡Marco, ¿a qué esperas?! —grita mi hermano desde el subsuelo. Yo contemplo por última vez el panorama de destrucción que nos rodea para después saltar sin miramientos. Cuando mis pies tocan la superficie del túnel, la mano de un soldado moribundo me agarra del tobillo para intentar tirarme al suelo. Pero algo detiene su respiración de inmediato.

—¡Hijo de puta! —exclama Kiara pisoteando su mano para después agarrar su cuello y retorcérselo con solo una maniobra. No ha tardado ni un minuto en matar a un hombre son sus propias manos. Su tiempo de reacción será un gran aliado en esta lucha, debo tener en cuenta que además de ser la jefa del equipo de medicina del barco también es un hábil combatiente—. Sigamos, tenemos que alejarnos de aquí cuanto antes, ¿sabes dónde está la salida? —me pregunta mientras empezamos a correr.

—Intenté memorizar el camino, pero no creo que sea buena idea ir a la salida que conozco, seguro que allí nos están esperando más soldados. —Si la oposición conocía nuestros pasos, también sabrá que Camilla está con nosotros, así que seguramente la hayan ido a buscar a su puesto de trabajo.

—¿Y dónde vamos entonces? —me interroga Ula sofocada, estamos yendo todo lo rápido que podemos teniendo en cuenta lo oscuro que está todo y las piedras que hay por el camino. Lo único que nos aporta algo de visibilidad son unos farolillos que están colgados de las galerías del túnel con clavos. Al margen de que su brillo es casi insignificante ya que se encuentran muy separados entre sí para evitar una explosión continuada, si algún farolillo cayese al suelo y su llama se desnudase acabaríamos volando por los aires. Así que no sé si son una ayuda o una amenaza más que añadir a la lista.

—No tenemos más remedio que buscar otra salida —digo siendo consciente de lo perdidos que estamos—. Sigamos el camino de luces hasta encontrar un hoyo por el que subir.

—Pero Marco, quizá el hoyo que encontremos sea por el que entraste —responde Ronan.

—No, recuerdo esa salida.

Y esas fueron las últimas palabras que se pronunciaron en ese túnel. El resto del camino guardamos un silencio sepulcral, en parte para ser precavidos y estar atentos a sonidos de pasos o voces, pero también porque no había palabras que consiguiesen relajar el ambiente. Nos movíamos como pequeños ratones, valorando cada segundo de vida que nos quedaba, siendo conscientes de que en cualquier momento podía llegar nuestra hora final. Es curioso cómo en esos momentos previos a tu propia muerte te haces tremendamente consciente de tu cuerpo: podía sentir cada músculo de mi cuerpo en tensión, cada pliegue y cada tendón que me permitían avanzar, cada nervio que trabajaba a base de adrenalina pura.

Pero el silencio que había se rompió con una fuerte explosión. Nuestros cuerpos salieron propulsados hacia atrás y cientos de pequeñas piedras volaron con nosotros. En mi cabeza comenzó a reproducirse un pitido muy agudo que parecía no tener fin y mi visión se tiñó de negro para luego volverse borrosa; tendido en el suelo, intentaba procesar lo que acababa de ocurrir, pero el fuerte golpe que me di al caer contra el suelo me impedía organizar mis pensamientos. La cabeza me daba vueltas, me encontraba totalmente desorientado y la sensación de irrealidad era cada vez más intensa en mí.

—Marco… ¿Estás bien? ¡Marco! —dice Kiara agarrando mi cabeza entre sus manos con suma delicadeza, escucho su voz en un segundo plano, apenas soy capaz de entender lo que dice. Su rostro está manchado de tierra y tiene sangre en el labio.

Ula y yo íbamos los primeros en la fila, yo intentaba guiar al grupo y ella observaba la estructura del lugar intentando memorizar los caminos, ya que tiene muy buena memoria de trabajar tanto con los mapas. La explosión tuvo lugar algunos metros más adelante de nuestra posición, por lo que nosotros recibimos la peor parte del impacto, fuimos el escudo de los demás, quienes parece que tan solo tienen algún que otro rasguño.

—¿Habrá sido por el fuego de las lámparas? —Escucho cómo pregunta Sayer, que está agarrando el cuerpo de Ula, quien parece muy malherida. Él acaricia sus manos llenas de rozaduras mientras intenta controlar sus llantos sin mucho éxito.

—No —responde Kiara sin dejar de verme, poco a poco su voz se vuelve más nítida y comienzo a ver con normalidad—. Ha sido una bomba, saben que estamos aquí y quieren echar abajo los túneles.

—¡Tenemos que salir de aquí, YA! —exclama Ronan, jamás le he visto tan nervioso como en este preciso instante, sus labios tiemblan y tiene los ojos fuera de sus órbitas. Está perdiendo los nervios y yo no puedo ayudarle, ni siquiera puedo moverme… Mis músculos están agarrotados, entumecidos. Intento levantarme, pero mis piernas no reaccionan y me caigo hacia atrás, los brazos de Kiara me recogen a pocos centímetros del suelo.

—¡¿Cómo vamos a salir de aquí si Marco y Ula no pueden moverse?! —grita Kiara empezando a desesperarse. Me gustaría ayudarles de alguna manera, pero ahora mismo son ellos los que tendrán que asumir el cargo.

—Sayer y tú cargad con Ula, yo llevaré a Marco en la espalda —indica Ronan más tranquilo mientras me recoge de los brazos de Kiara e intenta colocarme sobre sus hombros—. Vamos, hermanito, tienes que espabilar.

—Venga, cariño… —solloza Sayer mientas agarra a Ula de los pies; está totalmente inconsciente, tiene una brecha en la cabeza, así que lo más probable es que una piedra haya impactado contra ella. La sangre que derraman sus heridas empieza a teñir su ropa y por consiguiente también mancha las manos de Sayer, quien se queda paralizado viendo cómo la sangre gotea.

—Vamos, Sayer, mírame a mí —dice Kiara al darse cuenta de que está a punto de tener un ataque de ansiedad—. ¡Mírame, podemos con ella!

Ante la insistencia de Kiara, Sayer asiente aunque lo hace de forma automática, como si hubiese apagado de repente todas sus emociones y sentimientos y tan solo fuese una máquina dirigida por Kiara. Es asombroso los mecanismos de autodefensa con los que cuenta nuestro propio cuerpo; gracias a ellos podemos tomar el control en situaciones en las que lo más normal sería perder la cabeza.

Cuando empezamos a movernos de nuevo, una segunda explosión se oye a lo lejos acompañada de gritos que cada vez se escuchan más cerca. Ronan se gira buscando la mirada cómplice de Kiara, pero ninguno de los dos sabe cómo reaccionar a este nuevo acontecimiento.

—Son nuestros aliados… —susurro lo más alto que puedo recordando que Camilla y los demás nos estaban esperando en su guarida. Poco a poco voy saliendo del aturdimiento en el que estaba sumergido, aunque todavía siento una fuerte presión en el pecho por la caída—. Nos estaban esperando.

Solo tras decirlo en voz alta soy consciente de lo que hemos provocado. No solo han acabado con el refugio que la Resistencia ha tenido oculto durante años, sino que seguramente también han acabado con la vida de muchas de las personas que estaban dispuestas a ayudarnos. Camilla puede que haya muerto por mi culpa, puede que su cuerpo sea uno de los que ahora descansa sin vida en estos túneles subterráneos que se han convertido en nuestra propia tumba.

La libertad trae consigo muchas consecuencias, entre ellas, la responsabilidad que cae sobre tus hombros al ser el dueño de tus propias decisiones, y si esas decisiones no son las correctas, no tendrás a nadie a quien culpar, no tendrás ninguna excusa que usar a tu favor ni cómo escapar de la culpa que te pertenece. En cierto modo, la total libertad termina haciéndote preso de tus propias acciones.

Si el naufragio del barco me llenó el corazón de angustia y culpabilidad, la muerte de Camilla y del resto de los jóvenes que decidieron creer en nuestra causa acabaría con la poca cordura que me queda. Nunca supe de dónde venía pero siempre tuve claro cuál era mi destino; no obstante, ahora mismo ni siquiera sé cuál es el futuro que me espera, o si merezco vivir para averiguarlo.

Súbitamente Ronan deja de trotar y todos nos quedamos quietos. Noto cómo su pecho se agranda y se encoge cogiendo aire, incluso siento su apresurado corazón latiendo a mil por hora después de cargar conmigo durante un buen rato. Quizá hemos parado para descansar, pero entonces comienzo a escuchar unos pasos que se acercan a nosotros.

—¿Esa no es…? —dice Kiara.

Tan pronto enuncia su pregunta, levanto la cabeza todo lo que puedo para ver a través de los hombros de Ronan lo que se nos aproxima desde el frente.

Un grupo de entre quince y veinte personas corre a nuestro encuentro, huyendo de forma desesperada de las bombas que les persiguen. Ha habido explosiones en ambas direcciones del túnel, así que no sé a dónde planean ir, ya que estamos rodeados. Asustado, busco entre el gentío la hermosa cara de Camilla, intento encontrarla, pero por más que lo deseo, su rostro no aparece en la multitud.

—Marco… está allí. —Kiara se ha dado cuenta de que mis ojos viajaban de lado a lado buscando a Camilla. Con su mirada, me señala una especie de camilla rudimentaria que avanza esquivando las piedras que se van cayendo de las paredes.

Tendida sobre ella, descansa el cuerpo pálido de Camilla.

Capítulo 17

Al ver el cuerpo de Camilla sobre esas tablas de madera cubiertas por unas sábanas llenas de sangre, mi corazón se para. Sus ojos están cerrados y sus labios algo entreabiertos, por más que intento ver si su pecho sube y baja no lo consigo... ¿Estará muerta? ¿Será ella una de las víctimas de mi arrogante plan?

Kiara enseguida se agacha para acercarse a la camilla que soporta su cuerpo. Le toma el pulso en la muñeca, también en el cuello y, por si no fuese suficiente, apoya su cabeza en el pecho de Camilla para comprobar una vez más sus constantes vitales.

—Está viva —dice mirándome con una sonrisa sincera en su rostro. Kiara entiende mi preocupación y, aunque apenas puedo moverme, intento expresar el agradecimiento que siento.

Los camilleros que llevan a Camilla están muy nerviosos e intentan zafarse de Kiara, quien trata de hacerle algunas curas rápidas. Observo cómo arranca un trozo de sábana para taponar una de las heridas que tiene Camilla: es un gran corte en la parte baja de la pierna derecha, así que lo más probable es que su escuadrón haya peleado con los soldados del Innombrable.

—¡Kiara, no podemos pararnos! Las explosiones no han cesado —exclama mi hermano hiperventilando. Lleva aproximadamente media hora cargando con mi cuerpo y ha corrido por estos túneles como si no hubiese un mañana, el cansancio empieza a ser notable en él. Desenrosco mis piernas de su cintura e intento apoyarlas en el suelo, todavía estoy algo mareado pero comienzo a recuperar la movilidad—. ¿Qué haces, Marco? Puedo seguir llevándote.

—No hace falta, estoy bien —respondo intentando salir del aturdimiento. Ver a Camilla herida me ha dado ese choque de realidad que necesitaba para despertar.

—No, no lo estás —replica Kiara acercándose a mí. Veo preocupación en su rostro, algo que nunca antes había contemplado en ella—. Lo más probable es que tengas algún traumatismo interno.

—¿Y Ula, es que no pensáis en ella? —Sayer se quedó agarrando el cuerpo de su pareja mientras Kiara fue a inspeccionar a Camilla. Ula sigue inconsciente, se ha abierto la ceja y la sangre resbala por su rostro, él intenta limpiársela pero no para de brotar.

—¿Tenéis más camillas? —pregunta Kiara a quienes nos rodean. No los conocemos, tan solo sabemos que formamos parte del mismo equipo.

—¡No! ¡Y tenemos que irnos YA! —contesta de forma asertiva uno de los camilleros. Llevamos parados un par de minutos, ahora somos los últimos del escuadrón y ocupamos el lugar más peligroso. Cuanto más tiempo estemos parados, más probabilidades de morir tenemos.

Ronan, haciendo caso a sus palabras y aprovechando que ahora no tiene mi pesada carga, agarra a Ula y la coloca sobre sus cansados hombros. Sayer no tiene suficiente fuerza como para mantener el ritmo y cargar con ella; además, ahora que puedo observarle con más detenimiento, me doy cuenta de que tiene una herida en el gemelo.

—¡Vamos! —nos grita exhausto. Me genera mucha frustración no poder ayudarle, pero apenas puedo soportar mi propio peso.

Todos empezamos a correr siguiendo al gentío que tenemos enfrente y que cada vez se aleja más, ya que no conseguimos llevar su ritmo. Por suerte, los dos jóvenes que llevan a Camilla parecen conocer el camino que tenemos que seguir. A pesar de que ya puedo correr, mis movimientos se parecen a los de un bebé que acaba de aprender a caminar. Voy dando tumbos por las paredes del túnel, rebotando entre ellas como una pelota. Al ver mi deprimente estado, Kiara se acerca y me agarra de la cintura, intentando aportarme estabilidad.

—Estamos juntos en esto, ¿vale? —susurra mientras coordina sus pasos con los míos.

—No quiero ser una carga, Kiara —respondo llevándome la mano que tengo libre a la boca para toser. Me sigue costando mucho respirar, noto mi pecho muy pesado y el polvillo de las cavidades no ayuda en absoluto a mis pulmones. Cuando termino de toser, me percato de que toda la palma de mi mano está cubierta de sangre. Algo que no pasa desapercibido para Kiara, que aprieta los labios y niega con la cabeza. Ella tenía razón, me estoy desangrando por dentro.

—¿A dónde nos dirigimos? ¿Falta mucho? —pregunta Kiara a los que van en cabeza. Cada vez está más preocupada, y su preocupación me hace pensar que quizá estoy más grave de lo que pienso.

—Pensando en que esto podría suceder algún día, construimos otro refugio en la zona más profunda de las catacumbas —contesta uno de los camilleros sin dejar de correr—. Llegaremos en cinco minutos.

Esos cinco minutos se convirtieron en diez, pero finalmente llegamos al oscuro y frío refugio. Tuvimos especial cuidado con que no nos siguieran, si descubrieran nuestro nuevo paradero sí que sería el fin.

Tan pronto nos abrieron las puertas, me desplomé contra el duro suelo. Hice un esfuerzo sobrehumano para llegar hasta aquí, pero mi cuerpo estaba destrozándose más y más cada vez que daba un paso. Sigo consciente, así que escucho muchas voces preocupándose por mí y noto muchas manos cálidas agarrándome para colocarme en una camilla. Siento cómo alguien agarra mi mano, acompañándome hasta un lugar más tranquilo, pero de pronto todo se vuelve negro y al entreabrir los ojos lo máximo que puedo observo a Kiara velando por mí. Estamos alejados de la multitud, a nuestro alrededor hay más camillas, que en verdad son grandes trozos de madera cubiertos con telas, muchas de ellas soportan cuerpos sin vida tapados por mantas o sábanas. Kiara tiene la cabeza apoyada sobre mis piernas, las camillas están a ras de suelo, así que su cuerpo está estirado sobre la abrupta piedra.

Desde mi posición puedo ver el lateral de su rostro, que manchado de tierra y sangre descansa buscando el alivio de los sueños. Alargo mi brazo para intentar limpiar la suciedad de sus mejillas, su piel sigue siendo igual de suave que siempre y tras frotar un poco sus pecas comienzan a vislumbrarse. Paso mis dedos por la comisura de sus labios, que están manchados de sangre que ya se ha secado.

—¿Marco? —Parece que la he despertado. Kiara abre los ojos lentamente y se incorpora para despejarse. Su cara denota cansancio y dolor, pensaba que ella había llegado sana y salva al refugio, pero tiene algunas partes del cuerpo vendadas, quizá se clavó alguna piedra por culpa de las explosiones—. ¿Cómo te encuentras? ¿Te duele algo?

A medida que hace las preguntas me va tocando el cuerpo, va palpándome el pecho y quitándome las vendas para colocarme unas limpias, lo que me hace sospechar el tiempo que llevo aquí.

—¿Cuánto tiempo llevo aquí? —pregunto desorientado.

—Ha pasado casi un día desde las explosiones, llevamos unas veinte horas retenidos.

—¿Retenidos?

—Bueno, nadie nos retiene… pero tenemos que estar aquí hasta que ideen un plan —responde Kiara mientras echa alcohol en mis heridas; el escozor me hace chirriar los dientes—. Tienes que guardar reposo, Marco. Aunque no puedas verlo estás muy malherido, tienes una hemorragia interna.

—¿Y los demás cómo están? ¿Cómo está Camilla? —pregunto preocupado por todos ellos.

—La que peor está es Ula, su cuerpo recibió el impacto de lleno… pero saldrá adelante —responde mientras enrolla mi torso en blancas vendas. —Camilla tiene un corte profundo en la pierna por el que perdió mucha sangre, pero por suerte fue un corte limpio, así que está curando bien. Ronan y Sayer están casi intactos.

—¿Y cuándo saldremos de aquí?

—Ya te lo he dicho, Marco, tienen que pensar un plan —contesta suspirando, estoy siendo muy insistente y ella está gastando las pocas fuerzas que le quedan conmigo. Antes de que aleje su mano de mi cuerpo, la agarro. Kiara me mira extrañada, no se esperaba ese movimiento tan furtivo.

—Gracias —susurro apretando su mano. No me cabe la menor duda de que Kiara ha estado ayudando uno por uno a todos los heridos, poniendo toda su fuerza de voluntad en que todos saliesen adelante.

—Es mi deber —responde. Está hablándome de una forma bastante arisca, y no me refiero a su carácter habitual, el cual empiezo a echar de menos, sino a ese tono triste y seco que emplea para dirigirse a mí. Quizá sea por el agotamiento, pero quiero asegurarme.

—¿Estás bien, Kiara?

Antes de responderme, Kiara se libra de mis manos para incorporarse y clavar sus ojos en los míos, separa sus labios preparada para hablar, pero parece pensarlo una segunda vez antes de decir lo que tenía en mente. Después de guardar silencio durante un par de segundos y de debatir si merece o no la pena su confesión, pronuncia las palabras que nunca esperé que saliesen de su boca:

—Empiezas a gustarme más de lo que estoy dispuesta a admitir.

Tras escucharla, el corazón se me acelera. Esta mujer me odió sin ni siquiera conocerme, me detestó incluso más después de hacerlo… Y ahora esto. Kiara es un enigma difícil de comprender, sus sentimientos y sus emociones son abstractos y no podría imaginarme las miles de paranoias que tienen lugar en su cabeza. Quizá esta dificultad sea lo que me atraiga sin control, quizá sea la tensión que nos rodea a cada instante o puede que sean sus ojos verdes los que me tengan embrujado. Cuando hablo con ella, todo lo demás se vuelve borroso e insignificante; de pronto, siento que solo estamos nosotros en el mundo, que mi existencia se limita a la suya y la suya a la mía. Pero cuando se aleja, todo vuelve a recuperar su nitidez y ya no sé qué es lo que verdaderamente siente mi corazón. Su presencia es lo que nubla mi entendimiento, lo que consigue desestabilizarme.

¿Será esto lo que significa estar enamorado? No lo creo. Quiero creer que cuando amas a alguien de verdad no hay espacio para las dudas, no hay lugar para las inseguridades y el miedo.

Llevo tanto tiempo callado intentando procesar sus palabras que Kiara se gira con intención de irse. Antes de que se aleje demasiado, agarro su antebrazo haciendo que se pare. Utilizándola como punto de apoyo, me levanto con cuidado de la camilla. Mi cuerpo está adormecido y mis piernas aguantan mi propio peso de mala manera. Aun así, consigo ponerme a su altura y apoyo mi frente en la suya. Ahora mismo quien tiene ganas de besarla soy yo, nuestras respiraciones están sincronizadas, ambos estamos esperando con los ojos cerrados a que uno de los dos dé el siguiente paso, pero un segundo antes de que pueda probar el sabor de sus labios el sonido de unas pisadas resonando por las cavidades nos distraen. Kiara abre los ojos y se despega de mí como si se hubiese despertado de un profundo sueño.

—Vaya, parece que vuelvo a interrumpiros.

Como no podía ser de otra manera, los pasos que se acercaban a nosotros eran de Camilla, quien nos mira apoyada en la pared de la cavidad con los brazos cruzados. Parece que el destino es caprichoso y está empeñado en crear un conflicto entre nosotros tres, las casualidades comienzan a ser demasiado evidentes.

—Solo me estaba cambiando las vendas —digo, y tras decirlo soy consciente de la estupidez que acabo de soltar.

Kiara resopla y se ríe de forma irónica, enfadada por mi respuesta. No sé por qué he dicho algo así, creo que en parte no quiero que Camilla pierda su interés por mí, pero está claro que si ella mantiene su interés será Kiara quien lo pierda.

—Os dejo solos —replica Kiara enfadada mientras abandona la estancia. Voy viendo cómo se aleja, esperando que en algún momento mire hacia atrás y pueda ver el arrepentimiento en mi cara, pero en ningún momento se gira.

Kiara se va dejándome a solas con Camilla, pero tras su marcha siento como si no hubiese nadie a mi alrededor.

Capítulo 18

Nos pasamos la mayor parte de nuestras vidas tomando decisiones, a veces tomamos la correcta, pero en muchas otras ocasiones nos equivocamos. Más allá del resultado final, lo que más me altera son los momentos de dudas que preceden a toda decisión. Cuando nada te ayuda a decantarte por una de las opciones, o cuando tu corazón elige una pero tu cabeza sabe que no es la opción adecuada. Esas dudas irresolubles que acaban agotando tu energía, que acaban volviéndote cada vez más loco…

Ahora mismo me encuentro en ese punto, dentro de mí hay centenares de incógnitas que no sé cómo enfrentaré. Nadie te prepara para hacer frente a tus sentimientos, nadie te enseña a manejar tus emociones… Quizá la falta de esos conocimientos nos vuelva tan inexpertos en el ámbito del amor, de la amistad o incluso del odio y el temor. No hay forma de enseñar a sentir, no hay manera de explicarle a alguien cómo se sentirá ante la pérdida de un ser querido, ante la traición de un amigo o ante su primer amor. Son cosas que la vida quiere que nos pillen de sorpresa, nuestra existencia nos pone a prueba cada día y no entiendes nada hasta que eres tú quien lo vive en primera persona.

Jamás podremos entender el dolor o la pasión ajena del todo, cada persona vive sus emociones de una forma distinta y estas también se presentan en nosotros de maneras muy dispares. Lo que siento yo ahora mismo ni siquiera podría explicarlo con palabras, la mezcla de culpabilidad y deseo que me invade a todas horas…

—¿Te duelen mucho las heridas? —me pregunta Camilla, tras un silencio que utilicé para pensar, mientras apoya sus manos en las vendas limpias que rodean mi torso.

—No... —respondo intentando quitarle importancia al asunto. No quiero que estas heridas me limiten, tenemos una batalla que ganar—. ¿Cómo estás tú?

—Bien, solo tengo un poco de cojera provocada por la herida.

Camilla tiene la parte superior de la pierna derecha vendada y, a juzgar por la cantidad de piel que tiene bajo las vendas, el corte ha tenido que ser bastante grande.

—¿Fue una herida por la explosión o de combate?

—De combate, me abrieron la pierna con una espada, pero por suerte yo ya había clavado la mía en el pecho de mi atacante —dice con una agresividad que nunca antes había visto salir de su boca. Es increíble lo mucho que las circunstancias que nos rodean pueden cambiar nuestro propio carácter—. Venía a avisarte de que ya tenemos un plan pensado.

—¿En serio? ¿De qué se trata? —inquiero excitado tras conocer la noticia de que pronto saldremos de aquí para acabar lo que empezamos.

—Los heridos se quedarán aquí. Mientras tú dormías los demás salimos hacia los túneles en busca de los cadáveres de los guardias. —A medida que va explicando el plan, en su rostro se dibuja una sonrisa de satisfacción, parece que tiene muy claro lo que debe hacer y no titubea ni un segundo—. Cogimos sus ropajes y sus cascos, y saldremos de las cavidades haciéndonos pasar por ellos.

—¿No se darán cuenta? —replico cuestionando la fiabilidad del plan propuesto.

—El casco cubre la mayor parte del rostro, no tendrían por qué darse cuenta... Además, hay muchas cuadrillas, por lo que no todos tienen que conocerse entre ellos. —Camilla defiende su idea con uñas y dientes, tiene total confianza en que saldrá adelante y me gusta oírla hablar de esa manera, con tanta fe en ella y en los demás. Esa es la fuerza de voluntad que necesitamos para salir victoriosos, para ganar primero tenemos que creernos que es posible. Concienciarnos de que lo conseguiremos.

—¿Has extendido el rumor que te dije? —pregunto. Desestabilizar al enemigo desde dentro puede ser la mejor baza de nuestro ataque, sobre todo si los nuestros van a camuflarse entre ellos.

—Sí, pero avivaremos más el rumor cuando estemos entre sus tropas.

—Tú te quedarás aquí, ¿verdad? —pregunto al percatarme de que habla en plural incluyéndose a ella entre los que saldrán de la guarida, me pregunto si tiene en mente ir al frente de la batalla. Dadas sus condiciones no debería, está herida y aunque no es nada grave tiene una cojera que perjudicará mucho su defensa personal. Pero conociéndola… Algo me dice que quedarse descansando no está entre sus intenciones.

—No, iré con ellos.

—¿Eres consciente de que formas parte de los heridos que dijiste que se iban a quedar aquí? —Aunque conozco su respuesta y no lograré impedir que vaya a la batalla si así lo desea, no dejaré de persuadirla por lo menos una vez de que no es lo apropiado.

—Solo se quedarán los heridos graves, no podemos permitirnos perder más soldados —afirma con su característica cabezonería.

—Si tú consideras que eso es lo mejor, adelante.

El rostro de Camilla cambia por completo, estaba a punto de ponerse a la defensiva, pero mi reacción no ha sido la que ella se esperaba. Quizá pensaba que se lo prohibiría, que me pondría muy insistente con que no saliese del refugio… pero yo tengo muy claro que no soy quién para decidir sobre la vida de nadie, es ella quien tiene que tomar sus propias decisiones por desacertadas que yo las considere. Lo malo es que en este caso equivocarse a la hora de la decisión puede conllevar la muerte. Sin embargo, Camilla es libre de correr ese riesgo por mucho que a mí me duela el hecho de poder perderla.

—Gracias, Marco —exclama con los ojos llenos de emoción. A lo largo de su vida le habrán prohibido muchas cosas, ha estado bajo el yugo de otras personas durante años y todo esto ha provocado que ahora me dé las gracias cuando no tendría por qué. ¿Acaso alguien tiene que agradecer su libertad, su derecho a ser?

—No tienes por qué dármelas.

Camilla me mira con los ojos algo llorosos y con una sonrisa cada vez menos tímida. Se abalanza a mis brazos y me abraza con fuerza, apoyando su cabeza en mi pecho. Está herida, cansada y devastada, pero desde que la conozco jamás la he visto más feliz que en este preciso instante. Ahora que ante ella se abre un posible futuro lleno de posibilidades, el dolor no tiene hueco en su cuerpo.

—Vamos a conseguirlo Marco, lo sé —dice emocionada mientras separa un poco su cabeza de mi torso.

—Claro que vamos a conseguirlo —respondo bajando la cabeza para darle un cariñoso beso en la frente.

Nuestro abrazo dura un par de segundos hasta, que nos interrumpe un miembro de nuestro pequeño e improvisado ejército.

—Nos estamos preparando para la salida, Camilla —anuncia de forma directa y autoritaria el joven que se presenta delante de nosotros. Ante sus palabras, Camilla asiente y comienza a seguir sus pasos, cosa que yo también hago. A medida que avanzamos por la estancia me doy cuenta de la gran cantidad de heridos que hay, hay decenas y decenas de personas por los suelos, cubiertas de gasas manchadas por su propia sangre y, en el peor de los casos, cadáveres que descansan bajo mantas que desprenden un olor terrorífico. Parece que estemos paseando por las puertas del infierno, la oscuridad lo invade todo acompañada por algunos gritos de dolor y llantos desconsolados.

Durmiendo en una de las camillas, identifico a Ula. Tiene casi todo el rostro vendado, pero la presencia de Sayer junto a su cuerpo me confirma que es ella. A pesar de que todavía no ha recuperado el conocimiento, Sayer habla con ella agarrando su mano con delicadeza. En sus gestos puedo apreciar lo mucho que la ama, le acaricia las manos con tanta delicadeza, posa sus labios en su mejilla con tanto cuidado… Incluso en los peores momentos y en los lugares más inhóspitos el amor sigue estando presente.

A todo esto, hay que sumarle el frío y la humedad que recargan todavía más el horrible ambiente. Mi piel se eriza y mi mandíbula comienza castañeteo que no pasa desapercibido para Camilla, que escucha cómo mis dientes se golpean entre sí.

—Tú estabas en la mejor zona, la más cálida y donde más silencio había —dice con una pequeña sonrisa al percatarse de mi reacción ante el cambio de temperatura—. Ella se encargó de que no te faltase de nada —añade mientras señala a Kiara, que se mueve entre los enfermos como pez en el agua. Sabía que ella se haría cargo de todos ellos, no me cabía la menor duda de que pondría todo su esfuerzo en ayudar a la mayor cantidad de gente posible.

Al observar a Kiara, intento que nuestras miradas se crucen, pero ella está demasiado atenta llevando a cabo su labor como médica. Me pregunto si también querrá salir al exterior o si preferirá quedarse aquí con los más necesitados… En su caso es una decisión difícil de tomar.

—Bien, ya estamos todos. —Cuando me doy cuenta, ya nos hemos reunido con más de cincuenta personas alrededor de las antiguas tumbas que guardan estas catacumbas. Hay mujeres y hombres, jóvenes y adultos, personas algo heridas y personas que lucen impolutas… Todos ellos tienen una sola cosa en común: las ganas de acabar con el sistema.

Y no necesitan absolutamente nada más.

Entre ellos localizo a mi hermano, que me tiende su mano y estrecha la mía con fuerza, me pregunta qué tal estoy y me besa con sumo cariño. También encuentro a Sayer, que acaba de llegar, su cara refleja una profunda tristeza y su mirada permanece clavada en el suelo, parece que ver a Ula en tan malas condiciones le ha pasado factura. Descanso mi mano en su hombro para que note mi apoyo, no pretendo agobiarle, pero quiero que cuente con mi amparo. Parece que ya estamos todos cuando una voz femenina y grave se escucha acercándose desde la distancia.

—¡Falto yo! —grita Kiara, que viene corriendo hacia donde estamos. Su tono es inconfundible, tiene una voz grave muy seductora y elocuente. Podría convencerte de casi cualquier cosa tan solo diciendo las palabras adecuadas y poniendo ese tono tan peculiar que usa cuando quiere parecer segura de sí misma.

—¿Estás segura de que quieres venir? ¿Quién cuidará de los enfermos? —pregunta Sayer preocupado por su pareja.

—Los que tenían heridas graves han fallecido y por los que aún viven no puedo hacer nada más de lo que ya hice —responde con una sinceridad cortante—. Hemos acabado la reserva de medicinas que teníais guardada, necesitan hierbas medicinales, agua limpia, más hilo para coser sus heridas… Yo no les hago falta si no tenemos esos recursos.

—Entonces ¡tenemos que salir inmediatamente! —exclama Sayer al darse cuenta de que la forma más útil de ayudar a Ula es salir cuanto antes en busca de todo lo que necesitamos. Si todo va bien, puede que solo volvamos aquí para llevarles a conocer el nuevo mundo que habrá en la superficie de Cabre.

—Saldremos ahora mismo —contesta Camilla mientras comienzan a hacer el reparto de armas. Cuchillos, espadas, dagas, las armas de fuego que conseguimos arrebatarles a los guardias… Nuestro inventario es reducido, pero, por lo menos, cada uno tiene alguna arma con la que poder defenderse. También hacen el reparto de las armas y armaduras robadas que nos harán pasar desapercibidos entre los guardias.

A mí, además de la armadura, me dan una espada corta pero afilada; agradezco que no me hayan dado una pistola, ya que no estoy muy acostumbrado a utilizar este tipo de arma. No creo que sea mucho más complicado que apuntar y disparar, pero sé a ciencia cierta que los nativos de Cabre le darán un mejor uso que yo.

—Perdonad, pero yo quiero una pistola. —Vaya, parece que Kiara no piensa igual que yo. A ella le han dado una pequeña daga, algo insignificante con lo que apenas podría defenderse. Aunque habla con educación y calma, lo más probable es que por dentro esté rabiosa y enfadada, ya que, menos a Camilla, al resto de las mujeres le han dado las peores armas.

—Confórmate con lo que te hemos dado —le responde uno de los comandantes de la misión. Junto con Camilla, intuyo que el moreno que acaba de hablar y el rubio que tiene al lado son los jefes de toda la rebelión. Ante ellos mi posición se relega a la de representante del grupo de extranjeros: ese es nuestro papel ahora mismo. Hemos pasado de ser el fuego del alzamiento a los sublevados de los dirigentes de este. Diría que incluso nos observan con ciertos aires de superioridad, como si nuestra ayuda no fuese del todo bien recibida.

—No pienso conformarme con esta mierda —declara Kiara tirando su daga a los pies del fornido moreno. Ha dejado a un lado la educación con la que había hablado al principio, y no la culpo por ello pues la están subestimando al igual que al resto las de mujeres.

—Pues no tendrás ninguna arma. —El moreno se agacha para recoger la daga y la guarda en su cinturón, quedándose con ella. Ignorando por completo la frustración de Kiara, le da la espalda y comienza a andar hacia la salida del refugio.

Ese gesto hace estallar a Kiara, que se aproxima a él y le intenta arrebatar la pistola que tiene colgando en su espalda.

—Exijo que me deis el arma que nosotros arrebatamos a los guardias. ¡Nos pertenecen! —exclama con furia mientras forcejea con el hombre. Ambos se agarran los brazos y Kiara le propina un fuerte rodillazo en sus partes íntimas. Justo cuando él le va a devolver el golpe dándole un puñetazo en el abdomen, Camilla interrumpe la batalla.

—Asad, dale la pistola.

Sus palabras retumban en la estancia y hacen que la pelea cese por completo. A regañadientes, Asad descuelga el arma y la tira al suelo con rencor. No ha tardado ni medio minuto en obedecer las órdenes de Camilla, quien, para sorpresa de todos, ha salido a favor de Kiara.

—Venga, vámonos —dice Sayer intentando salir del incómodo momento en el que nos hemos visto sumergidos. Kiara se agacha para recoger su arma sin relajar su ceño fruncido: sigue estando furiosa.

—Asad, Hasan y yo iremos en cabeza. Somos los que mejor conocemos estos túneles —explica Camilla al resto de la cuadrilla—. Nos seguiréis y una vez lleguemos a la superficie nos separaremos como planeamos. —Aunque todos asienten y conocen el plan a la perfección, yo me encuentro muy perdido. Al haberme despertado tarde, me perdí las reuniones de planificación, así que miro a Camilla elevando las cejas para que se dé cuenta de que no estoy entendiendo nada. Ella se percata y comienza a dar una breve y resumida explicación—. A los que os hemos dado las armaduras vendréis conmigo y con Asad, seremos los que nos infiltraremos entre la guardia. El resto os dividiréis por la mitad, como acordamos: algunos os esconderéis con Hasan preparados para el ataque y el resto irá con Kiara en busca de lo necesario para los enfermos. ¿Lo habéis entendido todo?

—¡Sí! —respondemos todos al unísono.

—¡Vamos! —exclama Asad.

Empezamos a movernos hacia la salida del refugio, que se encuentra en la zona opuesta a la entrada de este. Asad abre el gran portón que nos separa de los túneles y lo aguanta hasta que todos estamos fuera; es entonces cuando lo cierra y ya no hay vuelta atrás. Volvemos a estar cara a cara con el peligro y con la incertidumbre de no saber si saldremos vivos de esta aventura.

Empezamos a trotar por los túneles siguiendo los pasos de Camilla y de sus dos compañeros, que caminan decididos alumbrando las cavidades con pequeñas lámparas que llevan en sus manos. Ronan y Sayer caminan junto a mí, ellos también llevan las armaduras puestas, lo que me tranquiliza, ya que significa que vendrán conmigo y me gustaría estar junto a ellos si a alguno de nosotros le llega su momento final. Sin embargo, Kiara irá con otro grupo y necesito hablar con ella antes de separarnos. Relajo mis pasos para bajar la velocidad y llegar a su posición, ya que está casi al final de la fila.

Cuando la veo, me pongo a su lado para que note mi presencia.

—No me gustaría despedirnos sin hablar las cosas —susurro lo suficientemente alto para que me escuche.

—Creo que no hay nada de lo que debamos hablar. —No sé cuántas veces he oído esas palabras salir de su boca. Siempre repite lo mismo, una y otra vez. Kiara es valiente y afronta los problemas, pero a la vez prefiere dejar pasar lo que no le apetece aclarar.

—¿De verdad crees eso? —pregunto deseando que ceda por una vez y podamos hablar antes de separarnos. Ella guarda silencio, sigue andando sin decir nada. Cuando tras unos segundos es capaz de ordenar sus pensamientos y abre la boca decidida a responder-me, un fuerte estadillo hace retumbar las paredes y nos tira al suelo.

Todo el escuadrón ha caído contra el pavimento. Lo primero que hago es revisar el estado de las lámparas: por suerte los solda-dos que las portaban sabían cómo actuar y apagaron la mecha tan pronto sintieron la explosión. Lo segundo que pasa por mi mente es el origen de la explosión, creo que sé dónde se ha originado, pero prefiero creer que me estoy equivocando… Camilla es la primera en levantarse, en su cara puedo contemplar la angustia y el terror que siente por dentro, ella ha llegado a la misma conclusión que yo.

—¡El refugio! —grita desconsolada. Ha sido la primera en atar cabos.

El enemigo ha encontrado el refugio y lo ha volado por los aires. Han atacado a los enfermos, a los más débiles… Le han arre-batado sus vidas.

Si hubiésemos salido tan solo cinco minutos después, nuestras vidas hubieran corrido el mismo destino. Habríamos muerto sin ni siquiera percatarnos, sin darnos cuenta de que nuestra propia vida había llegado a su fin.

El siguiente en levantarse es Sayer, que, desolado y en estado de shock, comienza a temblar. Sus ojos, enrojecidos y llenos de venas, parecen salirse de sus cuencas.

Solo tras ver su reacción soy consciente de lo que ha ocurrido: Ula ha muerto.

Y él acaba de darse cuenta.

Sayer, como si un demonio lo hubiese poseído, comienza a correr hacia el foco de la explosión. Aunque sigo algo aturdido, me levanto para agarrarlo y detenerle; entiendo su dolor, pero dejarle ir sería perderle a él también. Ronan viene corriendo para ayudarme a impedirle el paso. Sayer grita como un monstruo, de su boca salen unos alaridos que nunca antes había escuchado. Kiara también agarra sus piernas, pero ahora mismo nuestro amigo tiene tanta fuerza que incluso entre tres personas nos resulta difícil inmovilizarlo. El dolor, el miedo, la rabia, la angustia… son un poderoso motor. Mientras lo contenemos observo cómo el rostro de Kiara se llena también de lágrimas y aunque no puedo ver el de Ronan, escucho cómo solloza ante la pérdida de Ula.

Mi querida Ula, la chica llena de dulzura que no dudó en defenderme sin apenas conocerme, que se hizo con la simpatía de todos y que conseguía evadirnos de la realidad con su amabilidad y sus sonrisas constantes.

Hemos perdido a una de los nuestros.

Capítulo 19

Mientras agarro el cuerpo de Sayer solo puedo pensar en dos cosas: en la pérdida de Ula y en que su muerte no sea en vano.

Y la única manera de honrar su muerte es salir de estas catacumbas que tanto nos han arrebatado y llevar a cabo el plan por el que dio su vida.

—Sayer, ¡tenemos que seguir! —exclamo agarrando su cara entre mis manos. Sus pupilas, temblorosas, se fijan en las mías y por un momento siento como si me traspasase todo su tormento. Sus gritos no cesan, el dolor que siente es tan grande que no puede mantenerlo dentro de su propio cuerpo. Intenta librarse de nuestros agarres, pero conseguimos reducirlo tras unos minutos de persistente lucha.

Sayer tiene toda la cara llena de sudor, sus pupilas están muy dilatadas y ha dejado de moverse para estar completamente paralizado, no puede más. Como si hubiese pasado de un extremo a otro, toda su histeria se convierte en hielo que lo inmoviliza.

—Sayer, escúchame, tenemos que salir de aquí —sigo hablándole mientras le doy suaves palmadas en las mejillas. Parece que su conciencia ha abandonado su cuerpo, pero tras escuchar mis palabras deja de oponer resistencia y se gira para seguir los pasos del grupo, que tras unos segundos de incertidumbre comenzaron a correr presos de pánico. Lo más probable es que sea su propio instinto de supervivencia el que mueva sus piernas, Sayer actúa de forma automática siguiendo lo que la parte racional de su cerebro le ordena. Tarde o temprano volverá a recordar lo que ha sucedido y caerá de nuevo en la tristeza absoluta.

Aprovechando su iniciativa, Ronan, Kiara y yo corremos detrás de él lo más rápido que podemos. Nos hemos alejado de los que iban en cabeza, así que tomamos como guía la pequeña luz que vemos alejándose ante nosotros. A medida que avanzamos, seguimos escuchando explosiones. Lo más probable es que estas cavidades acaben reducidas a la nada, y si no nos damos prisa nosotros también.

Por suerte y gracias a la velocidad inaudita de Sayer, conseguimos llegar al pelotón principal en menos tiempo de lo esperado. En un abrir y cerrar de ojos, nos encontramos subiendo por las escaleras que nos llevarán de una vez por todas al deseado exterior.

Camilla, Asad y Hasan son los primeros en salir. Todos guardamos silencio esperando escuchar la señal que nos indique que el enemigo no está esperándonos en la superficie.

—¡Libre! —exclama Camilla confirmando que estamos en una zona segura. Han elegido una salida que nunca antes habían usado para asegurarse de que nadie estuviera esperándonos ahí fuera.

Tras su grito liberador, el resto del escuadrón comienza a subir por la rudimentaria escalera de piedras. Cuando llega mi turno y por fin saco mi cuerpo del subsuelo, el tórrido aire de Cabre me abofetea. Es incluso más complicado respirar aquí que en las cavidades, ya que en ellas la humedad te ayudaba a dejar pasar el aire. Sin embargo, la sequedad del clima de esta isla parece arrebatarte toda el agua del cuerpo. Las personas que ya han salido del agujero están sentadas sobre la arena, con los rostros mojados de sudor y lágrimas. Muchas de ellas siguen llorando, otras intentan reprimir el llanto mordiéndose los labios, están también las que parecen haber sido petrificadas y las que gritan lo más bajo que pueden.

Mientras esperamos a que el resto salga, me acerco a Sayer para ver cómo se encuentra. Todavía está totalmente ido, creo que una parte de él no es capaz de asimilar lo que pasó. Fue tan rápido, tan sorpresivo… Ni siquiera yo asimilo que no veré más la sincera sonrisa de Ula, que no escucharé su animado tono y su, a veces, odiosa positividad… De todos nosotros, ella era la que menos merecía morir, era un ser de luz que solo veía bondad en todo aquello que la rodeaba. Su muerte cae sobre mis hombros como todas las anteriores, su pérdida será un fantasma que me acompañará hasta el fin de mis días.

—Kiara, evitad a los guardias e id al norte de Cabre. —Camilla nos distrae organizando las partidas—. Tus compañeros sabrán guiarte hacia las plantas medicinales y nuestros aliados te darán los sustentos que necesitamos… Hasan, ya sabes dónde está vuestro escondite —dice mientras señala al sur con el dedo índice. Hasan asiente y se va con su escuadrón—. Los demás seguidnos, esto no ha hecho más que empezar.

Cuando termina de hablar, se baja el casco y camina hacia la colina que tanto nos llamó la atención el primer día que llegamos a la isla. Antes de comenzar a ir tras ella, me giro para mirar una última vez a Kiara, quien me devuelve la mirada.

En esta ocasión, no necesito palabras para entender lo que sus ojos esmeraldas tratan de decirme. Ambos esperamos volver a vernos, porque ambos sabemos que hay temas pendientes de los que debemos hablar. Kiara junta las palmas de sus manos y asiente, gesto que imitamos Ronan y yo. En nuestro hogar, es el gesto que se hace antes de afrontar una batalla. Es la forma de desear suerte a tus compatriotas, la forma de decir «volveremos a vernos» desde la distancia.

Tras despedirse, veo cómo desaparece entre las dunas de Cabre. La salida del túnel nos ha dejado en las afueras de la civilización, no hay nada más que arena y casas medio derruidas a nuestro alrededor.

—Vamos —dice Camilla viendo que nos quedamos atrás.

A medida que nos acercamos al centro de Cabre, el calor va dificultando cada vez más el camino. Tengo la frente empapada en sudor, el horizonte se percibe nublado y me cuesta respirar, ya que el aire está demasiado caliente. Por suerte nuestra ropa es la adecuada para este clima, aunque el casco hace que me hierva la cabeza.

Aprovechando este momento de pequeña calma me acerco a mi hermano para hablar con él sobre lo ocurrido. Ronan mantiene su vista clavada en la lejanía, su amistad con Ula había florecido bastante las últimas semanas y, aunque todos somos conscientes de lo ocurrido, creo que es ahora cuando empezamos a comprenderlo.

—¿Cómo estás? —le pregunto preocupándome tanto por su salud como por su ánimo.

—Intento no pensar en mí y centrarme en lo que nos queda por delante —responde sin desviar su mirada del frente. He visto a Ronan triste en contadas ocasiones, él siempre intenta mantener su sonrisa ante todo problema que la vida pueda presentarle.

—¿Crees que Sayer está en sus cabales para participar en la batalla? —cuestiono. Me preocupa mucho su estabilidad emocional: ahora mismo acaba de sufrir una pérdida muy importante y le estamos pidiendo algo que quizá no pueda hacer. No quiero perderle también a él solo por haberle obligado a pelear cuando todos sabíamos que no era lo oportuno.

—Creo que será el mejor luchador de todo nuestro ejército —contesta Ronan de forma directa, clara y concisa—. Todos tenemos un motivo por el que ganar, pero el suyo es más poderoso que todos los demás: Sayer actuará desde una venganza reciente, la rabia aún corre por sus venas, ni siquiera ha tenido tiempo de canalizarla… Es el arma más letal que tenemos.

Puede que Ronan tenga razón, quitarle a Sayer la posibilidad de vengarse sería cruel e inhumano. No creo en el poder sanador de la venganza, pero sí creo en la liberación momentánea que esta puede aportarte… Y aunque solo sea eso, Sayer ya tendrá un hilo del que tirar para hallar la tranquilidad. El silencio es tan absoluto que en miles de kilómetros a la redonda lo único que se escucha son nuestros pasos y la pequeña brisa que va moviendo la arena.

—Estamos aproximadamente a cincuenta minutos de nuestro objetivo —anuncia Camilla rompiendo el silencio descorazonador—. Ha llegado el momento de separarnos.

Un grupo de veinte personas se va con Asad y los diez que quedamos seguimos a Camilla, quien ha permitido que en mi grupo también estén Sayer y Ronan.

Cuando lleguemos al centro de la isla volveremos a separarnos, cada uno deberá ir por libre e intentar pasar desapercibido mientras Asad extiende todavía más el rumor que iniciará el fuego de la rebelión. Decidieron que él fuese el encargado de hacerlo, ya que sus rasgos bajo el casco son fácilmente confundibles con cualquier habitante de Cabre. Nosotros sin el casco no duraríamos ni un segundo sin ser descubiertos, mi piel es demasiado pálida y mi color de pelo muy claro para el estereotipo de ciudadano común de Cabre. Por no hablar de Ronan y Sayer, que incluso llamarían más la atención.

—¿Cuánto tardará Asad en conseguir que los soldados bajen sus defensas? —pregunto acercándome a la jefa de nuestro grupo.

—No debería tardar mucho, nuestra ruta es más larga, así que quizá cuando lleguemos a la colina los soldados ya no estén protegiéndola —responde Camilla manteniendo el ritmo.

—¿Iremos directamente a la fortaleza de la colina?

—Así es. Nuestra misión es acabar con el germen del mal, con la persona que inició todo esto —contesta agarrando con fuerza la empuñadura de la espada que lleva colgada en la cadera. Si Sayer tiene sed de venganza, Camilla lleva años deshidratada esperando este momento.

Al apresurado ritmo que llevamos, tardaremos tan solo media hora en llegar a los pies de la montaña y por fin podré tener cara a cara al asesino de Cabre. Ahora estoy solo, cada uno de nosotros ha rodeado la cumbre por un lugar diferente, nos hemos separado para que así sea más difícil encontrarnos. Unos robustos muros separan a los soldados que guardan la puerta que da al interior de la fortificación, solo hay un gran portón visible, aunque hay soldados a cada cinco metros del dichoso muro que nos impiden ver la zona interior.

Aunque intento concentrarme, en mi cabeza no paran de repetirse los nombres de mi tripulación.

Ula. Kiara. Sayer. Ronan.

Ula. Kiara. Sayer. Ronan.

Pero algo consigue llamar mi atención, un soldado corre hacia el portón y se pone a hablar con sus compañeros. Todos los guardias que protegían la puerta comienzan a acercarse a él; aunque desde la distancia, no puedo escucharles sus gestos denotan enfado. Alzan las manos y algunos incluso tiran su arma al suelo, acaban levantando tanto el tono de voz que empiezo a oír alguna que otra palabra suelta: «traidor», «deshonroso», «no puede ser», «engaño».

No saben qué hacer, se les ve aturdidos y decepcionados. Creen que han perdido la protección, el dinero y la ayuda del hombre más poderoso de todo su país. Se sienten ultrajados, avergonzados… Y no tardarán mucho en darse cuenta de que la única opción que tienen para no perder sus privilegios es acabar ellos mismos con el dirigente. Llegarán a la conclusión de que todos ellos podrán contra él, creerán que arrebatándole su situación de poder serán ellos los que la tomen como propia.

Sin embargo, en ese preciso instante será cuando nosotros actuaremos, ya que no les permitiremos el lujo de que sean ellos quienes le arrebaten la vida. El lugar de poder será ocupado por la Resistencia, quienes obrarán desde el bien y acabarán con la estructura piramidal y viciosa de la inmunidad, serán quienes devolverán a Cabre la sociedad justa y benevolente. Al cabo de un año, cuando todo esté más calmado, se harán unas elecciones donde el propio pueblo podrá elegir a sus dirigentes.

Preso de la euforia, corro hacia el portón para darle a los guardias el empujón que necesitan para iniciar la rebelión de la que se creen víctimas. Gracias a mi armadura, ninguno me mira de forma extraña cuando me ven aparecer ante ellos. Armándome de valor comienzo a tirar del sistema de poleas que abre la entrada al campo de batalla. Los guardias, lejos de detenerme, son los primeros en ayudarme a tirar de la cadena. Aprovechando que son ellos los que tiran, me agacho para ser el primero en entrar en el hogar del monstruo al que estoy a punto de conocer.

No seré yo quien acabe con su vida, pero le devolveré el dolor que él causó a mis seres queridos. Antes de abandonar este mundo, sufrirá.

Avanzo sin parar por el patio de la fortaleza, en el centro se encuentra una especie de palacio rodeado por vegetación. Es como un oasis en medio del desierto, hay fuentes que otorgan al espacio tintes oníricos y grandes palmeras que ofrecen sombra a los cómodos sillones que hay esparcidos por los jardines. Solo se escuchan dos cosas: el pacífico cantar de los pájaros que vuelan de árbol en árbol y los gritos de los enfadados soldados que ya entraron.

Adelantándome a ellos accedo al edificio principal, la gran torre que se ve desde cualquier punto de la ciudad. Aunque también hay guardias protegiendo su puerta, estos se han distraído al ver entrar a sus rabiosos compañeros. Accedo sin miramientos y con sigilo, el palacio es incluso más hermoso por dentro que por fuera.

Lleno de magníficas alfombras y decenas de columnas repletas de originales azulejos, el lugar comienza a llenarse de soldados que bajan corriendo las escaleras, preguntándose qué está ocurriendo en el patio.

Todos ellos han bajado de las plantas superiores, así que es el momento idóneo para subir y encontrar la habitación donde descansa el Innombrable. Intentando pensar como si fuese él, supongo que el cuarto que yo preferiría estaría en la planta más alta, para ver desde los grandes ventanales todo lo que ocurre en mis dominios… Así que sin pensarlo dos veces, subo todas las escaleras hasta llegar al final.

—¿Qué está pasando allí abajo? —me pregunta anonadado el guardia con el que me he topado de frente. Respiro ajetreado, cansado tras el esfuerzo que supuso la subida, pero también nervioso por pensar en una respuesta que suene elocuente.

—Ve tú mismo y compruébalo, es un auténtico caos. —Ante mi contestación el joven soldado no parece del todo convencido, intenta mirar por el ventanal para enterarse de lo que está ocurriendo pero también me mira de reojo—. Yo me quedaré vigilando el cuarto, no te preocupes —añado esperando que sea suficiente.

—Gracias —responde inquieto dándome dos golpes amistosos en el hombro. Una vez baja las escaleras, me percato de que ahora mismo solo estoy yo ante esta misteriosa puerta.

La última planta de la torre solo tiene la habitación que tengo ante mis ojos. No hay nada más, solo la parte final de las eternas escaleras, la ventana adornada con delicadas vidrieras y el aposento al que estoy a punto de entrar. Alargo mi mano y la apoyo sobre el pomo, respiro hondo intentando ralentizar mis pulsaciones y cierro los ojos para desear que Él esté tras la oscura madera.

Decidido, bajo el pomo y empujo la puerta.

Lo que mis ojos ven a continuación es algo para lo que no estaba preparado. En mitad de la lujosa estancia hay una gran cama adornada con un delicado dosel de seda. Observo cómo una mano sale entre la tela para recogerla y permitirme ver quién se esconde entre las sábanas.

Cuando por fin descubro la identidad de la persona que tanto odio trajo a esta isla, todo comienza a cobrar sentido.

—Hola, hijo mío.

Al escuchar esas palabras una lágrima de sangre se desliza por mi mejilla.

Capítulo 20

M i padre.

El hombre que destrozó Cabre, el hombre que esclavizó a cientos de ciudadanos indefensos, el despiadado ser que lleva años aprovechándose de la gente honrada de esta isla, creyéndose el dueño de sus cuerpos y de sus vidas.

Ese hombre es mi padre.

—¿No vas a saludar a tu padre? —me pregunta abriendo los brazos y sonriendo sarcásticamente. Él está recostado sobre los cojines de su lujosa cama, tapado con finas sábanas de lino blanco por las que puedo intuir su cuerpo desnudo. En toda mi infancia y en la parte de mi juventud que pasé a su lado, mi padre jamás se había mostrado así ante mí. Nunca me dejó verle sin sus ropajes, incluso cuando me colaba en su habitación en busca del cariño que nunca me daba estaba vestido.

No puedo dejar de verle deseando que todo sea una pesadilla. Dante, mi padre, quien fue exiliado de Veira hace años por su nefasta forma de gobernarnos desde la falta de libertades y la crueldad, ha vuelto a hacer lo mismo en otro lugar. Le dejamos escapar, le dimos la oportunidad de ser libre lejos de nuestro territorio sin pensar que podría repetir sus fechorías. ¿Cómo ha podido hacerse con el control de nuevo? Por más que intento articular palabra, estoy paralizado. Ahora mismo mi cerebro acaba de recibir tanta información que no sabe cómo dosificarla, no sé cómo entender lo que está ocurriendo delante de mis ojos.

—Admito que te he subestimado, Marco —dice mi padre mientras se reincorpora para sentarse en el borde de la cama y alargar su brazo para coger la bandeja de fruta fresca que tiene sobre la mesilla de noche—. Supe que estabas aquí desde que vuestros botes llegaron a nuestras costas, pero nunca pensé que podrías llegar tan lejos —continúa mientras agarra el racimo de uvas y se lo mete en la boca. No espera a tragar, sino que sigue hablando mientras saliva y mastica las dichosas uvas verdes—. Pero aquí estás…Padre e hijo juntos de nuevo.

Cuando acaba de hablar, emite una gran carcajada que retumba contra las paredes. Yo sigo callado, observándole, deseando que todo esto no sea más que una alucinación provocada por mis heridas. Pero por más que aprieto los ojos, Dante sigue frente a mí. Un Dante muy diferente al que yo conocí, mucho más gordo y descuidado, con una gran barba y un olor a alcohol que se percibe desde la distancia. Cuanto más poder tiene, más se autodestruye.

Una vez analizo sus palabras y llego a la conclusión de que lo que está sucediendo es real, solo hay un par de cosas que logran sorprenderme.

—¿Por qué no hiciste nada si sabías que estábamos aquí? —pregunto apretando la mandíbula. Ver a mi padre ha removido unos recuerdos que ya había dejado en otro capítulo de mi vida. Su presencia me incomoda, me enerva… Solo pensar que mi propio padre ha sido el hombre que se ha aprovechado de Camilla durante tantos años me da unas arcadas que difícilmente puedo controlar. Quiero llorar, gritar, pegarle hasta destrozarle la cara, desahogar toda la rabia que llevo acumulando hacia su persona…

Pero no soy capaz de hacer nada.

Solo le observo, una y otra vez.

Solo escucho su voz, la cual había olvidado.

—En Veira lograste destituirme porque no tenía nada con lo que extorsionar al pueblo. Pusiste a todos en mi contra y te hiciste tú con el poder… —explica de forma pausada, como si esta situación fuese de lo más normal—. De tal palo, tal astilla —que una persona tan asquerosa como mi progenitor se digne a compararse conmigo genera en mí una frustración que no hace más que crecer. Cada vez que abre la boca me enfada más, logra desestabilizarme y me hace esclavo de mis emociones. Es su táctica para evitar que piense con claridad, quiere que me deje llevar por mis instintos, pero eso no ocurrirá. Mostraré templanza, madurez, le mostraré que soy todo lo contrario a lo que él es—. Pero aquí, en este paraíso, todo es muy diferente. Tengo algo que les genera total dependencia, Marco —dice sonriendo, señalándose el pecho. Tiene la brújula sagrada atada al cuello.

—¿De dónde la has sacado? —pregunto. Su respuesta puede poner fin a muchas incógnitas. ¿Cómo algo tan especial puede acabar en unas manos tan sucias?

—¿Por qué crees que nos aceptaron en Veira, Marco? ¿Por qué crees que nos convertimos en la máxima autoridad de esa basura de isla? —cuestiona sin esperar una respuesta—. Porque llegamos allí en el mejor barco que sus ojos habían visto, cargados de tanto oro que ni en sueños habrían podido imaginar tal cantidad… Tú eras solo un niño, pero en el barco apenas había espacio para tu cama de lo repleto de riquezas que estaba. —A medida que conversa una serie de escalofríos recorren mi cuerpo. Dante habla con desprecio de mi hogar, lo mancilla incluso cuando fue él quien lo destruyó. La historia es cíclica y el mal siempre vuelve a no ser que lo extermines por completo. Mi error, tal y como me dijo Kiara el primer día que me conoció, fue dejarle salir con vida del puerto de Veira—. Entre todas esas riquezas se encontraba esta brújula, una leyenda del mundo de la marinería. ¿La conoces?

—No —respondo. Una parte de mí odia escucharle hablar, dejarle tiempo para que se explique es como darle la oportunidad de justificarse. Pero necesito respuestas, así que por mucho que deteste volver a escuchar su voz he de seguir su juego.

—Lo suponía… Eres muy joven —comenta agarrando la copa de vino que tenía a los pies de la cama. La alfombra está llena de manchas violetas, a saber cuántas veces habrá vertido vino sobre ella—. La leyenda dice que entre todas las brújulas del planeta existe una que no marca ni el sur, ni el norte, ni el este ni el suroeste… sino que te lleva a una isla perdida, habitada por sirenas y construida con oro —explica, hace varias pausas para beber lo que le queda en la copa y, una vez la acaba, la estampa contra una de las paredes, rompiéndola en mil pedazos. No lo hace porque esté enfadado o quiera impresionarme, simplemente está borracho y sabe que alguno de sus criados se encargará de limpiar todo y traerle una copa nueva. Hasta ese punto llega su arrogancia y su egoísmo—. Cuando mi propio hijo me desterró de mi hogar, en mi nave no tenía nada más que víveres esenciales para sobrevivir varias semanas en alta mar y esta maldita brújula de la que nunca me he separado. Yo jamás creí en esa leyenda de mierda, pensaba que solo era pienso para los aficionados... Pero no tenía a dónde ir, así que seguí sus indicaciones.

Ahora que lo dice, a mi mente vienen imágenes de mi infancia, imágenes en las que mi padre saca la brújula de su bolsillo derecho, que siempre estaba abultado porque jamás se la quitaba de encima. Nunca le di demasiada importancia, en un pueblo de marineros lo más normal es tener varias brújulas en tu dominio...

—Y después de varios días llegué aquí —continúa mientras abre los brazos y mira a su alrededor—. No había sirenas, solo algunas furcias desesperadas, tampoco había oro, solo pobreza y más pobreza...

Cuando escucho esas palabras llevo la mano a la empuñadura de mi arma. No puedo evitar pensar en Camilla, en que lo más probable es que se refiera a ella, y sin yo quererlo en mi cabeza empiezan a crearse imágenes del asqueroso de mi padre tocando el hermoso y delicado cuerpo de Camilla. Cada vez aprieto más fuerte la empuñadura, deseando acabar con esto cuanto antes, pero recuerdo que no soy yo quien debe arrebatarle la vida y que antes de morir debo sonsacarle mucha más información.

—Yo llegué con la solución a todos sus males, les di la poca comida que me quedaba y ellos me vieron como su salvador... Cuando les enseñé la brújula no solo me convertí en su salvador, también en su Dios —cuenta gesticulando exageradamente, como si le estuviese contando la historia a un niño de diez años—. Recuerdo cómo se arrodillaron ante mí ese día... No me lo pudieron poner más fácil —añade riéndose de una forma muy escandalosa, no para de ridiculizar a la gente necesitada de Cabre.

¿Cómo alguien puede tener la maldad de aprovecharse de los más necesitados? Nunca entendí qué clase de persona era mi padre, qué es lo que le movía a actuar desde la malicia. Hoy, después de escucharle, sigo sin entenderlo. No puedo soportar oír cómo habla de las inocentes personas de Cabre, no puedo pensar ni un segundo más en cómo sus manos ensuciaron el cuerpo de Camilla para el resto de su vida: no quiero escucharle más.

Harto de no sacar nada en limpio de su cruel testimonio, desenvaino mi arma preparado para darle un primer golpe.

—¿Vas a matarme, hijo mío? —pregunta mientras se ríe todavía más—. No tuviste valor en su día y ambos sabemos que sigues sin tenerlo.

Dante intenta provocarme, y lo consigue.

Jamás creí que pudiese sentir tanto odio como el que ahora mismo corre por mis venas. Camino hacia él con la espada en alto, hasta que la punta de esta acaba apoyada en su desnudo pecho.

—¿Vas a acabar conmigo de esta manera tan deshonrosa? —pregunta sin dejar de sonreír, burlándose de mí hasta cuando su vida cuelga de mis manos.

—Mereces morir como un miserable —respondo clavando la espada sobre su piel. Apenas es un rasguño, pero la sangre comienza a resbalar por la herida.

—Así es como yo maté a tu madre.

Una vez más, sus palabras hacen que mi cabeza estalle. Todo a mi alrededor empieza a dar vueltas, una sensación de irrealidad me hace sentir fuera de este momento, como si no perteneciese a esta realidad. Una vez más, consigue ganar tiempo y desestabilizarme de nuevo.

—No tienes madre porque yo mismo la maté —añade mirándome fijamente a los ojos, como si quisiera atravesarme con su mirada—. Y tú ibas a correr la misma suerte.

—Cállate —digo. Es lo único que consigo decir, la única palabra que logro articular. Llegué a esta isla deseando conocer mi pasado, mis orígenes… Ahora mismo prefiero que sigan siendo una incógnita. Viviré más tranquilo pensando en el presente, sin plantearme cada día quién fui en un pasado. No quiero escucharle más, nada de lo que pueda decir logrará captar mi atención.

—¿Seguro que no hay nada que quieras saber? —pregunta poniendo sus manos en el filo de la espada, agarrándola aunque eso suponga hacerse grandes y profundos cortes en las palmas de las manos.

—No —respondo seguro de mí mismo.

—¿Ni siquiera sobre esa isla de la que llevas hablando desde que eras un mocoso?

Mi padre conoce mi punto débil y acaba de atacarme usándolo en mi contra. Él sabe que desde que tengo uso de razón he recordado ese lugar, me he visto paseando por sus calles y viendo la mar desde sus altas montañas. Siempre supe a la perfección que las imágenes que se repetían en mi memoria no eran ensoñaciones o producto de mi imaginación.

Siempre creí en la existencia de esa misteriosa isla, y mi fe es tan grande que incluso preparé la travesía que nos hizo llegar a Cabre para encontrarla.

—Esa isla existe Marco, y la recuerdas porque tú naciste en ella.

Sus palabras consiguen que me tiemble el pulso, mi brazo va perdiendo fuerza y poco a poco, sin yo quererlo, voy bajando la espada hacia el suelo. Dante lo ha conseguido, vuelvo a necesitar escuchar lo que tiene que decir.

—Esa isla se llama Liza —continúa mientras se levanta y da unos pasos para acercarse a mí—. Lo supe todos estos años, lo supe mientras te llamaba loco y desquiciado por imaginarte en ella. Yo lo sé todo, Marco.

Dante sostiene mi rostro con sus manos, que llenas de sangre tiñen todas mis mejillas de rojo.

—Sé lo que significa la marca que tienes en la nuca, porque yo también la tengo. —Mi padre deja de agarrarme y se gira para mostrarme su cuello—. Tu amiga Camilla también tiene una escarificación como la tuya, la estúpida sigue creyendo que es la marca de los esclavos… —añade riéndose de la ingenuidad de una niña pequeña. Cuando todo su universo de mentiras comenzó, Camilla no tenía la madurez suficiente como para poner en duda las palabras de un superior—. ¿Qué crees que tenemos en común los tres para tener una marca tan parecida en el mismo lugar? ¿Quieres saberlo?

—Encontraré Liza y yo mismo lo descubriré —digo de forma clara y contundente. No quiero que él me diga nada sobre esto, ni siquiera sé si podría creer en sus palabras después de vivir tantos años bajo sus engaños y sus menosprecios. Lo único que tengo claro es que Liza existe, sé que en eso no puede mentir. No permitiré que consiga más tiempo a base de extorsionarme.

—Jamás podrás volver a esa isla, hijo… —afirma negando con la cabeza mostrando cierta satisfacción—. Si vuelves…

Antes de que pueda terminar de hablar, la puerta de la habitación se abre tras recibir un fuerte golpe. Mi padre se gira hacia ella para ver qué ha ocurrido, pero yo sigo mirándole deseando que acabe la oración que ha dejado a medias. Necesito que acabe de decir lo que estaba a punto de contarme.

—¡MARCO! —Esta vez sí que dejo de observar a Dante para girarme y ver qué está ocurriendo. Es la voz de Camilla la que me llama desde la entrada al cuarto. En sus manos tiene el arma de fuego que yo mismo le arrebaté a los guardias de Cabre.

Sin pensarlo dos veces, Camilla apunta a Dante y le dispara dos veces en el pecho, para después subir la pistola y dispararle dos veces más en la cabeza.

El cuerpo de mi padre se desploma sobre la cama, llenando las limpias sábanas de su oscura sangre.

Capítulo 21

Observo el cuerpo sin vida de mi padre sin entender lo que mis ojos están presenciando. A pesar de que frente a mí descansa su cadáver, no proceso su muerte.

Siento como si mi alma se hubiese escapado de mi cuerpo y lo estuviese contemplando todo desde fuera, quizá desde otra realidad. Lo único que noto dentro de mí es un vacío sin final, un hueco en el pecho, como si mi corazón hubiese desaparecido.

Acabo de presenciar la muerte de mi padre, he visto cómo las balas atravesaban su cuerpo, pero aun así no me parece real. Desde el momento en el que entré en esta maldita habitación hasta ahora, todo parece una pesadilla que cada vez empeora más y más.

Mi respiración se acelera y comienzo a marearme, mi corazón está latiendo tan rápido que siento como si la cabeza me fuese a explotar en cualquier momento. El vacío que tenía en el pecho empieza a subir por mi garganta, formando un nudo que impide el paso del aire.

Nadie está preparado para ver morir a un familiar y, aunque yo mismo deseaba su muerte, ahora que Dante ha entrado en el sueño eterno no puedo evitar sentir una especie de angustia. Le odiaba como nunca jamás pensé que podría llegar a odiar a alguien, pero a pesar de eso seguía siendo mi padre.

A pesar de que él me confesó minutos antes de morir que planeó matarme siendo un niño, a pesar de que también confesó ser el asesino de mi desconocida madre… A pesar de todo, quizá creí hasta el último momento en que podría cambiar. Y quizá por eso mismo permití que se fuese con vida de Veira, porque una pequeña parte de mí creía en su reconversión. Ahora solo quiero abofetearme por creer en un pasado que su alma, que sabía a conciencia que solo albergaba oscuridad, podía encontrar la paz.

—¡MARCO! —exclama Camilla acercándose a mí después de unos segundos de completo silencio. Agarra mi rostro e intenta limpiar la sangre que ensucia mi cara—. ¿Estás herido?

—No —respondo con la mirada perdida.

—¿Estás bien, Marco? Te estaba agarrando cuando entré… Pensé que iba a matarte —comenta Camilla. Desde la puerta había visto a mi padre agarrándome la cara con sangre de por medio, de ahí su rápida y desmesurada defensa. Le disparó no solo una vez, sino cuatro.

—Estoy bien —afirmo intentando salir del trance en el que estoy sumergido. Ahora mismo siento como si estuviese viviendo todo en un segundo plano, como si fuese un mero espectador de mi propia vida.

Camilla, sin estar convencida del todo, asiente y se aleja para observar el cuerpo de Dante. Lo mira fijamente, regodeándose. No la culpo por ello, yo esperaba sentir lo mismo que ella pero, llegado el momento, solo sentí una extraña melancolía. Camilla lleva la mano al cuello de mi padre y con mucha fuerza tira de la cadena que lo rodeaba, haciéndose así con la brújula sagrada.

—Por fin es nuestra…—dice mirándola con detenimiento. La brújula no difiere demasiado de todas las que he visto hasta ahora. Es más pequeña de lo habitual y tiene un brillo dorado singular, pero, por lo demás, podría pasar desapercibida. Camilla la guarda en su sostén con mucha delicadeza, no permitirá que nadie la robe de nuevo.

De repente se empieza a oír mucho alboroto en el pasillo, Camilla se acerca para ver qué está pasando mientras yo permanezco inmóvil, por más que intento reponerme sigo en estado de shock.

—¡Son los demás! —exclama mientras corre a su encuentro. Desde el interior de la habitación escucho voces alegres y gritos eufóricos, parece que la noticia de la liberación ya ha llegado a todo Cabre.

—¿Y Marco? —Escucho que susurra mi hermano. Su voz se pierde entre el resto, que hablan mucho más alto, pero soy capaz de entender lo que dice.

—Está dentro… No sé qué le… Parece muy… —Las palabras de Camilla suenan más lejos, solo soy capaz de oír partes sueltas de toda su respuesta. Lo siguiente que escucho es el crujir de la madera, que me indica que alguien está viniendo hacia mí.

Como no podía ser de otra manera, es mi hermano quien entra en la habitación y cierra la puerta al ver el panorama que tiene delante. Quizá a él le ocurra algo parecido a lo que me está pasando a mí, Ronan y yo conocimos a mi padre en un momento diferente, convivimos con él en otro instante de su vida. Los habitantes de Cabre le conocieron como el monstruo que acabó con sus esperanzas, pero Ronan lo conoció bajo el pretexto de ser mi padre y yo le conocí siendo un crío indefenso e ignorante. Ver el rostro de alguien con el que has crecido totalmente desfigurado por los disparos es algo tan extraño que ni siquiera sabes qué sentir.

¿Asco, quizá rabia?

Ronan se dirige hacia mí y sigue la ruta que le marca mi mirada. Acaba contemplando el cadáver de mi padre, al que se acerca incrédulo para observar mejor la carnicería que tiene enfrente.

Traga saliva y por un momento me siento aliviado de no ser el único consternado por la situación. Ambos deseábamos su muerte sin saber que era Dante quien se escondía bajo el alias y, aun sabiéndolo, la habríamos deseado incluso más… Pero, ahora que está muerto, todo es más complicado.

—¿Es él? —me pregunta. Sé que lo sabe, pues a pesar de estar desfigurado sus rasgos con reconocibles. Sus manos llenas de anillos con las que llegó a azotarnos a los dos cuando nos colábamos en su despacho, su pelo largo y algo rizado… Ronan solo quiere que confirme lo que ya sospecha.

—Sí, es mi padre —respondo afirmándolo una vez más.

—Ese hombre nunca mereció ser tu padre, Marco —contesta bajando la vista al suelo, no es capaz de seguir observando el cadáver. Está muy nervioso, tiene la frente empapada de sudor y puedo apreciar cómo se le eriza el vello de los brazos—, la familia, a veces por desgracia y otras por suerte, no se puede elegir… Pero sabes que tú siempre tendrás un hueco en la mía —prosigue poniéndose a mi lado y desviando su mirada a mis ojos—. No vuelvas a decir que es tu padre, olvídate de él, olvídate de todo lo que hizo.

—Nunca podré olvidarlo, él forma parte de la historia de mi vida —respondo con sinceridad. Por mucho que lo intente, jamás olvidaré todos los pecados que mi padre cometió… Y por el simple hecho de compartir su sangre, intentaré hacer lo posible para llenar de honradez el mundo que él ensució.

Si olvido a mi padre, acabaría olvidando quién soy.

Sus acciones me han convertido en la persona que hoy estoy orgulloso de ser, borrarle del mapa de mi vida sería echar abajo toda mi existencia.

—Pues no lo olvides, pero sigue adelante —afirma girándose y desplegando las sábanas para cubrir los restos de mi progenitor—. Este capítulo termina aquí.

Ronan me abraza con fuerza, dándome unas palmadas en la espalda. No hace falta que diga nada más, entiende mi dolor y es el único que puede acercarse a sentir lo que yo siento.

Nuestro abrazo es interrumpido por el estadillo de la puerta, los miembros de nuestro escuadrón la han derribado y entran jolgoriosos a por el cuerpo de Dante. Entre todos ellos está Sayer, quien destapa el cadáver y lo carga sobre sus hombros.

—¡¿Qué hacéis?! ¡¿A dónde os lo lleváis?! —grita mi hermano sin entender qué está pasando.

—¡Vamos a colgarlo en la plaza para que todo el mundo lo pueda ver! —exclama Asad.

—¡SAYER, DETENTE! —vuelve a gritar Ronan. Está a punto de detenerles, pero lo agarro del antebrazo para que no impida su marcha. Él me mira, extrañado, y yo asiento con la cabeza.

—Es el asesino de su isla, ellos deben decidir qué hacer con él —expongo con serenidad. Son las víctimas quienes deben decidir el destino del culpable y no seré quien les quite esa satisfacción.

Ronan y yo salimos del palacio siguiendo al gentío, que se dirige en hordas a la gran plaza de Cabre. Los guardias reales han sido esposados, aunque aún puedo ver cómo alguno intenta escapar de la purga que está haciendo la Resistencia, quienes han logrado capturarlos gracias al apoyo ciudadano. No sé qué harán con ellos, sé que no les matarán, así que supongo que les encarcelarán por haber ayudado al declive de su nación.

Los habitantes de Cabre e incluso los niños vitorean la muerte del Innombrable. Todo el mundo está saliendo a la calle o asomándose al balcón de su vivienda. Hoy ha sucedido lo que tantos años han estado esperando.

—¡Chicos! ¡Chicos! —nos llama una voz a lo lejos. No tardo ni un segundo en reconocerla: es Kiara. Levanto la cabeza para intentar encontrarla, pero hay tantas personas a nuestro alrededor que se me hace imposible.

—Ahí está, Marco —dice mi hermano mientras señala a una chica bajita con el pelo muy alborotado. Cuando por fin llega a donde estamos, los tres nos abrazamos con fuerza.

—Lo hemos conseguido —exclama Kiara con una gran sonrisa. Las personas que pasan van empujando nuestros cuerpos, estamos parados en mitad de la congregación—. Ojalá hubiera visto su cara, me gustaría saber si era como yo me lo imaginaba.

—En verdad ya le conocías, Kiara —respondo mientras miro cómo tensan la cuerda para que el cuerpo de mi padre se eleve.

—¿Cómo? —pregunta Kiara sin entender nada, intenta descifrar el rostro de la persona que cuelga desde uno de los balcones de la plaza, pero por más que lo intenta no entiende a qué me refiero.

—Dante. —Es mi hermano quien hace los honores y me ahorra el sufrimiento de volver a repetirlo.

Kiara se asombra tanto que da un pequeño salto. Me mira incrédula, buscando la confirmación en mi rostro. Parece que sus ojos van a salirse de las órbitas, tiene la boca desmesuradamente abierta y sigue sin asimilar lo que a todos nos ha sorprendido. Me vuelve a mirar esperando que diga algo, esperando una reacción.

—Mañana mismo partiremos hacia Liza —declaro.

Y no tengo nada más que añadir.

TERCERA PARTE

LIZA

Capítulo 22

Tal y como dije, salimos de Cabre la mañana siguiente a la muerte de mi padre. Los isleños nos regalaron un velero que cargaron con provisiones, también nos cedieron alguna de sus armas y copias de los mapas que hicieron durante años. Aunque Ula ya no está con nosotros, intentaremos interpretarlos lo mejor que podamos, añoramos su presencia cada minuto que pasa...

En Cabre conocían la existencia de la isla con la que llevo soñando desde niño, ahora sé su nombre y en pocos días llegaremos a ella; estoy deseando que llegue la hora en la que pueda ver con mis propios ojos las imágenes que se llevan repitiendo en mí tantos años.

Liza está más cerca que nunca, su relieve aparecerá en cualquier momento en el océano que nos rodea. Desde la popa observo la inmensidad de la mar, con su azul absoluto y la línea que nuestro barco va dibujando en su superficie. Llevamos cuatro meses navegando, cuatro meses caóticos en los que ha ocurrido de todo.

Sayer todavía no ha pronunciado palabra desde que embarcamos. No habla con nadie, guarda silencio las veinticuatro horas del día y solo comparte espacio con nosotros a la hora de la comida. Se sienta en la mesa, come como un autómata, se levanta y vuelve a su camarote para pasar allí el resto de la jornada. En algunas de mis noches repletas de pesadillas he salido a tomar el aire para relajarme y me lo he encontrado en la proa, mirando hacia donde nos dirigimos, sin moverse. Parece un muerto en vida, pero todos entendemos su situación, a veces intentamos sociabilizar con él, pero la mayoría del tiempo le dejamos su espacio. Sayer tiene que encontrar su lugar en el mundo de nuevo, tiene una herida que aún no ha cicatrizado y solo él tiene la cura: su fuerza de voluntad.

La actitud de Ronan también ha cambiado de forma drástica. Ha perdido su característico humor y parece que siempre está cansado. Se aburre tanto que incluso le ha cogido el gusto a la lectura, algo que jamás le había llamado la atención. Ronan solía reírse de mí cuando me quedaba leyendo por las noches mientras él frecuentaba bares, pero ahora se pasa el día leyendo apoyado en el mástil del barco, le quedan muy pocos libros por devorar. Siempre que acaba uno me cuenta ilusionado la historia que ha leído y, aunque muchas veces yo ya la conozco, me hago el loco y escucho cada una de sus palabras con mucho interés. Está aprendiendo sobre filosofía, leyendo historias de fantasía y muchos mitos griegos… Alguna que otra vez he oído cómo discutía con Kiara por ver qué dios del Olimpo era el más poderoso.

—¡Está claro que el dios más fuerte es Zeus! —exclamaba Ronan frustrado, ya que Kiara no pensaba lo mismo.

—No cabe duda de que Atenea hubiera tenido que ocupar el puesto del sobrevalorado Zeus —respondía Kiara chistando.

—Pero ¿tú has leído algo en tu vida? —preguntaba Ronan claramente ofendido.

—¡He leído el triple que tú, estúpido! —Mientras discutían, los demás estábamos comiendo, perplejos y deseosos por ver quién acababa ganando el debate.

—¡Pues si hubieses leído algo, sabrías que Zeus es el gobernador del Olimpo, es el padre de los dioses y de los hombres!

—Y Atenea es la diosa de la sabiduría, de la estrategia, de las artes, de la guerra… —contestaba Kiara clavando con fuerza el tenedor en su plato—. ¡Podría derrocar a Zeus ella solita en cualquier momento!

—Venga ya…—replicaba Ronan tirando sus cubiertos a la mesa. Resultó bastante anecdótico ver lo agresivos que se iban poniendo—. ¡Atenea era la hija de Zeus, ni siquiera habría existido si no fuese por él!

—¿Y qué tiene que ver? ¡Estamos debatiendo sobre quién es más fuerte! —Kiara alzó la voz y Ronan no tardó ni medio segundo en ponerse a su altura.

—¡Pues no creo que una mujer fuese mucho más fuerte que un hombre!

Y esa fue la frase que detonó la conversación. Kiara se levantó de la mesa y agarró a Ronan del cuello; él se zafó de su agarre y la tumbó sobre la cubierta, pero ella no se rindió y con sus piernas hizo que Ronan también acabase cayendo. Ambos empezaron a pegarse puñetazos, a intentar ahogar al otro y a gritar como auténticos locos.

—¡Eh, eh! ¡Parad de una vez! —gritó Camilla separándolos y poniendo fin a la disputa que ahora recordamos con humor.

Porque sí, Camilla forma parte de la tripulación.

Decidió dejar Cabre y salir con nosotros en busca de un futuro mejor. Aunque le costó despedirse de la familia que la acogió y veló por ella, se fue sin miedo, ya que dejó a todo su pueblo en buenas manos. Ahora viaja hacia Liza en busca de la paz que le robaron. Ha decidido empezar una nueva vida, lejos de los traumas y de los rencores del ayer para salir en busca de respuestas. Quería pasar página y yo la animé a hacerlo.

Camilla sigue sin saber cuál era la verdadera identidad del hombre que ella conoció como el Innombrable. Tras pensarlo durante días, decidí no contarle que ese infame ser que abusó de ella era mi padre. Es un dato que no le aportaría tranquilidad, para ella es irrelevante mientras que para mí es algo tan vergonzoso que no creo que encuentre jamás las palabras para confesárselo.

En los primeros meses de nuestra travesía tuvo lugar un momento bastante incómodo entre ella y yo. Camilla llevaba unos días algo rara, estaba muy pensativa y hablaba poco. Un día, justo cuando el Sol se estaba poniendo, se acercó a mí y me susurró al oído si podría ir a hablar con ella a su habitación. Le dije que sí y seguí sus pasos hasta llegar a su cuarto. Ella se sentó sobre su cama y comenzó a hablar.

—Hay algo que necesito aclarar —empezó. No era capaz de mantenerme la mirada, estaba nerviosa y pocas veces la vi tan introvertida.

—Dime —contesté apoyándome sobre su escritorio.

—Voy a ser clara… —dijo levantándose para acortar la distancia que nos separaba; hacía muchos movimientos rápidos con las manos y hablaba apresuradamente—. Me gustas Marco, me gustas mucho.

Recuerdo que cuando escuché su confesión me sentí muy aturdido. Mis sentimientos seguían (y todavía lo siguen siendo) muy confusos. No me esperaba que fuese tan directa y mi reacción fue quedarme callado, a la espera de que ella continuase hablando.

—¿No tienes nada que decir? —me preguntó modificando su tono de voz para que notase su molestia ante mi indiferencia.

—No sé qué decir… —En ese momento pensé en si lo mejor era evadir lo evidente: que entre Kiara y yo había una tensión no resuelta. O afrontar la situación siendo franco conmigo mismo y con ella—. Tú ocupas parte de mi pensamiento, pero sabes que hay otra persona ¿verdad?

Opté por la segunda opción, quizá no era la más conveniente para mí pero sí la más justa.

—Kiara —respondió, resoplando. Hizo una pequeña pausa pero no tardó mucho en continuar—: Solo quería que supieras que me tienes ahí.

A medida que iba hablando Camilla se acercaba cada vez más, el espacio entre nosotros se redujo a centímetros. Mi pulso no pudo evitar acelerarse al sentirla tan cerca, su presencia en un ambiente tan privado también conseguía ponerme nervioso. Fue entonces cuando me agarró del cuello y apoyó sus labios en los míos pero sin llegar a besarme. Solo rozó su boca con la mía, como queriendo provocarme. Si esa era su intención, he de admitir que lo consiguió. Prosiguió pasando su lengua por mi cuello lentamente, mordiendo sin fuerza los lóbulos de mis orejas… Mientras lo hacía, sus traviesas manos se colaban por dentro de mi camisa para arañarme la espalda. Sentía cómo poco a poco el ambiente se caldeaba sin poder hacer nada para evitar sucumbir.

—Camilla… —susurré intentando sin mucho éxito frenar la situación.

—¿Quieres que pare? —preguntó apartándose. Para variar no supe qué decir, así que volví a quedarme callado intentando serenarme.

Camilla sonrió sarcásticamente, harta de mi falta de iniciativa se dio la vuelta para abandonar la estancia, pero antes de que pudiese llegar a la puerta, decidí dejar de reprimir el calor que me estaba asfixiando y agarrarla de la cintura para hacerla volver.

Apreté su cuerpo contra el mío y la besé con fuerza, decidido. Fue un beso húmedo cargado del deseo que tanto tiempo llevaba frenando. Camilla entrelazó sus manos por mi pelo tirando de algunos mechones, haciendo que me excitase todavía más; yo bajé mis manos por su cintura y apreté sus nalgas, acto que la hizo gemir cerca de mi oído. Volví a besarla para acallar sus sollozos y le mordí el labio inferior, y justo en ese momento comprendí que ya no había vuelta atrás.

La empujé con delicadeza sobre la cama y procedí a quitarle la ropa, desabroché los botones de su blusa y acaricié sus desnudos y tersos senos para continuar bajándole el pantalón mientras mordía con suavidad uno de sus rosados pezones. Camilla, quien hasta el momento se había mostrado receptiva y ardiente, dejó de gemir y su cuerpo habló por ella: ya no parecía estar cómoda.

—¿Estás bien? —le dije deteniéndome. Ella se reincorporó para responder.

—No puedo seguir, Marco —dijo buscando su ropa por el suelo del camarote. Recuerdo que su drástico cambio de actitud me preocupó muchísimo, por lo que me alejé de ella para dejarle más espacio y que no se sintiese cohibida.

—No pasa nada, tranquila —contesté sin entender qué pudo haberle parecido mal. De todas formas, lo que estaba claro es que ella no quería continuar y eso era lo que importaba en ese momento, que no se sintiese presionada—. ¿Quieres hablar?

—No lo sé… —admitió vistiéndose, me percaté de que había comenzado a llorar y enseguida la abracé para que sintiese mi apoyo, tras recibir mi abrazo su llanto se intensificó—. Es que jamás me he acostado con alguien por voluntad propia, todo esto es extraño para mí.

Su explicación me dejó estupefacto. El ser consciente de que Camilla estuvo durante años sin tener ni siquiera el dominio de su propio cuerpo me entristeció y enfadó a partes iguales. Me sentí un completo idiota por no haberme dado cuenta antes de lo que podría suponer para ella este paso.

—Es normal, Camilla, no te preocupes —repuse intentando consolarla. Sabía que nada de lo que pudiese decir iba a hacer que se olvidase de todo lo que vivió… Camilla tiene que marcar su propio ritmo, ahora vivirá con unas secuelas difíciles de soportar y con las que le costará seguir adelante, pero confío en que pueda volver a ser ella misma a pesar de todo lo que ha tenido que sufrir.

—Lo siento —dijo a modo de disculpa apoyando su cabeza en mi pecho.

—Oye —respondí agarrando su cara entre mis manos—, no tienes que disculparte por absolutamente nada. ¿Vale?

—¿Puedes dejarme un momento a solas? —me preguntó limpiándose las mejillas con las mangas de su blusa.

—Claro, si me necesitas no dudes en buscarme —contesté saliendo de la cama y abandonando el cuarto.

Esa noche la pasé en la proa del barco, pensando una y otra vez en lo que había ocurrido. ¿Era lo que yo quería que sucediese o me dejé guiar por el instinto pasional que todos tenemos? ¿Me habría arrepentido si hubiesen pasado más cosas entre nosotros?

Nunca lo sabré a ciencia cierta, pero a día de hoy creo que lo mejor que nos pudo haber pasado fue detener la situación en ese momento. Era lo mejor para Camilla, quien necesita recuperarse mentalmente de todo lo que le ocurrió, y también era lo mejor para mí, ya que necesito aclarar mis dudas y eso lo volvería todo más complejo. Por suerte o por desgracia, en mi vida jamás se había presentado ante mí una situación como la que ahora mismo tengo enfrente. Quizá por mi personalidad introvertida o mi serio papel en la sociedad de Veira, ninguna mujer cortejó conmigo. Lo más probable es que mi falta de iniciativa las echase hacia atrás, pero es que ninguna despertaba en mí la chispa suficiente como para ver en ellas algo más que una noche de pasión y una mañana de despedidas. Sin embargo, ahora estoy en una tesitura muy diferente: tanto con Camilla como con Kiara podría imaginarme un futuro prometedor. Aunque son contrarias entre sí, las dos tienen ciertos caracteres que me hacen sentir una atracción desbocada por ellas.

Tomar una decisión fue duro, pero supongo que tu corazón siempre tiende más hacia un lado, y en lo más profundo de tu ser, tú conoces hacia qué lado quiere ir. La conclusión radica en si optas por darle rienda suelta, o si lo atas en corto y dejas que tu raciocinio interfiera. En ese momento todo cambia por completo, una vez el cerebro se incorpora a la toma de decisiones todo lo que creías que estaba claro vuelve a estar borroso.

Durante los últimos meses he seguido manteniendo mi relación de amistad con Kiara y con Camilla, los tres sabemos que tarde o temprano habrá que zanjar la actual coyuntura, pero Kiara es demasiado orgullosa como para dignarse a hablar conmigo. Lo intenté en varias ocasiones, pero siempre me esquiva y se cierra en banda, es como si quisiera apagar lo que siente por mí, porque aunque no lo admita sé que entre nosotros hay una química cada vez más incómoda.

—¿En qué piensas? —Como si pudiese leerme el pensamiento, Kiara aparece tras de mí.

—En lo que hemos vivido estos cuatro meses de travesía —respondo viendo cómo se acerca a la barandilla de la popa para sentarse a mi lado. Ambos tenemos las piernas colgando, la brisa marina nos peina el cabello hacia atrás y las gaviotas se encargan de ponerle música al momento.

—Queda muy poco para que cumplas el sueño de tu vida —comenta mirándome con una sonrisa sincera. Sus ojos desprenden una tranquilidad contagiosa.

—Estoy deseando llegar… Puede que mañana mismo estemos allí.

La miro ilusionado, pero me sorprende la expresión que encuentro en su rostro, Kiara está mirando el horizonte pensativa, como si estuviese a punto de darme una mala noticia.

—Estas semanas me he dado cuenta de algo, Marco —confiesa tras suspirar. Parece estar dispuesta a mantener una conversación profunda conmigo, así que me giro hacia ella atónito para prestarle la máxima atención posible. Lo que está ocurriendo ahora mismo no ha pasado desde que abandonamos Cabre—. Quería decírtelo antes de llegar a Liza.

Espero a que continúe, pero le cuesta. Conociéndola sé que ahora mismo está haciendo un esfuerzo descomunal para canalizar todo lo que siente y transformarlo en oraciones.

—Pues es el momento perfecto —digo intentando ayudarla. Tengo tantas ganas de escuchar lo que quiere decirme…

—Te prejuzgué, Marco, te sentencié sin conocerte y te infravaloré. —Kiara clava su mirada en la mar y habla sin hacer contacto visual. Emplea un tono de voz monótono, incluso diría que algo melancólico—. A los días de conocerte me empecé a sentir atraída por ti, pensaba que era algo físico, así que no le di demasiada importancia… Intenté convencerme a mí misma de que no me gustabas, te hablaba mal, procuraba buscar el error en todo lo que hacías… Pero acabé dándome cuenta de que no era más que un autoengaño, cada día que pasaba era más complicado acallar lo que mi corazón sentía por ti.

Kiara habla de una forma tan hermosa que todo el tiempo que he esperado para escuchar sus sentimientos ha merecido la pena. Esperaría toda una vida para volver a oírla de nuevo, sus palabras hacen que se me erice la piel de todo el cuerpo.

—Estos meses me habrás notado más distante… He querido alejarme de ti para intentar apagar el fuego interior que me provoca tu sola presencia —prosigue dejándome con la boca abierta. Después de todas las veces que he intentado hablar con ella, que ahora esté dispuesta a abrirse de tal manera es algo que valoro muchísimo. Este momento está siendo mágico y no quiero que acabe jamás—. Pero no lo consigo, Marco. Por más que trato de odiarte cada día estoy más enamorada de ti.

Enamorada.

Mi corazón empieza a latir tan rápido que parece que va a salírseme por la boca. Lo que siento ahora mismo es algo parecido a oír las chispas que genera el fuego cuando comienza a arder después de pasar días en la absoluta oscuridad.

—Pero sé que tú sientes algo por Camilla, lo sé desde que llegaste al hospital el primer día que la viste —continúa mientras aprieta los labios—. Esa noche estuviste insoportable.

Kiara se ríe y yo también, la obsesión que tuve con Camilla tras nuestro primer encuentro es algo innegable. Sin embargo, han cambiado muchas cosas desde entonces.

—A pesar de saber que tu corazón está ocupado por otra mujer, quiero decírtelo para quedarme en paz conmigo misma —prosigue apoyando su cabeza en la barandilla—. No voy a competir con nadie ni a entrometerme en algo que no me pertenece.

Puede que tuviese dudas hasta este momento, pero tras escucharla sé lo que siento. Sé cómo reaccioné ante la confesión de Camilla y no se parecía en absoluto a la felicidad que ahora mismo recorre todas mis venas. Es un éxtasis muy diferente a la excitación que sentí en aquel momento, va mucho más allá de lo carnal y lo fortuito.

—Ahora ya lo sabes… —dice con una sonrisa llena de calma y sosiego, parece haberse liberado de una pesada carga—. Por fin vas a dejar de decirme que tenemos que hablar.

Kiara me da un tierno beso en la mejilla y se levanta, dispuesta a irse. Tiene todo el rostro enrojecido por la vergüenza que acaba de pasar.

—¡Kiara! —exclamo. Ahora tengo más claro que nunca lo que quiero, y es a ella—. Yo también…

Antes de que pueda terminar de hablar, Ronan viene corriendo por la banda de babor como si estuviese poseído por el mismísimo diablo.

—¡MARCO, LA VEMOS! —exclama llevándose las manos a la cabeza desbordante de alegría y emoción—. ¡VEN A PROA!

Ronan comienza a correr hacia la proa y Kiara y yo le seguimos, algo confusos por su interrupción en un momento tan crucial como el que estábamos viviendo.

—¡ALLÍ, MARCO! —grita señalando una pequeña mota que se ve en el horizonte—. ¡ES LIZA!

Liza ha aparecido ante nosotros, un diminuto punto de color negro en medio del océano.

Capítulo 23

El pequeño punto que vislumbramos en la lejanía se fue haciendo cada vez mayor, a medida que íbamos acercándonos a Liza mis nervios aumentaban más y más.

Tardamos aproximadamente dos horas en llegar a sus costas. Tan pronto como nuestro velero se aproximó al puerto, la mar se volvió tan transparente que desde la proa podíamos ver a los peces nadando por el agua de tonos turquesas. El cambio es abrumador, el contraste de Liza con Veira y Cabre es muy exagerado. Parece que estemos llegando a un mundo diferente al nuestro, la sensación de estar en una novela de aventuras me invade a cada vistazo que doy. Todo es idílico, el aire es fresco y está cargado de un aroma floral, las edificaciones desprenden un aura de riqueza y delicadeza. Las casas que vemos desde el puerto tienen grandes balcones con impresionantes columnas de mármol blanco llenas de decorados en oro, el muelle está lleno de navíos con lo que ni siquiera habría podido soñar…

Cuando bajamos de nuestro velero lo hacemos sin mediar palabra, observando lo que nos rodea como si fuese a desaparecer de un momento a otro, intentando exprimir al máximo el momento que estamos viviendo. No puedo evitar pensar en todo lo que perdimos por el camino para llegar hasta aquí, muchas vidas fueron sacrificadas y mucho sudor y lágrimas fueron necesarios para poder ver lo que ahora mismo estamos contemplando. Ninguno da crédito a lo que estamos viendo excepto Sayer, que camina mirando hacia el suelo apresurado por salir de la zona de amarres.

—Cómo es posible que esta isla esté así mientras tantas otras se mueren… —susurra Kiara negando con la cabeza. Y no le falta razón, el desequilibro es obvio y tangible.

Al llegar al paseo marítimo caminamos sobre azulejos de plata, las personas que nos rodean no nos miran de forma extraña, parece que están acostumbradas a la llegada de forasteros. Por las calles hay cientos de maceteros llenos de coloridas flores y farolillos que alumbran las calles a pesar de que es de día. Hay tiendas con hermosos toldos blancos que venden fruta fresca o pescado recién capturado. También hay muchos restaurantes que llenan de mesas redondas con blancos e impolutos manteles las aceras; en ellas los isleños se atiborran de marisco y de carne que desprende un olor tan bueno que parece que puedas alimentarte solo con inspirar profundamente.

—¡Esto es el paraíso! —exclama Ronan mientras se ríe preso del entusiasmo. Después de tanto tiempo en altamar y de vivir la pobreza de nuestro hogar durante tantos años, estar aquí es una fantasía hecha realidad—. Cuando traigamos a nuestra gente no van a dar crédito.

—Quiero estar aquí el resto de mi vida —sentencia Camilla abriendo los brazos de par en par, como si quisiese fundirse con el ambiente.

Yo sonrío, contento de ver a mis compañeros tan felices después de las tragedias que hemos vivido.

—Estáis siendo muy estúpidos —dice Kiara cortando de raíz la alegría de la conversación. Ella se ha quedado atrás con Sayer, ambos de brazos cruzados—. ¿De verdad creéis que nos dejarán traer aquí a todo nuestro pueblo? ¿Sois así de inocentes?

—Hoy nos han dejado pasar sin problema, ¿por qué nos iban a poner impedimentos? —pregunta Ronan cambiando su tono de voz. Kiara ha terminado con la energía positiva y aunque quizá no fuese el momento oportuno para hacerlo, intuyo que lo que va a decir es bastante acertado.

—Porque la próxima vez que vengamos lo haremos en decenas de barcos cargados de cientos de personas, Ronan —contesta Kiara acercándose a él para no elevar demasiado la voz—. ¿Crees que querrán acogernos en un sitio como este? ¿Crees que estos ricachones se apiadarán de nosotros, que no tenemos ni para comer?

—Quizá sean buenas personas… —responde Ronan intentando defender su posición, aunque él mismo sabe que Kiara tiene la razón.

—Quizá lo sean entre ellos, pero no dejarán que unos indigentes entren en sus dominios, coman de sus reservas, se lleven su dinero…

—Pero nosotros no somos unos indigentes —replica Ronan ofendido por sus palabras.

—¡Es lo que somos para ellos! —exclama Kiara frustrada. Aunque ella no comparta lo que está diciendo, sabe que es la realidad a la que tendremos que enfrentarnos—. Ellos nos verán como los desconocidos que vienen a aprovecharse de sus riquezas, ahora nos aceptan porque venimos a visitar su isla y a contribuir a su economía como turistas… Pero cuando descubran nuestras verdaderas intenciones, nos verán como las rémoras que se pegan a los tiburones, como el parásito que infecta a su huésped, como…

—¡Lo entiendo, Kiara, lo entiendo! —grita Ronan interrumpiendo las comparaciones de Kiara mientras se deja caer en uno de los bancos que hay por el paseo—. Entonces ¿qué pretendes hacer tú?

—No lo sé —responde con sinceridad.

—Quizá podríamos ofrecerles un trato —digo metiéndome en su conversación intentando hallar una solución al enigma planteado.

—¿Estás viendo a tu alrededor? —me pregunta Kiara mientras gira sobre sí misma señalando el paisaje del que formamos parte—. No nos necesitan para nada, solo seríamos un estorbo.

—Pero no tenemos otra opción —ahora es Camilla quien opina.

—Es nuestra única opción, Kiara —recalco intentando que no pierda toda la esperanza. Puede que sea difícil, pero con todo lo que nos costó llegar hasta aquí sería muy necio por nuestra parte no intentarlo.

—¡Muy bien! —exclama de forma sarcástica mientras se desploma en el banco, junto a Ronan—. ¿Y qué tenéis pensado decir? ¿Que a cambio de un hogar seremos sus esclavos? ¿Que nos vamos a prostituir a cambio de las sobras de su comida?

La tensión es cada vez mayor, Kiara está siendo muy desafortunada, ser consciente de que en este lugar tienen todo tipo de lujos le ha afectado más de la cuenta. Camilla baja la mirada al suelo, avergonzada tras sentirse atacada con sus insinuaciones.

—Por lo menos eso es mejor que morir —Sayer rompe el silencio pronunciando sus primeras palabras en meses. Todos lo miramos atónitos, impactados tras oír su voz después de tanto tiempo.

—Puede que tú prefieras vivir como un esclavo, Sayer, pero yo prefiero morir siendo libre —contesta Kiara sin darle ningún tipo de tregua.

Su dureza hace que Sayer reaccione de la peor manera posible, se gira sin decir nada y comienza a andar para perderse entre la multitud que abarrota las calles.

—¡Sayer! ¡Vuelve aquí! —grita Ronan levantándose—. ¡Sayer! —grita todavía más fuerte al ver que no retrocede; al final decide ir tras él, no sin antes dedicarle una mirada llena de resentimiento a Kiara.

Mi hermano me ha dejado a solas con Camilla y Kiara en una situación que cada vez se vuelve más incómoda. Sé que por mucho que discutamos, no vamos a llegar a ninguna conclusión, ya que Kiara no cambiará lo que piensa sobre esta isla y su gente.

—Yo vuelvo al barco —dice Kiara. Parece estar enfadada con el mundo, con la justicia para nada justa que tenemos ante nuestros ojos, pero aunque tenga razón no debería pagarlo con nosotros.

Camilla y yo guardamos silencio mientras Kiara se aleja, camina con tanta fuerza que si el suelo fuese blando enterraría sus pies en él. El silencio se prolonga y Kiara, de brazos cruzados, se para en mitad de su caminata para mirar hacia atrás.

—Pst… —chista mirándome a los ojos. Creo que lo que realmente le ha molestado es que me haya quedado con Camilla en vez de acompañarla hasta el navío. Tardé demasiado en reaccionar y ahora es demasiado tarde como para seguir sus pasos, los cuales no ha tardado ni un segundo en retomar.

Me quedo un par de minutos de pie, atento por si voltea de nuevo, pero acabo perdiendo su silueta en la lejanía. Cansados, Camilla y yo nos sentamos en el banco para escuchar cómo las olas impactan contra el muelle mientras intentamos procesar todo lo que acaba de ocurrir.

—Tiene demasiado carácter... —dice intentando sacar un tema del que hablar.

—Lo sé, pero debería aprender a dominarlo —contesto siendo consciente de que ese es el gran defecto de Kiara. No puede mostrar esa apatía y esa rabia cada vez que algo le disguste, ¿qué va a conseguir con eso? Absolutamente nada. Sus rabietas de niña pequeña no la llevarán a ninguna parte.

—¿Te apetece dar un paseo? —me sugiere Camilla con una gran sonrisa. En parte agradezco su positivismo, necesito una pequeña dosis de paz aunque solo sea momentánea.

—Claro —respondo levantándome para empezar a descubrir esta isla juntos.

Desde que llegamos, y a pesar de que solo llevamos aquí un par de horas, me siento conectado con este lugar. Cada vez tengo más claro que pertenezco a estos lares, que como me confirmó mi padre mi historia comenzó aquí. Pero ¿por qué me advirtió de que no volviese? Por ahora no ha ocurrido nada, mas sus palabras se grabaron en mi mente e intento estar siempre alerta por lo que pueda llegar a pasar. Sin embargo, Liza solo desprende tranquilidad y armonía, a cada paso que damos encontramos callejones llenos de encanto y plazas en las que tocan música para que los niños bailen.

—¿Quieres bailar? —me pregunta Camilla mientras tira de mi brazo para acercarnos a las parejas que están bailando al ritmo que marcan los instrumentos.

—¿Acaso importa lo que responda? —replico riéndome al darme cuenta de que antes de que pudiese responder ya estábamos bailando al son de la música.

—A veces no hay que pensar tanto las cosas —dice Camilla, mientras rodea mi cuello con las manos y nos balanceamos de un lado a otro. Mis dotes para el baile son pésimas, pero ella es la que maneja los pasos que damos así que todo se vuelve mucho más fácil.

—Yo no sé bailar —confieso sonrojado por la situación.

A modo de respuesta, Camilla agarra mis brazos y los coloca sobre su cintura para que sea más fácil bailar pegados; a medida que la canción avanza, nuestros pasos se vuelven más rápidos para seguir el ritmo cada vez más animado de la canción que están tocando. Camilla suelta una carcajada y se echa hacia atrás, teniéndola que recoger con mis brazos para que no se caiga. Al hacerlo, la aprieto contra mí y ella levanta mi brazo para girar un par de veces sobre sí misma y acabar el baile pegada contra mi pecho.

Toda la placita comienza a aplaudirnos y nosotros nos miramos mientras intentamos relajar nuestra respiración, que entre las risas y la danza se nos han disparado las pulsaciones.

—Para no saber bailar no lo haces del todo mal —comenta mirándome con unos ojos muy brillantes.

—Solo he seguido tus pasos —contesto mientras le recojo tras la oreja un mechón travieso que se le ha puesto en medio de la cara.

Camilla sonríe de una forma muy dulce y prosigue andando, haciéndome una seña con la cabeza para que la siga. Estamos descubriendo Liza y juraría que hay partes de ella que ya he visto antes, esquinas con las que soñaba cuando era niño o tiendas cuyos nombres me son muy reconocibles.

Algo que me impacta es ver que todas las personas con las que nos cruzamos irradian una luz especial. Más allá de lo caros que parecen sus ropajes o lo elaborados que son sus peinados, sus rostros reflejan lo felices que son. Nadie tiene ojeras o los ojos cansados, tampoco he visto una mala cara u oído una queja, sus uñas están relucientes y sus dientes forman una sonrisa perfecta. Son pequeños detalles en los que no me fijaría si no fuese porque en

Veira, con el paso de los años, todo el mundo fue perdiendo el brillo de sus rostros para acabar pareciendo cadáveres en vida.

Sin ir más lejos, Liza es el paraíso en la Tierra no solo por lo bella que es la isla, sino por lo amables y gentiles que son sus habitantes y la calidad de vida que parecen tener.

—Mira qué palacio más grande… —Camilla me despierta de mis divagaciones señalando la impresionante construcción a la que hemos llegado tras callejear.

Si hasta el momento todo lo que hemos visto desprendía un aura de lujos y riqueza, el palacio que tenemos enfrente se lleva la palma. Construido en medio de una gran plazoleta llena de jardines adornados con hermosas esculturas de oro, el palacio destaca por su blanco brillo impoluto, parece estar construido con marfil, y hermosas cariátides sostienen las diferentes plantas del edificio. No solo su tamaño es impactante, sino que además cada parte de la fachada está decorada con magníficos bajorrelieves que cuentan con todo tipo de detalles. Las ventanas están cubiertas por unas tupidas cortinas color hueso que no permiten ver nada de lo que hay en el interior, dándoles privacidad a las personas que viven dentro, quienes seguro que ocupan un puesto muy importante en la sociedad de Liza.

—Seguramente sea de los reyes o los gobernadores del país —comento llegando a la conclusión de que lo más probable es que la persona con la que tendremos que hablar esté ahí dentro. La puerta del palacio está vigilada por decenas de guardias vestidos de una forma muy elegante y formal que pasean de lado a lado.

—Lo conseguiremos, Marco. Y, si no, siempre podremos volver a Cabre —dice Camilla agarrando mi mano, gesto que me desconcierta y consigue ponerme nervioso—. Allí siempre seréis bienvenidos.

—Gracias, aunque lo de volver a Cabre sería un poco complicado, no creo que todos cupiésemos en esa pequeña isla —respondo sonriendo con gratitud, pero separando mi mano de la suya con el máximo disimulo posible. Aunque Camilla tiene buen corazón y la valoro como persona, ahora que tengo claros mis sentimientos no quiero seguir confundiéndola más tiempo.

Ante mi ademán de rechazarla, Camilla se sonroja y esconde las manos en los bolsillos de su pantalón, cohibida por mi actitud. Aunque he intentado que no lo notase, se siente rechazada.

—¿Volvemos al barco? —pregunta avergonzada.

—Será lo mejor, ya está anocheciendo.

El camino de vuelta es silencioso excepto por mis intentos de romper el hielo. Creo que Camilla ha entendido sin necesidad de mediar palabra que he aclarado mis dudas.

Cuando vislumbro nuestro barco en el muelle, el Sol está poniéndose y el color dorado del atardecer se refleja sobre Liza volviendo todo mucho más cálido.

—Marco, ¿no ves algo extraño? —pregunta Camilla señalando el lugar donde está anclado nuestro velero. A pesar de que no veo muy bien de lejos, me parece observar cómo varias personas se acercan a nuestro barco y, a juzgar por su vestimenta, parecen los guardias que hace unas horas estaban guardando la puerta del palacio.

—¡Vamos! —exclamo mientras corro desconcertado hacia nuestra nave. Kiara está en el barco y, aunque puede que los guardias vengan en son de paz, tengo un presentimiento negativo sobre lo que pueda pasar.

—¡Marco, huye! —La voz de Kiara retumba en el embarcadero y detiene mis pasos; desde donde estamos puedo ver cómo los guardias atan sus manos y la amordazan para que no vuelva a gritar. Ella intenta resistirse pataleando, pero los guardias le propinan un fuerte golpe en la cabeza que consigue dejarla inconsciente.

Paralizado, miro a Camilla buscando en ella el mismo desconcierto que hallo en mí. Aunque me cuesta tomar la decisión y no ir corriendo a liberar a Kiara y matar a los que han osado hacerle daño, sé que la única forma de ayudarla es hacer caso a lo que me ordenó, así que agarro a Camilla de la mano y huyo con ella hacia los callejones, rezando por que los guardias no nos hayan visto escapar.

Pero es demasiado tarde.

Antes de que podamos desaparecer, varios guardias nos alcanzan y nos empujan contra los muros de las calles que hace poco nos parecían hermosas, pero que ahora mismo están manchadas de nuestra sangre.

Nos han capturado, y ni siquiera sé por qué.

Capítulo 24

«Siguiendo las normas decretadas por el rey de Liza, seréis encarcelados por vuestro delito de traición a nuestro país, esperaréis vuestra sentencia entre rejas.»

Esa fue la frase que los guardias repitieron una y otra vez mientras nos llevaban maniatados a un carromato. Les preguntásemos lo que les preguntásemos, repetían la misma frase constantemente.

Nos capturaron en medio del puerto, siendo el centro de atención de todos los viandantes, que empezaron a mirarnos como si fuésemos auténticos delincuentes… Sus rostros empezaron a reflejar asco e incluso miedo, y por mucho que intentamos defendernos y mediar palabra, nadie nos escuchó. En menos de un minuto pasamos de ser turistas bienvenidos a vándalos, y ninguno de los mirones se molestó en preguntar qué estaba pasando, solo se quedaron en la distancia juzgándonos con sus miradas. Quizá Kiara tenía más razón de la que yo estaba dispuesto a darle, puede que aquí solo valgas algo si has nacido en esta isla. ¿Hasta dónde llegaría entonces su hipocresía? ¿Acaso soy menos digno por provenir de otro lugar, acaso mi vida vale menos? Nos están culpando por algo que no hicimos y nadie se cuestiona que quizá somos las víctimas y no los verdugos.

Ahora, tras nuestro arresto, estamos en una especie de carro llevado por grandes caballos negros cuyo destino es la prisión de Liza. Todo está tan oscuro que solo puedo escuchar las fuertes pisadas de los sementales y sentir el contacto corporal de Camilla, que está sentada a mi lado.

—No entiendo nada de lo que está pasando —admite Camilla nerviosa, pero sin llegar a perder los nervios. Ambos estamos asustados y desorientados, no sabemos por qué estamos aquí ni qué tienen pensado hacer con nosotros.

—Será un error, cuando nos den la oportunidad de explicarnos, podremos aclararlo todo —digo deseando que sea cierto.

—¿Nos llevarán a todos al mismo lugar? —pregunta Camilla preocupándose por el resto de la tripulación. En mi cabeza todavía se repite el fuerte golpe que le dieron a Kiara, quien ni siquiera pudo defenderse de la violencia con la que reaccionaron ante ella.

—Espero que sí.

Lo peor que podrían hacer es separarnos: juntos seremos mentalmente más fuertes y podremos llegar a un acuerdo mucho más lógico y elaborado. Cada uno tiene una destreza importante a la hora de pensar en un plan que ejecutar: Camilla sabe ponerse en la piel del enemigo y averiguar sus movimientos antes de que los realice; Kiara es buenísima preparando tácticas de combate y Ronan sabe muy bien cómo ejecutarlas; Sayer siempre se pone en lo peor ayudándonos a estar preparados por si las cosas se tuercen, y yo tengo la madera de líder que hace falta para escuchar todas sus ideas y mezclarlas hasta elaborar la más eficaz.

Juntos somos mucho más poderosos, y puede que por eso mismo decidan separarnos.

—¿Intentamos escapar? —cuestiona Camilla mientras intenta deshacerse de las esposas que encarcelan nuestras manos.

—Es inútil, Camilla, son demasiados, no conseguiríamos llegar a ninguna parte —respondo sabiendo que lo único que podemos hacer es esperar a ver qué sucede.

—Pero y si…

Antes de que Camilla pueda terminar de hablar uno de los guardias abre las puertas y la luz que entra nos ciega por completo. Cierro los ojos por el fuerte contraste y alguien nos agarra con fuerza para bajarnos del carro.

—¡Vamos! —exclaman al ver que por nuestro aturdimiento actuamos con más demora de lo normal.

A Camilla la agarran dos guardias y a mí otros dos. No nos resistimos, pero, aun así, nos llevan a la fuerza al interior de un edificio que debe de quedar a las afueras del epicentro de la ciudad. Su construcción es muy diferente a las que hemos visto hasta ahora, todas las ventanas están provistas de barrotes y los muros son de piedras bastas y desiguales, comparado con la delicadeza de las viviendas del puerto esto parece pertenecer a otra isla diferente. Por desgracia, esto se parece mucho más a nuestro hogar.

A medida que vamos andando, los guardias nos dan pequeños empujones para que vayamos más deprisa, nadie se digna a explicarnos nada. No nos dirigen la palabra.

—¡He dicho que me saquéis de aquí! —A lo lejos escuchamos voces retumbando en los largos y oscuros pasillos por los que estamos caminando.

—¡Es la voz de Kiara! —exclama Camilla reconociéndola. Por instinto, Camilla y yo comenzamos a trotar y esta vez son los guardias los que nos frenan dándonos golpes más fuertes, como si fuésemos dos sacos de basura.

—¡Kiara! —grito para que me escuche en la lejanía.

—¡Marco, estamos aquí! —El que responde a mi llamada es Ronan, y al saber que los dos están ahí no sé si debo alegrarme o preocuparme. Como pensé antes, estar juntos es lo mejor… Pero si nos llevan a una celda, tener a alguien fuera podría ser vital para conseguir salir de este apuro.

Al doblar la siguiente esquina ya vemos a Kiara y a Ronan.

Están en una celda primitiva pegados a sus barrotes, histéricos y nerviosos. Un par de guardias le dan la espalda a la celda y otro par está en la pared de enfrente viéndoles sin desviar ni un segundo su atención. Uno de ellos saca una gran llave metálica del bolsillo y abre la celda, preparándola para que entremos.

—Ya están todos —exclaman los guardias que nos apresaron a Camilla y a mí mientras nos empujan con desprecio y fuerza al

suelo de la celda—. Ahora vendrá el jefe a hablar con vosotros...
—dicen entre risas mientras cierran con llave.

Kiara y Ronan vienen enseguida a ayudarnos a levantarnos, todos tenemos las manos esposadas a la espalda y cualquier movimiento es difícil de ejecutar.

—¿Kiara, estás bien? Vi cómo te pegaron —pregunto preocupando por ella. Tiene parte de la cara hinchada y el labio partido, así que supongo que el golpe que presencié no fue el último que recibió.

—Sí, estoy bien —responde mientras nos mira de arriba abajo buscando algún tipo de herida—. Pero no sé qué estamos haciendo aquí.

—Nosotros tampoco —admite Camilla, todos estamos igual de perdidos.

—¿Tú estás bien, Ronan? —le pregunto ahora a mi hermano.

—Sí... Fui detrás de Sayer pero no conseguí pararle, le perdí entre los callejones —explica mientras se sienta en el frío suelo—. Pasé el resto de la tarde en algunos bares y cuando estaba de camino al barco me pillaron. Al principio, y por culpa de lo contento que iba por el alcohol, pensé que sería una de vuestras bromas, pero me acabaron trayendo aquí y supe que iba en serio.

—Iban directamente a por nosotros... —afirmo ignorando la parte final de la historieta de mi hermano. Lo importante es el hecho de que a todos nos capturaron de camino a nuestro velero, sabían dónde buscarnos porque sabían que volveríamos a nuestra embarcación para pasar la noche.

—Por suerte Sayer todavía está libre, gracias a su enfado aún tenemos una pequeña esperanza. —Aunque lo que dice Ronan tiene sentido, quizá sea demasiado optimista, ya que no sé hasta qué punto Sayer está en sus cabales como para sernos de utilidad. Quizá tarde horas o incluso días en darse cuenta de que algo va mal.

—Todo sale mal, no creo que salgamos de aquí con vida. —Kiara es la otra cara de la moneda, el pesimismo absoluto.

—Venga, esperemos a ver qué nos dicen.

Y haciéndole caso a Camilla, esperamos sentados a que alguien venga a darnos las respuestas que tanto ansiamos conocer. Si algo me enseñó este viaje, es que todo lo que necesitamos saber acaba viniendo a nosotros a su debido tiempo. El destino parece estar escrito desde el momento en el que nacemos. La ruta de nuestra existencia está planeada para hacernos tomar ciertas desviaciones que nos hagan creer en el libre albedrío, pero todo está pensado para que volvamos a la ruta original. Nos creemos dueños de nuestra vida, pero cada día tengo más claro que tan solo somos las fichas de un juego muy superior a nosotros.

Siempre habrá alguien que te ordene hacer ciertas cosas, siempre tendrás por encima de ti a personas más poderosas que decidirán en tu nombre. Y si no las tienes, es porque eres tú quien ocupa ese lugar. Y qué es mejor, ¿ser el peón o tener que ordenar, clasificar, eliminar, cambiar y manipular todas las fichas del tablero? En el primer caso te disgusta la falta de elección y en el segundo te abruma tener que decidir por tantas personas.

—Chist… —Aunque nadie está hablando y en la celda no hay ningún tipo de ruido, Kiara pide silencio para escuchar el débil sonido de unos pasos provenientes del pasillo.

Las pisadas cada vez retumban más, hasta que a través de los barrotes vemos a un soldado muy diferente al resto. La chaquetilla de su uniforme está llena de insignias y todos los botones del traje están bañados en un oro que los ha dejado muy relucientes; además, porta una gorra distintiva. Todo apunta a que ante nosotros está el jefe de la guardia.

—Dejadnos solos —ordena al resto de los soldados, que tras hacer una especie de reverencia abandonan la estancia—. Supongo que queréis saber por qué habéis sido encarcelados…

—Supones bien —contesta Kiara observándole desde el suelo, aunque por inercia todos nos hemos levantado, ella sigue sentada observándole con su mirada felina. Cuando quiere marcar territorio, Kiara baja la barbilla, frunce el ceño y aprieta la mandíbula.

—Sabemos a qué venís… —continúa mientras camina de un lado a otro; sus andares despreocupados sugieren su gran prepotencia y lo inferiores que nos considera, hablándonos siempre desde el desdén—. Pretendéis traer aquí a vuestra gente, sembrar el caos y desabastecer a nuestra preciosa isla…

Conoce nuestras intenciones y aunque en nuestros planes no está generar el mal en Liza, sí es cierto que pensábamos trasladar a los nuestros aquí. Ahora mismo no tenemos más remedio que utilizar un discurso de piedad y empatía, no estamos en posición de mostrar apatía o superioridad.

—Nuestro hogar se muere, solo intentamos salvar a nuestro pueblo, no tenemos otra alternativa —digo intentando despertar en él la generosidad que necesitamos que sientan hacia nosotros. Si nos ponemos a la defensiva, nos verán como el enemigo que piensan que somos, tenemos que demostrarles que recurrimos a ellos desde la desesperación.

—Si el destino de vuestra isla es la muerte, que así sea.

Sus palabras se clavan en mi pecho como afiladas estacas. Creía que encontraría una pizca de compasión, incluso puede que de pena por el prójimo, pero tras escuchar lo que acaba de decir tengo muy claro que en Liza no nos aceptarán jamás.

Ante su despiadada respuesta, Kiara se levanta para acercarse a los barrotes y cuando lo tiene enfrente le escupe en la cara sin pensarlo dos veces. El guardia no reacciona, mantiene la frívola sonrisa que tenía en su rostro y ni siquiera se preocupa por limpiar el escupitajo que comienza a caer por sus mejillas.

—Atentar contra la seguridad de Liza es un delito capital, y así lo pagaréis —enuncia sereno disfrutando de cada palabra que sale por su boca. Jamás he visto una expresión tan malévola como la que tengo ante mis ojos ahora mismo, puedo notar cómo nos odia desde el rincón más profundo de sus entrañas—. Mañana seréis ejecutados en la Plaza Real de Liza.

Unos gritos de sorpresa y de horror se escapan de nuestras bocas, Camilla cae desplomada al suelo y Ronan se apoya en la pared dejando que su cuerpo resbale hasta llegar al frío pavimento que ahora mismo está a la misma temperatura que nosotros, ya que nuestra sangre se ha helado por completo.

—Y tú, cariño mío, serás la última en morir —continúa mientras mete la mano por los barrotes para agarrar con fuerza la cara de Kiara, que al tener las manos atadas, no puede defenderse de ninguna manera—. Verás morir a cada uno de tus compañeros, sufrirás sus muertes y tú serás la última que deje este mundo entre gritos de dolor.

Kiara gira su cara con rapidez para morder la mano del guardia y lo hace con tanta fuerza que juraría que su grito de dolor se habrá escuchado en alta mar. Kiara no suelta su mano, sigue apretando tanto que la sangre empieza a correr por toda su barbilla.

—¡HIJA DE PUTA! —grita el soldado mientras con su otra mano golpea la cabeza de Kiara, quien sigue sin rendirse hasta que no puede soportar el empujé de la mano del guardia y acaba abriendo la boca.

El soldado jefe sacude su mano mientras sigue gritando, y sus súbditos no tardan mucho en aparecer para percatarse de lo ocurrido; no obstante, dejan una gran distancia y en ningún momento pronuncian una sola palabra, ya que hacerlo sería considerar débil a su superior.

—Espero que mi sangre sepa bien, ramera —dice apretando fuertemente los dientes para resistir mejor todo el dolor que está soportando—. Porque será lo último que pruebes.

No puedo soportar ni un segundo más la forma en la que nos habla, me enerva y consigue desesperarme.

—Escúchame —exclamo con ímpetu—. ¡ESCÚCHAME! —grito empujando mi cuerpo contra los barrotes preso de la furia al ver que se disponía a marcharse dejándome con la palabra en la boca. Estoy fuera de mí, tengo los ojos inyectados en sangre y hablo con tanta ira que salivo como un perro con la rabia, pero necesito que este hombre escuche lo que tengo que decirle—. Te prometo que te mataré, sea como sea, y aunque suponga mi muerte, te mataré con mis propias manos por enviar a la muerte a los míos.

Aunque siempre intento mantener la calma, a veces no es posible hacerlo. Y aquí no nos han dado siquiera la oportunidad de explicarnos, de hablar por el bien común. Nos odian sin conocernos, sin saber cómo somos o todo lo que tuvimos que hacer para llegar a Liza, todo lo que tuvimos que dejar por el camino.

El odio y el amor muchas veces no atienden a razones, y cuando no hay nada que justifique un sentimiento tan fuerte, es cuando todo se vuelve peligroso. No tienen razones por las que odiarnos, pero lo hacen.

Quizá porque nos ven como inferiores, puede que porque nos tengan miedo… Pero su rechazo hacia lo desconocido demuestra la falta de evolución de esta isla. Y es entonces cuando te das cuenta de que no importan las riquezas que puedan poseer, la verdadera fortuna de una nación está representada en el pensamiento de cada ciudadano, en los principios y valores de su sociedad.

—Veo que tienes gran devoción por los tuyos… —responde sin inmutarse ante mis amenazas—. Creo que antes de morir te gustará saber quién os hizo acabar aquí… Así aprenderás de una vez por todas que no debes fiarte de nadie.

Cuando tocas fondo, crees que nada peor puede ocurrirte, pero entonces descubres que todavía puedes caer más hondo.

—Ven aquí —dice el guardia dirigiéndose a una zona del pasillo que queda fuera de nuestro campo de visión—. Ven aquí, querido.

El sonido de unos pasos, esta vez tímidos y lentos, se escucha de nuevo.

Cuando él se presenta ante nosotros, el dolor que siento es tan grande que parece que mi corazón vaya a pararse en ese mismo instante.

Es Sayer.

Sayer fue quien nos condenó a morir.

Capítulo 25

Hemos sido traicionados por nuestro compatriota, por nuestro amigo.

Ver su rostro tras las rejas hace que se me encoja el corazón, podría esperar casi cualquier cosa, pero jamás habría dudado de Sayer. Confiaba en él plenamente, como lo hago en cada uno de los miembros de nuestra pequeña tripulación. Estuvimos juntos en los malos momentos, cuando no veíamos salida posible a nuestros problemas, y también lo estuvimos cuando nos reíamos recordando viejas anécdotas.

Nos ha fallado de la manera más dolorosa: atacándonos por la espalda y apuntando a nuestra mayor debilidad, nuestra esperanza de traer aquí al pueblo de Veira.

—¿Por qué lo hiciste, Sayer? —pregunto mientras una lágrima furtiva atraviesa mi rostro—. ¡¿POR QUÉ?! —grito dando un cabezazo contra los duros barrotes.

La expresión de Sayer es la misma que la de los últimos cuatro meses, está cabizbajo y con la cara inmovilizada, a veces parece que incluso deja de pestañear. Su indiferencia convierte mi tristeza en una rabia inagotable que enciende cada parte de mí.

—¡Lo has estropeado todo, Sayer! —exclamo mirándole a los ojos, intentando encontrar en ellos un atisbo de lo que Sayer fue en un pasado— ¡¿cómo has podido?!

Todos a mi alrededor guardan silencio, este es el golpe más bajo que podían darnos… Duele mucho más que afrontar una pelea, que el impacto de una bala o el corte de un cuchillo. Ser consciente de cómo una persona a la que has querido y en quien has confiado se cambia al bando enemigo es un dolor tan agudo que de difícil manera se puede explicar hasta que no eres tú mismo quien lo siente.

—Pude hacerlo al igual que vosotros pudisteis dejar morir a Ula —dice sin mostrar ningún tipo de emoción. Su voz es mucho más fría y cortante de lo que recordaba.

—Nosotros no dejamos morir a nadie, Sayer —replica Ronan desde el fondo de la celda caminando hacia delante. Su cuerpo estaba en las sombras, pero una vez le baña la luz que entra por el diminuto ventanuco que tenemos enfrente puedo observar cómo tiene los ojos muy humedecidos—. Y tú lo sabes.

—Lo único que sé es que ella está muerta por vuestra culpa.

—Su dolor no le deja ver con claridad… Todos lloramos la muerte de Ula y sabemos que no debemos culparnos por su fallecimiento, ya que en una guerra las bajas son algo que no puedes evitar. Ula murió como pude haber muerto yo, o Kiara, o Ronan, o Camilla. El azar decidió llevarse su vida y nosotros hicimos todo lo que estuvo en nuestras manos para que no se marchase—. Tendréis el mismo final al que la empujasteis.

—Nosotros no la empujamos a hacer nada que ella no quisiese hacer —responde Kiara llorando. Solo la he visto llorar una vez y fue cuando Ula perdió la vida a escasos metros de nosotros, pero presa del pánico de tener que asumir su propio final se encuentra desesperada hecha un ovillo en una de las esquinas de nuestro calabozo.

—Os avisé de que ese plan era una locura —nos recuerda Sayer manteniendo su compostura. Quizá si hablase desde el enfado o la ira no resultaría tan escalofriante, pero él no muestra ningún sentimiento. Es tan solo un espectro de todo lo que un día llegó a ser.

—No teníamos otra opción —contesto enfriando mi cólera al comprender que, por mucho que grite, nada de lo que diga va a solucionar nuestro problema.

—Siempre hay más opciones.

—Estás fallando a toda la gente de Veira, Sayer —sentencia Ronan con esperanza de hacerle cambiar de opinión—. Tu familia, tus amigos… También los estás condenando a morir. ¿Qué harán cuando no nos vean volver?

—Siempre hay más opciones —repite dejándonos claro que en él no queda ni rastro de su parte humana.

—Sayer, sácanos de aquí, por favor —suplica Camilla poniéndose de rodillas—. ¡POR FAVOR!

Sus ruegos no sirvieron de nada, Sayer nos mira a todos por última vez y abandona el lugar escoltado por un par de guardias. Ante nosotros solo quedan los guardias que vigilan nuestra celda y su cabecilla, que no tarda mucho en poner el broche de oro a la conversación.

—Dado que no podréis conocer el final de la historia… Os contaré qué va a ocurrir —dice limpiándose por fin el escupitajo que aún manchaba su cara—. Vosotros moriréis mañana siguiendo el ritual liziano, Sayer será nombrado ciudadano de honor y vuestro pueblo correrá vuestra misma suerte, solo que su muerte será lenta e insufrible, ya que lo más probable es que mueran de hambre.

Su soliloquio acentúa los lloros de Ronan y Kiara, que han perdido toda su fuerza y energía. No queda rastro de su carácter, este ha quedado relegado por el miedo que sienten ahora mismo. Sé que a Kiara no le importa morir, lo que la ha destrozado es el hecho de saber que le hemos fallado a nuestro hogar y que todo nuestro esfuerzo no ha servido para nada. Ella daría su vida por salvar a cualquiera de sus pacientes, daría todo lo que fuese necesario para hacer a Veira prosperar.

También sé que Ronan no llora pensando en su final, sino que lo hace pensando en la muerte de sus seres queridos. Su familia, sus compañeros marineros, sus amigos… Estamos a punto de perder todo lo que tenemos, ¿qué nos quedará entonces cuando seamos nosotros los que seamos ejecutados?

No habrá nadie para recordar nuestros nombres, nuestra historia desaparecerá por completo y todo lo que hicimos en vida formará parte de un pasado inexistente.

¿Ha merecido la pena? Me pregunto mientras hago un resumen de todo lo vivido. Y, aunque la mayor parte de mi biografía ha estado marcada por la tragedia y la desgracia, la respuesta es y siempre será mil veces sí.

Por cada uno de los paseos que di por las playas de Veira, mereció la pena.

Por cada carcajada compartida con mi hermano, mereció la pena.

Por cada atardecer en el puerto, mereció la pena.

Por la familia que me acogió y me trató como uno más, mereció la pena.

Por cada emoción que sentí en mi corazón, mereció la pena.

Por oír la mar, tocar la fina arena blanca, oler el salitre impregnado en mis ropajes… mereció la pena.

Volvería a vivir tal y como lo hice, no cambiaría ni una sola decisión de todas las que tomé porque fueron ellas las que me llevaron hasta aquí, hasta esta isla en la que prometo no morir mañana.

No le temo a la muerte, pero sé que esto no es lo que el destino tiene preparado para mí. Desde pequeño he estado predestinado a llegar a estar tierras y tengo claro que no será para morir en ellas. Mi misión aún no se completó, y sea como sea, mañana no será nuestro fin.

—¿Serán capaces de matarnos? —pregunta Camilla. Ella ha sido la que mejor ha sobrellevado la situación. Al no conocer tanto a Sayer y al estar frente a la muerte en numerosas ocasiones, esto no le ha pillado por sorpresa. Está nerviosa, pero a diferencia de Ronan y Kiara aún tiene fe.

—Sí, pero no podrán hacerlo —respondo con claridad.

—¿Por qué? —pregunta ahora Kiara, que todavía sigue agazapada en el suelo.

—Mañana lo descubriremos.

Kiara chista pensando que le estoy tomando el pelo y vuelve a ocultar su cabeza entre sus rodillas, intentando que no veamos lo derrumbada que se encuentra. Decido acercarme para intentar tranquilizarla, además de que quiero tener con ella la conversación que no pudimos tener en el barco.

Me siento a su lado y aunque me encantaría acariciarle el pelo, lo único que puedo hacer es pegar mi hombro al suyo para que note el contacto.

—Intenta relajarte —susurro pegado a su oído—. Saldremos de esta.

—¿Tú crees? Porque no tengo ni idea de cómo lo conseguiremos —responde mirándome, sus ojos han perdido su característico brillo.

—No pienso morir sin haber tenido nuestra conversación antes —digo con una sonrisa, intentando animarla.

—¿Y por qué no la tenemos ahora? —pregunta un poco más aliviada, por lo menos se ha tranquilizado, pero sus manos todavía padecen un leve temblor.

—Porque entonces lo más probable es que muramos mañana.

Kiara se ríe mientras niega con la cabeza, y aunque en verdad pensaba hablar con ella en este momento, ahora prefiero esperar a mañana para hacerlo. Sé que ninguno de los dos podrá cruzar al otro lado teniendo asuntos pendientes en este.

—Si mañana seguimos con vida… ¿hablaremos por fin?

—Te lo prometo.

Justo después de mi promesa, Kiara se acurruca en mis piernas para intentar conciliar el sueño. Y aunque no creo que ninguno de nosotros consiga dormir ni un segundo en toda la noche que nos queda por delante, los demás imitan a Kiara y se acercan para dormir juntos y aprovechar nuestro calor corporal. Somos como una jauría de zorros esperando a que el cazador no les encuentre el día de la cacería.

—Os quiero —dice Ronan melancólico mientras nos rodea con sus grandes brazos.

Todos nos apretamos con fuerza en este abrazo grupal al que no queremos ponerle fin. Pase lo que pase, estaremos juntos hasta el final.

Capítulo 26

La temprana luz del Sol nos despierta alumbrándonos la cara, un rayo furtivo ha entrado por el pequeño ventanuco de la pared robándonos el sueño. Aunque nos quedamos dormidos todos juntos, cada uno apareció en una esquina diferente de la celda… excepto Kiara, que sigue dormida apoyada en mis piernas.

Llevo unos diez minutos contemplando su rostro; al no estar consciente, su expresión facial se ha relajado y no transmite ese miedo que ayer sintió. Me encantaría acariciar su suave cara, llena de pecas, y pasar mi dedo por su pequeña y puntiaguda nariz, quizá para recordar por última vez las dimensiones de su cara. Quiero memorizar cada mancha y cada lunar por si no puedo volver a verla. Ella parece estar muy tranquila, los problemas a los que tenemos que enfrentarnos no tienen cabida en su descanso.

¿Con qué estará soñando? Si yo pudiese elegir mis sueños escogería soñar con Veira, pero con una Veira muy diferente a la que conocí. Muchas veces pienso en lo mucho que las circunstancias pueden cambiar el futuro, a veces estar en el lugar equivocado en el momento inoportuno puede arruinarte la vida o, por el contrario estar en el sitio correcto en el instante adecuado puede arreglártela.

¿Cómo consiguió Liza tener tantas riquezas y prestigio? ¿Cómo acabaron Veira y Cabre sumidos en la tragedia? La respuesta es siempre la misma: por sus circunstancias y elecciones. Lo terrible es que aunque podemos elegir qué elecciones tomamos, jamás podremos escoger cuáles son las circunstancias que nos obligan a decantarnos por una opción u otra. Por eso pienso que no es justo criticar los hechos de una persona sin antes conocer por qué hizo tales cosas. Sin embargo, por más que trato de ponerme en el lugar de Sayer o del asqueroso guardia que lo acompañaba, no consigo entender cómo pueden tener ese profundo odio irracional hacia nosotros.

Sé que Sayer está dolido y actúa desde el resentimiento… pero la traición que cometió fue tan cruel y sorpresiva que no sé dónde dejó sus escrúpulos para hacerlo… Está claro que no puedes confiar ciegamente en nadie, porque incluso la persona que duerme contigo puede matarte la mañana siguiente.

—¿Marco…? —Kiara se ha despertado y aprieta fuerte los ojos para después abrirlos lentamente, se estira como puede y se reincorpora para verme mejor.

—Buenos días —respondo soplando para apartar los salvajes mechones rizados que siempre tiene en medio de la cara.

—No son demasiado buenos —replica volviendo a la realidad, la verdad es que yo también estoy bastante nervioso. Se agota nuestro tiempo y todavía sigo sin saber cómo vamos a salir de esta. Empieza la cuenta atrás para nuestra propia ejecución, algo que nunca piensas que te vaya a ocurrir a ti…

—No nos han dado ni de comer —se queja Ronan. Mi hermano está acostado en el suelo de espaldas a nosotros, por lo que no sabía que estaba despierto. Él siempre es el primero que me despierta montando un escándalo; cuando dormíamos juntos en su casa todas las mañanas me daba con la almohada hasta que abría los ojos o incluso llegaba a tirarme vasos de agua por encima… Hoy no tiene ánimos ni para girarse y mirarnos a la cara.

—Nos van a matar Ronan, no creo que les importe mucho si morimos con el estómago lleno o vacío —dice Kiara, que todavía tiene los ojos enrojecidos e hinchados por todo lo que lloró ayer.

—Camilla, ¿tú también estás despierta? —pregunto tras darme cuenta de que es la única que todavía no ha hablado.

—Nunca me dormí —contesta.

Por la noche escuché la dulce voz de Camilla susurrar alguna de las canciones que cantaba en sus actuaciones. Escucharla llenó mi corazón de tristeza: esas melodías tan alegres que tanto había disfrutado tenían un tinte desesperanzador y triste. Parecían nanas, como si fuese ella misma quien estuviese tratando de dormirse.

Yo tampoco conseguí dormir mucho esta noche, quizá una hora o puede que dos, pero el resto del tiempo estuve pensando en posibles ideas que nos permitiesen escapar. Pero estamos encerrados en una celda de la que es imposible salir, y aunque lo consiguiésemos, tenemos cuatro guardias vigilando la puerta, e incluso si consiguiésemos salir de este lugar, todo Liza está lleno de más guardias que acabarían con nosotros de un tiro. Nuestro destino será elegido en la rueda de la fortuna, así que solo podemos esperar y rezar por que nos toque algo bueno.

Al levantarme para estirar un poco las piernas, Ronan me hace un pequeño gesto con la cabeza indicándome que vaya junto a él. Le obedezco y me siento a su lado, en la esquina más alejada de las rejas.

—Tengo un plan —susurra tan bajito que apenas consigo oírle. Yo niego con la cabeza mientras miro a los guardias, preocupado por si nos han visto hablar de esta forma tan poco disimulada. Sea lo que sea lo que se le haya ocurrido a Ronan, será una auténtica locura—. No tenemos otra alternativa —dice tras ver mi gesto de negación.

—¿Cuándo? —pregunto lo más bajo que puedo. El único momento en el que tendríamos una ínfima posibilidad de escapar con vida es cuando nos transporten a la plaza de la ejecución. Estando fuera nos ahorraríamos el trabajo de salir de una jaula, además de que en movimiento es mucho más fácil generar distracciones.

—Ahora.

—No —respondo con seguridad. Si hacemos algo ahora, moriremos incluso antes de llegar a la plaza.

—Lo he preparado con Camilla —musita mientras apoya la cabeza en la pared y mira hacia otro lado intentando disimular. Ha hablado con Camilla porque sabe que si me lo hubiese contado a mí le habría persuadido de que era una mala idea—. Confía en mí.

—Ronan, no lo hagas.

—La próxima vez que habléis en voz baja desenfundaré mi pistola y tendréis un tiro entre las cejas cada uno —exclama uno de los cuatro guardias al percatarse de nuestra conversación clandestina.

—¿Ah, sí? —le provoca Ronan levantándose. Me percato de que mira a Camilla de reojo, como dándole la señal de que su plan empieza. Resoplo y me levanto para presenciar la gran idea de Ronan, que como siempre seguro que nos acaba metiendo en un lío. Aunque a su favor he de decir que pocas formas hay de empeorar la situación actual…

—No me tientes… —responde el guardia apoyando su mano en la funda de su arma. Ronan está seguro de que no podrán matarnos aquí: ayer el jefe mencionó una especie de ritual de ejecución, así que si nos matan ahora mismo estarían incumpliendo las órdenes de su superior.

—¿O qué? ¿Qué vais a hacer vosotros dos, que sois la última mierda de la pirámide de poder? —dice Ronan dirigiéndose también al otro guardia que está al lado de su objetivo principal.

A su vez, observo cómo Camilla se levanta y se acerca a la verja para dirigirse a los otros dos guardias, los de la zona derecha. Van a crear dos focos de atención, muy inteligente para dividirlos.

—¿No hay otra manera de solucionar todo esto…? —pregunta con un tono demasiado sugerente. Camilla se apoya contra los barrotes haciendo que sus pechos salgan hacia fuera, buscando llamar la atención de los guardias de una forma lasciva.

Para mis adentros pienso: «¿Era necesario?». Pero la verdad es que sabiendo que Camilla, por desgracia, ha tratado con muchos hombres, puedo llegar a entender que sepa cómo captar su interés. Me avergüenza ver que una mujer pueda distraerles tan solo con alusiones sexuales, dice mucho de las prioridades que tienen algunos de mis compañeros de género.

—Igual esto os gusta más… —Camilla, que ya ha conseguido que los guardias se acerquen a la celda, se da la vuelta para apoyar su trasero en los barrotes. Lleva unos pantalones que transparentan un poco y el relieve de sus nalgas se intuye a la perfección. Los guardias no tardan en acercarse todavía más para ver más de cerca su cuerpo.

—Podéis tocarlo —anuncia. Estoy bastante incómodo ante esta situación, denigrarse hasta este nivel para conseguir nuestro objetivo… Quizá en este caso sea comprensible, ya que es cuestión de vida o muerte, pero odio ver a Camilla teniendo que volver a llegar a este extremo.

Ronan sigue discutiendo con los otros dos guardias, que están muy alterados y han comenzado a gritar y a apuntarle con sus pistolas; no sé qué planean hacer, pero como tarden mucho en llevarlo a cabo quizá sea demasiado tarde.

—¡Miradme, pedazo de cerdos! —grita Kiara entrando en acción, parece que se ha dado cuenta de cuál es el propósito de Camilla. Ambos guardias la miran perplejos e incluso yo me asusto, no nos esperábamos su intrusión y menos con ese ímpetu. Mientras Kiara mantiene el contacto visual con ellos reparo en que Camilla, aprovechando que está de espaldas, coge con sus manos la llave que colgaba del cinturón de uno de los guardias—. Ni se os ocurra tocar ese culo.

Camilla enseguida se da la vuelta, ocultando lo que ha robado, y retrocede hasta el fondo del calabozo.

—Habéis tardado demasiado —dice con una sonrisa de satisfacción. Al oír esa frase, Ronan apacigua la discusión y como si el miedo hubiese aparecido de repente, se disculpa y pide piedad a los guardias. Ellos, sabiendo que tampoco podían hacer nada, guardan sus armas y retoman sus posiciones con el enfado aún notable en sus rostros.

Me pregunto si Kiara sabía también cuál era el plan; en ese caso el único al que dejaron al margen fue a mí… Me ofende el pensar que no confían en mí como yo en ellos, así que para despejar mis dudas me acerco a Kiara con disimulo para preguntárselo.

—¿Lo sabías?

—No —responde con cara de concentración—. Pero si no llego a actuar habría acabado fatal —concluye.

Esta vez los guardias no nos llaman la atención porque están algo dispersos, todo lo ocurrido les ha desestabilizado y tenemos que aprovechar el momento.

—Marco, siéntate a mi lado —me llama Camilla desde la otra esquina—. Quiero pasar mis últimas horas contigo.

Aunque lo que dice me extraña, sé que es una tapadera para que los guardias no sospechen de nuestras verdaderas intenciones, así que me acerco a donde está y tomo asiento.

—Tú me lo puedes tocar —dice en voz alta sin preocuparse de que los demás la escuchen. Perplejo pero entendiendo por qué lo dice, alargo todo lo que puedo el brazo y estiro los dedos para recoger lo que guarda bajo sus nalgas. En efecto, Camilla consiguió coger las llaves que abrirán nuestras esposas y posiblemente también la puerta que nos encarcela. Cuando las agarro, sus manos acarician las mías dándome así el aviso de que ella ya se ha liberado.

—Increíble —exclamo mientras le guiño un ojo.

Mantengo mi posición e intento meter la llave en la cerradura. Tengo la espalda pegada a la pared, así que el problema no es que me miren, sino que escuchen el ruido de las llaves chocando entre sí. Con sumo cuidado, meto la primera llave, pero no es la correcta, así que pruebo con la segunda… Esta vez he acertado, de modo que voy girando la llave y cuando las esposas se abren las agarro con delicadeza para que no hagan ruido al impactar contra el suelo. Ahora tendré que fingir que tengo las manos atadas y estar en todo momento de espaldas a la reja, algo que es bastante sospechoso, por lo que tenemos que darnos prisa y salir de aquí antes de que se den cuenta.

—No es el momento para ese tipo de cosas, hermanito… —Ronan utiliza esa excusa para venir hacia donde estamos y repetir el procedimiento. Con cuidado, le paso las llaves pero no las recoge demasiado bien y se escucha un pequeño ruido metálico.

Para aplacarlo, Kiara comienza a toser, consiguiendo que los guardias que ya se habían alertado vuelvan a relajarse.

—Aquí hay muchísimo polvo… —dice mientras se sienta al lado de Ronan—. No puedo dejar de toser.

Ronan le pasa las llaves a Kiara y cuando esta se libra de las esposas, asiente de forma sutil para avisarnos de que ya estamos todos preparados. Bien, puede que ya no tengamos las manos atadas, pero seguimos en una prisión con máxima vigilancia, desarmados, y en medio de una ciudad que quiere acabar con nuestras vidas. ¿Qué se supone que tenemos que hacer ahora?

—Psst —chista Ronan para llamar a uno de los guardias de nuevo—. Llama a tu jefe.

—Mi jefe no va a perder más tiempo con vosotros —responde riéndose ante la chulería de Ronan. Viendo que mi hermano no sabe elegir muy bien el tono con el que hablarles para conseguir algo, me acerco para dirigirme a ellos.

—Tenemos información sobre un traidor más… —susurro de manera cómplice—. Creo que le gustará saberlo.

—Vaya… Parece que el miedo está haciéndoos hablar —contesta riéndose otra vez de nosotros—. Amadeo, Basilio, id a avisarle —prosigue señalando a sus dos compañeros, que enseguida parten en su busca—. Más vale que sea importante.

—Te prometo que lo es. —Sin pensarlo dos veces y siendo impulsivo por primera vez en mucho tiempo, meto mis brazos entre los barrotes y aprovechando que el guardia tenía la funda de su arma abierta la cojo lo más rápido que puedo. Mi ventaja fue la sorpresa, al creer que yo tenía las manos incapacitadas no tomó las medidas necesarias: subestimar al enemigo es el primer error que debes evitar en una pelea.

—¡Dispara! —grita Ronan al darse cuenta de que lo he conseguido.

Y asombrándome a mí mismo, apunto y disparo sin pensar siquiera en que estoy acabando con la vida de un ser humano. Lo mejor, es que acierto en un punto vital: mi tiro ha atravesado su pecho y el guardia cae desplomado al suelo mientras de su cuerpo sale un chorro de sangre incesante.

—¡Marco, dispara! —Ronan grita de nuevo al ver que el otro guardia que quedaba vigilándonos ha desfundado su pistola y está preparado para abatirme. La adrenalina que recorre mis venas me ayuda a actuar rápido y disparo el arma unas cuatro veces, dándole en diferentes partes de su cuerpo. La última bala le ha atravesado la cabeza creando un círculo perfecto en la mitad de su frente, pero él también ha conseguido darme a mí.

—¡Marco! —clama Kiara al ver que uno de sus disparos ha atravesado mi brazo. Enseguida se acerca para ver la herida e intentar taponarla.

—Kiara, no hay tiempo, habrán escuchado los disparos, tenemos que salir ahora mismo —dice Ronan mientras mete la llave en la cerradura de la puerta—. Cúrale después.

—¡Se va a desangrar! —chilla Kiara arrancándose parte de la camisa para taponar mi herida.

—Vamos, Kiara, aguantaré —respondo, aunque comienzo a marearme por la pérdida de sangre.

Ronan abre la puerta y salimos corriendo intentando recordar la ruta hacia la salida. Este edificio está lleno de túneles oscuros y siniestros en los que no hay ni ventanas, tan solo pequeños farolillos que me recuerdan a las catacumbas de Cabre… Por suerte y gracias a que avanzamos con sigilo, todavía no nos hemos topado con nadie; sí que hemos visto u oído a guardias, pero conseguimos esquivarles o escondernos antes de que se percatasen de nuestra presencia. Vamos pegados a las paredes, con miedo de afrontar cada esquina y deseando llegar de una vez por todas al exterior. El edificio tiene dos plantas, por lo que debemos bajar para poder salir.

Camilla se encargó de recoger el arma del otro guardia abatido, así que a medida que avanzamos y nos encontramos con gente por los pasillos les disparamos sin pensarlo. Ronan, que se apoderó de mi arma, falla algunos tiros, pero Camilla acierta todos y cada uno de ellos. El hecho de que en Cabre estuviesen acostumbrados a este tipo de armas juega su favor. La pistola que carga es idéntica a la que usó cuando asesinó a mi padre. Supongo que cuando Cabre tenía la brújula en su poder vino numerosas veces a saquear estar tierras, quizá por eso mismo tengan tal desprecio hacia los extranjeros que vienen con alguna intención oculta más allá de comer en el puerto o visitar sus tiendas.

—¡Marco, te estás quedando atrás! —chilla Ronan, que va en cabeza. Estamos bajando las escaleras y siento que en cualquier momento voy a desvanecerme: por más que trato de mantenerme despierto cada vez es más complicado.

—Vamos, Marco, queda muy poco —dice Kiara mientras pone su hombro bajo mi brazo para ayudarme a bajar sin caerme, también aprovecha para ver la herida más de cerca y analizar su gravedad—. Tiene agujero de salida, eso es muy bueno.

Lo peor no es el ardor que siento en el brazo, sino la sensación de ver cómo mi propia sangre, caliente a más no poder, se derrama por mi cuerpo.

—¡Camilla, cuidado! —exclama Ronan al darse cuenta de que se ha quedado sin balas y no puede cubrirla. Estamos rodeados, no paran de aparecer guardias y ni siquiera tenemos munición suficiente como para abatirlos a todos.

—¡Aaah! —el grito de Camilla tras haber sido alcanzada por una bala me pone los pelos de punta. Le han dado en una pierna y lo he visto con mis propios ojos, vi cómo su gemelo derecho estallaba tras recibir el impacto.

—Tirad las armas —digo concienciado. No podremos salir de aquí, y si lo hacemos, será como cadáveres—. ¡Nos rendimos! —grito levantando las manos.

Ronan y Camilla, resignados pero sabiendo que tengo razón, tiran sus armas al suelo. Los guardias que nos perseguían tanto desde abajo como desde arriba dejan de disparar, pero siguen apuntándonos con el dedo en el gatillo. Después de un par de segundos de silencio sepulcral, escuchamos la voz del jefe desde la parte inferior de las escaleras.

—Dejadme pasar —ordena a sus súbditos, que se ponen de perfil en los escalones, haciéndole un pasillo para que pueda llegar a donde estamos. Él se detiene ante nosotros, mirándonos con una rabia incontenible—. Os llevaremos ahora mismo a la plaza, no permitiré que muráis con el honor de haber caído en una batalla.

—¡NO! —grita Kiara mientras comienzan a agarrarla. Los guardias nos agarran con fuerza y nos vuelven a esposar las manos. Comienzan a llevarnos escaleras abajo, cuando su jefe les ordena una cosa más.

—Hacedles un torniquete a ellos dos —dice señalándonos a mí y a Camilla—. Quiero que lleguen vivos a la ejecución.

Nuestros gritos de desesperación se podrían escuchar desde cualquier punto de la isla. Estamos heridos, asustados y de camino al matadero. Cuando llegamos al exterior y veo el cielo azul, no puedo evitar llorar pensando en que será la última vez que pueda contemplarlo. Observo cada nube, memorizo el vuelo de los pájaros, respiro hasta llenar mis pulmones por completo y grito con toda la fuerza que reside en mí.

Cuando los guardias nos empujan dentro de los carromatos y todo se vuelve oscuro, cierro los ojos.

No estoy preparado para morir.

Pero supongo que nunca nadie lo está.

El camino hasta la plaza parece durar tan solo un par de minutos, estamos tan nerviosos que el tiempo ha pasado volando y antes de que podamos pensar en lo que está a punto de suceder abren las puertas del carromato para obligarnos a bajar.

Los guardias nos agarran de los brazos, esta vez todos oponemos resistencia. Kiara y Camilla patalean con fuerza mientras gritan de forma desconsolada; Ronan intenta dar cabezazos a los guardias que se acercan y, aunque consigue tumbar a uno, enseguida acuden refuerzos y le aplacan sin que él pueda hacer nada. Yo, aunque quiero defenderme, apenas tengo fuerza para mantenerme en pie. A pesar de que Kiara me taponó la herida e incluso el bando enemigo se preocupó de mi pérdida de sangre, esta no para de brotar y empapar todas las vendas que me han puesto por encima. En parte, quizá sea mejor dejar este mundo desangrado antes de ser ejecutado delante de todo el pueblo de Liza... Sería una muerte indolora y más digna de la que seguramente vayan a darnos. Solo pensar en que tienen un ritual para las ejecuciones me pone los pelos de punta, ¿cómo una sociedad se puede volver tan sádica, quién en su sano juicio crea un espectáculo alrededor de la muerte?

El carromato nos deja a unas calles de distancia de la plaza principal y, a medida que nos vamos acercando, escucho el bullicio de las personas que nos esperan. Gritos, murmullos, el sonido de sus pisadas y palabras que vagan por el aire. Los más regazados que no quieren moverse hasta la plaza salen a sus balcones para vernos hacer la caminata final. Aprovechan para abuchearnos y tirarnos tomates, calderos de agua fría e incluso objetos que no consigo identificar. Sus miradas están cargadas de odio, incluso la de los niños, que acompañando a sus padres se animan a arrojarnos basura desde las ventanas. Ellos ni siquiera saben por qué nos odian, pero ya desde pequeños se les ha inculcado la cultura del odio y nos desprecian sin ni siquiera preocuparse por lo que hicimos para llegar a este punto.

Todo ha cambiado tantísimo… El primer día las sonrisas inundaban las caras de todos los ciudadanos y ahora no hay ni uno que no nos mire con asco. Supongo que es un claro ejemplo de la hipocresía que nos caracteriza a los humanos, aceptamos lo nuestro y despreciamos lo desconocido. A ellos les encantó que viniésemos a visitar su isla, a dejarnos capital en sus tiendas y a consumir en sus mercados… pero cuando intentamos formar parte de su sociedad, su opinión sobre nosotros cambió drásticamente. Podemos venir a beneficiarles, pero siempre y cuando no tardemos mucho en volver a nuestro hogar.

—¡Marco! —grita Ronan mientras gira su torso para buscarme con la mirada. Está asustado y quizá busque mi apoyo, pero yo tengo tanto miedo como él. Los guardias le dan un golpe para que se enderece y nos hacen caminar más rápido.

—¡Pase lo que pase estaremos juntos, Ronan! —exclamo intentando estar junto a él en la distancia. Ronan va el primero en la fila y yo el último, ya que no puedo llevar el ritmo de los demás.

Cuando giramos la siguiente esquina nos encontramos de lleno con la plaza.

Es la plaza que visité ayer con Camilla y que tanto nos maravilló. Está abarrotada de gente, personas de todas las edades que vienen a ver nuestra muerte. En el centro de la plaza hay cuatro hombres vestidos de blanco que portan una daga dorada y cada uno tiene a sus pies una especie de cojín pequeño de color hueso a los que los guardias nos dirigen.

—Arrodillaos —nos ordenan presionando nuestro cuerpo hacia el suelo. Cada uno ocupa su lugar clavando las rodillas en el cojín, dándole la espalda al que supongo que será nuestro verdugo.

Los ciudadanos de Liza gritan como locos, algunos incluso levantan sus puños. No sé cuántas personas habrá, pero por lo menos un par de cientos esperan ansiosos ver nuestras cabezas cortadas. Sus gritos silencian nuestros lloros. Giro mi cabeza con rapidez para observar lo que me rodea con claridad, tengo la impetuosa necesidad de buscar algún hilo del que tirar, y aunque sé que es totalmente imposible escapar de esta situación, una diminuta parte de mí todavía tiene la esperanza de encontrar una escapatoria.

Delante de nosotros hay dos tronos desocupados. Por lo lujosos que son no cabe duda de que serán de los reyes, quienes verán en primera fila lo que ellos mismos orquestaron. En realidad, ellos son nuestros verdaderos asesinos.

Busco las miradas de mis amigos para poder verles por última vez. Kiara tiene la cara empapada en lágrimas, pero es la primera en mirarme; cuando establecemos esa conexión, esboza una sonrisa temblorosa sin dejar de llorar. Cuando es Ronan quien me mira pronuncia con sus labios las palabras «Te quiero», yo abro la boca y digo «Yo también», sé que no me escucha pero lo ha entendido. Ronan cierra los ojos y levanta el mentón, él no va a derramar más lágrimas, ya ha asumido lo que va a ocurrir. Camilla parece haberlo asumido también, aunque aún se pueden apreciar los caminos que el agua salada ha dejado por sus mejillas, está serena mirando al frente con una expresión seria.

En el momento de la verdad te das cuenta de la naturaleza real de cada individuo, Kiara, que siempre ha tenido un carácter muy fuerte y nunca ha mostrado debilidad, se ve abrumada por la situación y suelta todo el sufrimiento que lleva acumulando durante años. Camilla, quien siempre ha expresado sus emociones, ya no tiene energía para seguir haciéndolo.

—Señores y señoras, con todos ustedes los reyes de Liza.

—Aunque cada vez mi visión es más borrosa, me concentro en las siluetas que vislumbro en la lejanía para verlas con claridad. Entre ellas puedo distinguir al jefe de la guardia real, que es el que ha hablado. Está abriéndoles paso a los reyes, que con trajes ostentosos caminan hacia sus tronos.

Desde que se han presentado sus majestades, la plaza guarda un silencio sepulcral. Les respetan de una forma extraordinaria, no se escucha ni un solo ruido.

—Ante nosotros se encuentran los traidores que llegaron hace un par de días a nuestra isla con intención de llenar nuestro hogar de inmundos y desconocidos seres provenientes de la pobreza —el jerarca de los guardias comienza su discurso mientras camina por delante de nosotros, viéndonos por encima de su hombro—. Querían colonizar nuestras tierras, contaminarlas con su cultura, sus enfermedades y su nefasto sistema económico, que les llevó a la ruina —habla con un tono de voz elevado para que todos le escuchen con claridad. No puedo evitar sentir una rabia muy potente en mi pecho al escuchar su discurso lleno de mentiras y desprecios continuos. Ahora entiendo por qué todos nos ven como asesinos, y es porque eso les han dicho que somos. Nos han vendido como los colonizadores que vienen a arrebatarles sus vidas para vivir las nuestras cuando lo que buscábamos era la existencia en paz de los dos pueblos—. ¡Son auténticos parásitos, y hay que exterminarlos de raíz! —grita provocando que la plaza vuelva a vociferar alabando lo que acaba de decir.

Yo mantengo mi vista en los reyes, que no se han tomado la molestia de mirarnos a la cara. Parecen estar muertos en vida, su expresión está carente de emoción y sus rostros denotan falta de descanso. No le prestan atención al pueblo, tampoco a nosotros, ni siquiera reaccionan ante lo que el orador dice. Se mantienen totalmente quietos, mirando el palacio que tenemos a nuestras espaldas.

—Que su plan haya resultado un fracaso se lo debemos a Sayer, quien obrando desde la justicia nos avisó de lo que querían hacer. ¡Ahora será uno más de nosotros, démosle la bienvenida a nuestra comunidad! —prosigue el jerarca dándole entrada a Sayer, quien aparece en el centro de la plaza entre aplausos y gritos de agradecimiento.

«¡Héroe!» «¡Nuestro salvador!» son algunas de las cosas que se escuchan. ¿Acaso este es el mundo al revés? Sayer tiene la poca vergüenza de presentarse ante nosotros y se posiciona entre los reyes, esperando de pie el momento en el que nos corten el cuello. ¿Acaso no se arrepiente aun viéndonos aquí, heridos y sumisos ante una muerte segura? ¿No va a frenarles, no va a detenerles?

—¡Sayer, para esto! —exclama Kiara pidiendo piedad, ella se aferra a la vida con uñas y dientes—. ¡Sayer, por favor! —grita con una desesperación desoladora.

Él no responde. La mira, pero no responde.

—Mañana mismo será nombrado ciudadano de honor —dice el guardia mientras se acerca a él y apoya las manos en sus hombros, como gesto de confraternidad. Sayer asiente con la cabeza agradecido, generando en mí un odio incesante—. Y ahora, ejecutaremos a los traidores tal y como dicta el ritual de Liza. Primero les despojaremos de sus ropajes para después con un corte limpio acabar con sus vidas. Una vez hayan abandonado este mundo, sus cuerpos serán tratados, momificados y cubiertos con oro.

Mi cabeza no es capaz de asimilar todo lo que está escuchando, todo parece tan absurdo que roza la irrealidad. Lo único que me consuela es que nuestra muerte será rápida, no nos torturarán y podremos abandonar este mundo en paz. No puedo evitar pensar en que mi padre quizá tenía razón cuando me advirtió que no pisara estas tierras, quizá por una vez en su vida quería protegerme.

—Sus cuerpos serán expuestos junto con el resto de los traidores, adornando nuestra bella ciudad y siendo una advertencia para futuros malhechores —concluye abriéndose de brazos para recibir una ovación de la multitud. Las esculturas que ayer vi con Camilla esconden en su interior los cuerpos sin vida de supuestos traidores. Cada vez este lugar me asusta más, no puedo creer lo degenerado que está—. ¡COMENZAD!

Su orden hace que los verdugos que tenemos detrás se acerquen a nosotros y se agachen para levantarnos por las axilas. A continuación meten su fría daga por la cinturilla de nuestros pantalones y los rajan, haciendo que estos se caigan y nos quedemos en ropa interior.

Ahora ninguno de nosotros llora, hemos llegado a la conclusión de que no les daremos el placer de vernos morir rogando por nuestras vidas. Moriremos con dignidad, sin suplicar ni una vez más, sabiendo que obramos bien hasta el final. Y aunque me sienta más vulnerable que nunca estando semidesnudo, bañado en mi propia sangre y rodeado de cientos de personas que quieren mi muerte, no mostraré ni un ápice de debilidad.

Los verdugos prosiguen rompiéndonos la ropa interior, arrebatándonos la poca dignidad que nos quedaba y exponiéndonos delante de todo Liza. No podemos ni hacer el ademán de taparnos, ya que tenemos las manos atadas, así que resignados esperamos a que llegue nuestro final incluso con ganas de que esto acabe de una vez por todas.

Siento el tacto de la fría daga en mi espalda, el verdugo parte por la mitad mi camisa de lino, cuya tela cae a mis pies. Como llegamos al mundo, estamos preparados para marcharnos de él, preparados para descubrir qué hay más allá de nuestra existencia. Escucho cómo las gotas de la sangre que desprende mi brazo impactan contra el suelo, como el tictac de un reloj. Estoy tan cansado que mis ojos se cierran solos y mi cuerpo parece estar debatiéndose entre si perder la conciencia o esperar unos minutos más.

Los verdugos dan un paso atrás, esperan firmes la última orden. Los reyes se levantan y nos miran a la cara por primera vez, quizá para despedirse de nosotros.

—Hacedlo —ordena la reina sin titubear entre los susurros de los lizianos.

Los verdugos obedecen y vuelven a dar un paso hacia nosotros y levantan su daga para apoyarla en nuestros cuellos; justo cuando el filo de la daga empieza a perforar mi piel, el hombre que estaba a punto de matarme tira su daga al suelo, y los susurros de la multitud se transforman en gritos nerviosos.

—¡No puede ser! —Escucho que alguien exclama entre el gentío.

La muchedumbre está enloquecida, pero de una manera muy diferente a la de antes. Las personas que tengo enfrente se miran sin entender qué está ocurriendo, mientras que las que tengo detrás no dejan de chillar. Sorprendido, miro a mis compañeros y me doy cuenta de que todas las dagas están en el pavimento de la plaza; ellos me miran atónitos sin saber qué milagro ha tenido lugar.

Sin dar crédito a lo que está pasando, todos nos giramos para contemplar qué tenemos a nuestras espaldas, pero no encontramos nada más que las caras boquiabiertas y asustadas de todos los que hace unos segundos deseaban nuestra muerte. Al darnos la vuelta, los gritos se multiplican por dos. Ahora toda la plaza es presa de una locura irracional cuyo origen todavía ignoro.

—¡Son ellos! —Escucho que vociferan.

—¡Es imposible! —exclaman sin cesar una y otra vez.

Me vuelvo a girar buscando una respuesta en los reyes, quienes se miran entre ellos temblorosos y con los ojos fuera de sus órbitas. La reina se levanta y camina hacia Camilla acallando todas las voces de su pueblo; sus pasos son inseguros y lentos, como si tuviese miedo de llegar hasta ella. Camilla me mira incómoda, sin comprender nada de lo que está sucediendo. Los pasos de la reina son lo único que se escucha en decenas de kilómetros a la redonda. Cuando llega hasta ella, apoya su mano en la mejilla de Camilla y mira cada parte de su cuerpo como si jamás hubiese visto un ser humano.

—¿Camilla? —pregunta provocando que los lizianos enloquezcan por completo. Ni siquiera guardan respeto a sus reyes, han perdido el control y los guardias tienen que reprimir sus pasos para que no avancen hacia donde estamos.

Ronan y Kiara me miran buscando respuestas, pero yo estoy igual de perdido que ellos, no entiendo nada de lo que está sucediendo.

—¡Son ellos! —vuelve a gritar la multitud.

—¡Son los miembros perdidos de la familia real!

Tan solo tras escuchar esa frase comienzo a atar cabos. Lo que han visto y les ha paralizado es nuestra marca, la marca que Camilla y yo tenemos en la nuca y cuyo significado desconocíamos.

Ella y yo tenemos la marca.

Ella y yo somos miembros de la familia real de Liza.

Ella y yo… ¿somos familia?

Capítulo 28

Disparos, escucho disparos que no cesan, también explosiones que hacen temblar mi cuerpo y gritos de muchas voces diferentes. Veo a gente correr desesperadamente, aplastando a las personas que tropiezan y se caen por el camino.

Noto cómo me clavan algo en la espalda, llevo mis manos hacia atrás para quitármelo y saco una de las dagas doradas que portaban nuestros verdugos. Está manchada por mi sangre, todo mi cuerpo está teñido de rojo y el olor que desprendo es putrefacto. Los insectos comienzan a posarse en mis heridas para alimentarse de mi carne, veo cómo los gusanos pasean por mi perforada piel ajenos al dolor que me causan sus mordiscos y se meten por el agujero de la bala, oigo cómo reptan y como arrancan parte de mis músculos.

Y me disparan, una y otra vez, recibo un tiro en la pierna derecha, otro en el hombro, dos en la espalda, otros dos en el abdomen. Me abaten hasta que caigo al suelo rendido.

—¡Marco, Marco!

Aunque me cuesta reconocer la voz, creo que es Kiara quien me llama desde la lejanía. La escucho como un eco, no soy capaz de localizarla.

—Marco, abre los ojos. —Escucho con mayor claridad. Haciéndole caso, intento despegar los párpados, aunque me cuesta porque están muy pegados, consigo abrirlos y veo su hermoso rostro sobre mí—. Solo era un sueño, Marco, estamos a salvo —dice con mucha tranquilidad y sosiego mientras acaricia mis mejillas. Mi respiración está muy ajetreada y noto cómo el sudor resbala por mis sienes, tengo mucho calor y siento que mi cabeza va a explotar en cualquier momento.

—¿Dónde estamos? —pregunto confuso, estoy muy desorientado y me agobia no saber cómo he acabado aquí.

—Mira a tu alrededor, Marco —dice con una sonrisa, parece muy feliz—. Estamos en el palacio real.

Me reincorporo gruñendo por el dolor que siento en la parte superior de mi cuerpo, pero con la ayuda de Kiara consigo sentarme en el borde de la cama. Lo que nos rodea es maravilloso, jamás había visto una habitación tan llena de objetos como esta. Todo el suelo está tapizado con alfombras de asombrosos patrones; las paredes están llenas de cuadros realistas que tan solo con verlos parecen llevarte a otra realidad; la cama se encuentra entre cuatro columnas de mármol talladas a mano con dibujos florales por las que cuelgan finas telas a modo de dosel… El cabecero también llama bastante mi atención, es esponjoso y está tapizado en terciopelo, es de un tamaño desmesurado. Yo estoy rodeado por suaves cojines rellenos con plumas y las mantas que tapan mi cuerpo son de tejidos tan refinados que te podrías quedar dormido tan solo con tocarlas. Las mesillas que hay a ambos lados de la cama están repletas de accesorios de oro: relojes, joyeros, cajas de diferentes tamaños… No puedo evitar pensar en que vendiendo todo lo que se encuentra en este cuarto, Veira podría tener sustento para casi un año entero. Las desigualdades entre esta isla y nuestro hogar cada vez son más claras e insoportables.

—¿Cuándo perdí la conciencia? No soy capaz de distinguir lo que soñé de lo que ocurrió —cuestiono intentando ordenar los sucesos, todo está demasiado confuso como para que consiga descifrarlo sin ayuda.

—Te desmayaste cuando la reina se dirigió a Camilla —responde mientras aprovecha para quitarme la venda y ver cómo progresa la herida de bala—. Vieron las marcas que ambos tenéis en la nuca y gracias a ellas descubrieron que sois los miembros de la familia real que desaparecieron hace años.

—¿Camilla y yo somos familia? —pregunto a pesar de que ya escuché la respuesta.

—Eso parece —responde echándome un mejunje que traía consigo sobre la cicatriz. Ha cosido el agujero que tenía y aunque la zona está algo enrojecida me asombra ver lo cerrada que se encuentra la herida.

—¿Cuántas horas llevo durmiendo?

—Marco, estuviste dos días inconsciente —dice con seriedad.

Su contestación me deja atónito, jamás habría pensado que llevo tanto tiempo tendido en la cama… Mi cuerpo estaba en las últimas, podría haber muerto por la hemorragia, o por una infección, o por mero cansancio…

—¿Qué ha pasado en este tiempo? ¿Dónde están los demás? ¿Todos estáis bien? —No paro de hacer preguntas, pero necesito concienciarme de que estamos verdaderamente a salvo, de que nos han dado una tregua.

—Relájate, Marco, todos estamos bien —contesta con una sonrisa que alivia mi inquietud. Kiara despliega las vendas limpias que traía consigo y comienza a vendarme de nuevo el brazo—. Ahora nos tratan como si fuésemos parte de la realeza.

A pesar de que lo que dice es algo positivo, su expresión es de inconformismo. Kiara no se encuentra cómoda, y aunque al verme despertar parecía muy contenta, ha perdido toda esa felicidad y habla con desgana.

—¿Qué te pasa, Kiara? —pregunto deseando que me diga de verdad qué es lo que ocurre.

—Aunque ahora nos traten como dioses… —contesta mirándome a los ojos mientras niega con la cabeza—. Para mí siguen siendo unos monstruos.

—Yo siento lo mismo —respondo con sinceridad. Hace unos días el pueblo de Liza demostró una crueldad que jamás pensé que podría existir, demostraron no tener corazón ni escrúpulos.

—¿Y qué se supone que pasará ahora? —Kiara está muy agobiada, lo noto en su expresión y en lo alterada que habla. Estos días han debido de ser un infierno para ellos, puede que no les faltase de nada, pero estaban conviviendo con los que iban a ser nuestros verdugos.

—No lo sé. —Si ella está desubicada, yo lo estoy mucho más. Aún estoy algo mareado de mi letargo y me falta demasiada información como para poder responder a sus preguntas.

—¿Traeremos aquí a nuestra gente, los traeremos a esta isla llena de asesinos? —Kiara no para de hablar y de gesticular. Está histérica, el hecho de no saber qué ocurrirá la tiene desquiciada.

—Kiara, no lo sé.

—¿Qué opciones tenemos, Marco? O los dejamos morir o los hacemos víctimas de este sistema contaminado. ¿Qué se supone que es lo correcto?

Al ver que su nerviosismo no para de crecer y que está a punto de perder los estribos, estiro mis brazos para sostener su cara entre mis manos. Kiara está soltando todo lo que lleva vagando por su mente durante estos dos días. Ella es una persona muy reservada que pocas veces deja ver a los demás qué es lo que tiene en su interior, conmigo ha conseguido abrirse, así que soy la única persona con la que se desahoga.

—Escúchame —susurro mientras aparto los mechones que tiene por la cara—. Todo saldrá bien: siempre que obremos desde la justicia y la bondad estaremos haciendo un buen trabajo.

—Tengo miedo, Marco, lo tengo desde que llegamos a esta maldita isla —confiesa algo más calmada.

—Hablaré con ellos hoy mismo, ¿vale? —propongo pensando que eso será lo mejor. Cuanto antes obtenga la información que tanto deseo, antes podremos resolver las dudas que se nos pasan por la cabeza.

—¿Crees que te escucharán? —pregunta suspirando.

—Ahora somos importantes para Liza.

—Camilla y tú lo sois, Ronan y yo seguimos siendo unos parásitos.

—No son idiotas, saben que si os tocan un pelo nosotros no querremos saber nada de ellos —digo sabiendo que ahora mismo nos protegen a todos por igual—. Usaremos su devoción a nuestro favor.

—Pero es que yo no quiero nada de ellos, no quiero absolutamente nada —declara Kiara con asco. Sus ojos comienzan a llenarse de lágrimas, todo por lo que nos hicieron pasar marcará su existencia hasta el fin de sus días, el trauma con el que ahora ha de convivir es algo para lo que no estaba preparada—. No quiero su afecto, no quiero su piedad, no quiero sus lujos… No quiero nada.

Kiara rompe a llorar.

La abrazo todo lo fuerte que puedo y los dos nos tumbamos en la cama, su cabeza está apoyada en mi pecho y noto cómo sus lágrimas mojan mi abdomen. No sé qué más puedo decir para consolarla, así que me quedo callado mientas acaricio su pelo y dejo que suelte todo el dolor que siempre acumula en su corazón.

—Estamos vivos, Kiara —digo rompiendo el silencio que se ha alargado durante minutos—. Eso es lo que importa ahora.

—Tu plan de postergar nuestra conversación fue un éxito. —Kiara esboza una pequeña sonrisa y consigue abstraerse un poco de sus preocupaciones.

—Te dije que funcionaría —respondo soltando una pequeña carcajada. Me alegra ver que nos alejamos del pesimismo en el que estábamos sumergidos para redirigir la charla a algo más animado.

—Quiero saberlo —exige mirando hacia arriba para encontrarse con mis ojos.

—¿El qué?

—Lo que ibas a decirme —contesta manteniéndome la mirada. Ha llegado el momento, y estoy más preparado que nunca para confesarle mis sentimientos.

—Te quiero —y es que todo se reduce a eso. A que la quiero, a que amo cada parte de su ser. Adoro su carácter aunque a veces me lleve una mala contestación, adoro su valentía y también adoro toda la debilidad que esconde bajo su dura coraza. Cada día que pasa, descubro algo nuevo en ella que me enamora incluso más de lo que ya estaba. Lo tengo claro: quiero a Kiara como jamás he querido a nadie.

—¿Lo tienes claro ahora porque has descubierto que Camilla y tú tenéis la misma sangre? —pregunta desconfiando de mis intenciones. No la culpo por ello, he estado durante meses confuso y es normal que ahora quiera asegurarse de que estoy siendo sincero con ella.

—No. Quería decírtelo aquella tarde en el barco, cuando amarramos en Liza —respondo con sinceridad—. Que Camilla y yo seamos familia me sorprendió, pero no tiene nada que ver con la decisión que he tomado.

—¿Y qué decisión has tomado?

—La decisión de confesarte que estoy enamorado de ti.

Ella no dice nada, se acerca a mi rostro lentamente pasea su mirada entre mis ojos y mi boca, decidiendo por fin fundir sus labios con los míos en un beso cargado de pasión y dulzura. Mi lengua choca con la suya y Kiara se sienta a horcajadas sobre mí, teniendo cuidado de no presionar mis heridas. Restriega su cuerpo contra el mío, haciendo que todo el dolor que sentía desaparezca para dar paso a una excitación incontrolable. Meto mis manos por dentro de su camisa para apoyarlas en su cintura y ella las agarra para llevarlas hacia sus pechos; los aprieto con fuerza mientras me muerde el labio provocando que el beso se vuelva mucho más intenso. Me reincorporo para quitarle su camisa y ella, aprovechando que mi torso ya está desnudo, me araña la espalda de abajo arriba, llegando a mi cuero cabelludo y tirando de algún que otro mechón. Mientras lo hace, agarro sus pechos y los beso con delicadeza, mi lengua juguetea con sus pezones y Kiara no puede evitar gemir… Decide meter sus manos dentro de mi ropa interior, haciendo que todo se descontrole muchísimo más.

Aunque intento girarla para ponerme yo encima, ella me detiene y me agarra por las muñecas, inmovilizándome para tener el control. Mis manos están atrapadas entre las suyas y la cama, así que me relajo y dejo que sea ella quien domine la situación.

Kiara me desnuda y su lengua comienza a recorrer mis oblicuos, lo hace lentamente y eso consigue enloquecerme por completo. No puedo aguantar ni un segundo más sin tocar su cuerpo, así que me libero de sus agarres y la aproximo hacia mí para girar su cuerpo y colocarme sobre ella; desabrocho su pantalón para desnudarla de una vez por todas y deslizo mis manos por su abdomen. Kiara se da la vuelta para ponerse boca abajo y así dejar que observe sus redondas nalgas; las estrujo con fuerza, haciéndola mirar hacia atrás, su rostro está cargado de erotismo y lujuria, sus ojos me piden más y su boca se entreabre para volver a gemir.

—Te deseo… —susurro poniéndome sobre ella mientras beso su cuello.

Kiara engancha sus piernas a mi cintura y vuelve a ponerse encima, sentándose sobre mí y dejándome contemplar la totalidad de su hermoso cuerpo. Su piel brilla como si fuese oro… No puedo dejar de deslizar mis manos por su cintura, más allá del deseo carnal que siento por ella, el cosquilleo que noto en mi corazón me indica que entre nosotros hay algo más que el calor tórrido que ambos estamos experimentando ahora mismo.

—No puedo aguantar más —confiesa. La he excitado hasta su límite.

—Hazlo —respondo entre gemidos animándola a que marque el ritmo.

Kiara asiente y es ella quien se une a mí, cierro los ojos y aprieto los dientes intentando controlar la excitación que cada vez va a más, sus movimientos de cadera hacen que no pueda evitar soltar algún que otro grito de placer. Me reincorporo para apretar su torso contra el mío y besarla de nuevo, esta vez con más fuerza. Nuestros cuerpos parecen bailar al mismo son, nos compenetramos a la perfección y ambos estamos a punto de llegar al éxtasis final.

—No pares —me suplica Kiara echando su cabeza hacia atrás, disfrutando al máximo de nuestra unión. La obedezco y no ceso, sino que apresuro el ritmo y hago que sus gemidos se multipliquen.

Ambos llegamos al clímax a la vez.

Exhalamos e inhalamos con rapidez, nuestro pulso se ha acelerado demasiado y apenas podemos moderar nuestra respiración. La miro con ternura, poniendo sus mechones tras sus orejas para darle un suave beso en la comisura de los labios.

—Yo también te quiero —me confiesa al oído, haciendo que el momento se vuelva inolvidable.

La abrazo con fuerza y los dos nos acostamos en la cama, mirándonos hasta que nos quedamos dormidos. Esta vez, no sueño con guerras y disparos, tampoco con naufragios y muertes.

Esta vez sueño con el rostro de Kiara, con su cuerpo… Sueño con un futuro juntos, con crecer a su lado y compartir todo lo que nos queda por delante. Sueño con una vida feliz, lejos de tragedias y de lamentos que no merece la pena recordar.

Y aunque esta vez no quiero despertarme, unos fuertes golpes en la puerta de la habitación consiguen devolverme a la realidad. Kiara enseguida sale de la cama y recoge su ropa del suelo para vestirse; está asustada, no sabe quién puede estar tras la puerta.

—¡Chicos, soy yo! —exclama mi hermano desde el pasillo. Kiara me mira y respira aliviada poniendo los ojos en blanco.

—¡Pasa! —digo entre risas una vez que Kiara está vestida.

—¡Hermanito!

Ronan irrumpe en mi cuarto con una emoción desbordante, corre hacia la cama y se abalanza sobre mí, haciéndome clamar del dolor. Siempre ha sido un bruto.

—¿Cómo supiste que está despierto? Todavía no se lo he dicho a nadie —pregunta Kiara intrigada, cruzándose de brazos.

—Mi habitación es la de al lado… —responde Ronan mirándonos con picardía—. Digamos que no habéis sido del todo discretos.

La cara de Kiara se enrojece al instante, sus ojos se abren como platos y Ronan y yo no podemos evitar reírnos.

—¿Qué tal estás? —le pregunto, su apariencia es increíble. En solo dos días ha cogido peso y su cuerpo vuelve a parecerse al que tenía cuando salimos de Veira. Ronan perdió mucha masa muscular durante nuestra travesía.

—Esto es el paraíso, Marco —contesta con la ilusión de un niño pequeño—. La comida es espectacular, tenemos todo lo que queremos… ¡Somos los malditos reyes de esta isla! —exclama mientras abre los brazos.

Su reacción ha sido muy diferente a la de Kiara, ella ve más allá que Ronan. Por desgracia, mi hermano es ingenuo y cualquier cosa puede cegarle. Ahora mismo está tan feliz que parece haberse olvidado de todo lo que tuvimos que soportar hace tan solo unos días.

—Me alegro —digo apoyando mi mano sobre su hombro. Mi alegría es sincera, pero sé que tarde o temprano tendré que hablar con él para explicarle que no todo es tan sencillo como parece.

—¿Tú qué tal estás? Kiara se pasó aquí todos los días así que supongo que debes de estar como nuevo —me pregunta mientras le guiña el ojo a Kiara.

—No me puedo quejar —respondo mirando a Kiara en señal de agradecimiento. Si no fuese por ella igual ni siquiera estaría vivo.

—Menos mal, porque venía a avisarte de que te han solicitado —dice Ronan con un tono de voz más serio—. Los reyes quieren hablar con Camilla y contigo, te están esperando en el salón.

Tras escucharle se me hiela la sangre. Tener que hablar con ellos es algo que me pone tan nervioso que todo mi cuerpo comienza a temblar, trago saliva e intento concienciarme de que, cuanto antes lo haga, antes me lo quitaré de encima. Mi deber es aclarar todo lo que aún está confuso, así que en verdad es el momento idóneo para hacerlo.

Ronan se dirige hacia el armario de la habitación y lo abre. Me sorprende ver que dentro hay muchísima ropa, también zapatos e incluso algunas capas y accesorios como los que llevaba el rey el día en el que íbamos a ser ejecutados. Mi hermano coge el conjunto más básico de todos y me lo acerca a la cama.

—Venga, vístete y te acompañaré hasta el salón.

Me pongo los ropajes y me lavo la cara en el tocador para estar lo más presentable posible. Estoy muy desmejorado respecto a cómo empecé el viaje, mi cuerpo está muy malherido y también he perdido bastantes kilos.

—Te espero aquí, Marco —se despide Kiara cuando abandonamos la estancia preparados para el gran encuentro. Antes de irme le doy un beso en la boca, gesto que la pilla por sorpresa. Quizá no se esperaba que fuese tan en serio, pero a partir de ahora quiero estar con ella sin tener que ocultarlo, sin tener que esconderme.

De camino a conocer a mi verdadera familia, solo puedo pensar en qué les diré o qué será lo que ellos tienen que contarme. Después de tantos años, son tantas las cosas de las que debemos hablar que no sabría por dónde empezar a preguntar.

—Es aquí —dice Ronan apoyando su mano en el pomo de la puerta que tenemos enfrente—. ¿Estás preparado?

Decidido, asiento.

Ronan abre la puerta y yo accedo al interior de la sala. Ante mí, en dos sillones grandes y ostentosos se encuentran los reyes de Liza; en sus cabezas portan coronas llenas de joyas de llamativos colores. Me percato de que frente a ellos hay dos butacas, una ocupada por Camilla, quien se gira y me sonríe cuando me ve entrar, y otra vacía. Los reyes y ella se levantan cuando ven que me dirijo hacia ellos.

—Marco, querido. —Es impactante ver cómo la mujer que dio la orden de tu ejecución se dirige a ti con ese cariño inexplicable—. Toma asiento —me indica señalándome la butaca vacía.

Siendo educado, tomo asiento junto a Camilla y aprieto su mano a modo de saludo. Ella me mira de una manera que no consigo interpretar, parece como si quisiera decirme algo, pero no pudiese hacerlo dada la situación.

—Es inaudito que a pesar de haber sido separados, el destino os uniese de nuevo y estéis hoy aquí con nosotros —declara el rey emocionado agarrando la mano de su esposa, quien también está conmovida.

—Bueno, supongo que la familia siempre acaba unida ¿verdad, hermana? —digo sonriendo y dándole a Camilla un pequeño codazo de confraternidad. Intento tomarme con humor esta extraña circunstancia, pero el silencio que se forma tras mi frase es el más incómodo que he vivido hasta la fecha. Miro a Camilla intentando buscar algo de apoyo moral, pero ella mira hacia abajo y rechina los dientes.

—¿Hermana? —pregunta la reina extrañada—. Querido, ella es tu prometida.

Capítulo 29

—¿M i prometida? —pregunto entre risas nerviosas. Siento que mi temperatura corporal ha subido drásticamente en cuestión de segundos. Me giro para ver a Camilla, pero ella sigue con la vista clavada en el suelo, no es capaz de mirarme a la cara, ambos estamos muy incómodos ante este inesperado giro de los acontecimientos.

—Sí, Marco —responde el rey—. Vuestra unión estaba concertada incluso antes de vuestro nacimiento.

—¿Cómo? —Frunzo el ceño y me encojo de hombros: no entiendo nada de lo que está pasando. Siento como si cada una de sus aclaraciones fuese una bofetada. Ante mi falta de conocimiento los reyes se ríen con ternura, les debe de parecer gracioso verme tan perdido.

—La historia de Liza es muy extensa y curiosa... —dice la reina ofreciéndome su mano para que me levante—. Sígueme, te lo explicaré todo para que puedas comprender lo importantes que sois para nuestra isla.

—¿Y Camilla? —pregunto al ver que ella no viene con nosotros.

—Ella ya lo sabe todo, nos esperará aquí junto a su padre —contesta caminando hacia la puerta. Echo un último vistazo hacia atrás para comprobar que Camilla se queda con gusto, ella me sonríe y comienza a dialogar con quien resulta ser su padre, así que abandono la estancia más tranquilo, siguiendo los pasos de la reina—. Por cierto, mi nombre es Isabella —se presenta mientras avanza por los largos pasillos del palacio—. Quería aprovechar para ofrecerte mis más sinceras disculpas, lo que sucedió con vosotros fue un gran error que jamás debió cometerse... Todos los que tuvieron que ver pagarán por sus actos.

—¿Y quiénes son los que pagarán por sus actos? —cuestiono desconcertado. Los soldados solo cumplían las normas interpuestas en este país, no son ellos los que deben asumir la totalidad de la culpa.

—El primero en pagar por sus pecados será Sayer, lo ejecutaremos tan pronto des la orden.

Mis pasos se ralentizan tras escuchar esa frase. Desde que me desperté no tuve tiempo para pensar en él, no sé dónde estará ni todo lo que habrá tenido que pasar estos días. Las tornas se giraron por completo y estará recibiendo lo mismo que él deseó que recibiéramos nosotros; sin embargo, la idea de acabar con su vida es algo que ni siquiera me planteo.

—No daré esa orden —replico sin titubear.

—¿Estás seguro? Él os vendió sin pensarlo dos veces... —La reina intenta convencerme apelando al ansia de venganza que descansa en lo profundo de mi ser.

—No morirá más gente, no quiero más muertes. —Isabella puede decir todo lo que se le ocurra para tratar de persuadirme, pero tengo claro que no arrebataré ninguna vida más.

—Veo que el poder no te ha corrompido todavía... —susurra dando a entender que no tardaré mucho en sucumbir a él.

—Ni lo hará —contesto mirándola fijamente, quiero dejarle claro que no soy el tipo de persona que ella cree.

—Todos dicen lo mismo, pero cuando llegas a la cima, descubres de qué estás hecho... Y te prometo que nadie es tan puro como dice ser.

Prefiero guardar silencio antes de empezar una discusión que sé que no va a llevar a ninguna parte. Sé que mi personalidad y mis principios difieren mucho de los suyos, y aunque quizá tenga algo de razón, nunca llegaría a sus extremos.

—Hemos llegado —anuncia la reina indicándole a los guardias, quienes estaban vigilando la entrada, que abran la enorme puerta que tenemos frente a nosotros.

La galería a la que entramos me arrebata todo el aire que guardaba en los pulmones. Este lugar es lo más increíble que mis ojos han contemplado, no puedo dejar de levantar la cabeza para ver las maravillosas pinturas que ocupan el techo y las altas columnas de oro que lo soportan. Todo resplandece, el brillo dorado que tiene cada esquina y las coloridas vidrieras de las ventanas nublan mi vista. Hay muchas esculturas de mármol blanco, la precisión de los detalles me deja anonadado, ¿cómo es posible trabajar tan bien sobre la piedra? ¿Quién puede tener tanto talento en sus manos como para crear tales obras de arte?

Camino por la larga galería sin saber muy bien en qué reparar, podría pasarme aquí días enteros y seguiría encontrando nuevos rincones en los que fijarme.

—Asombroso, ¿verdad? —dice Isabella al verme tan perplejo—. Lo que quiero mostrarte está al fondo.

La reina comienza a andar hacia el final de la galería, ella está tan acostumbrada a ver esto que camina mucho más rápido que yo. Cuando consigo alcanzarla, está quieta ante uno de los cuadros que cuelgan de las paredes.

—¿Sabes quién es? —me pregunta señalando el retrato que estamos observando.

—Es mi padre —respondo sorprendido. Ante mí tengo una pintura de gigantescas dimensiones en la que aparece una versión joven y apuesta de mi padre. No se parece en nada al hombre que yo conocí, pude reconocerle por la expresión de su mirada, pero todo lo demás es diferente. Lo han retratado sentado en un trono como el de los reyes, con una corona dorada sobre su cabeza y un hermoso cáliz en su mano derecha. Busco un parecido familiar entre los dos, pero aunque en el retrato tiene más o menos mi edad, me parece que no he heredado ninguno de sus rasgos.

—¿Reconoces a esta mujer? —vuelve a preguntarme Isabella señalando el cuadro de al lado. Esta vez es una hermosa mujer la que aparece retratada, de piel delicada y labios carnosos, con el pelo recogido bajo una corona plateada y su fino cuerpo dentro de un vestido elegante y sofisticado, con una gran cola que se sale de las dimensiones del lienzo. En sus manos porta un ramo de margaritas blancas que combinan con el color de sus zapatos. A ella la han retratatado sentada en una silla en medio de un extenso campo, ambiente que contrasta con el de mi padre. Sus ojos, de un azul intenso y profundo, me observan.

—No. —A pesar de que su rostro me es familiar, desconozco la identidad de la bella mujer.

—Es tu madre, Marco.

Su afirmación me paraliza el corazón. Mi madre, a quien no tuve oportunidad de conocer, se muestra ante mí como una mujer de expresión dura a la vez que amable, la han retratado plasmando su carácter y su generosidad. No sé si ella era tal y como yo me la imagino, pero su rostro refleja todo lo que siempre creí que encontraría en ella. Me acerco a la pintura para apoyar mi mano en el pecho de mi madre, cierro los ojos y pienso que, por desgracia, esto será lo más cerca que pueda estar de ella.

—Tienes sus mismos ojos —dice recordándola con cierta nostalgia—. Parece que ambos tenéis el océano dentro de vuestros iris.

—¿Era una buena persona? —pregunto a pesar de que la concepción que la reina tenga sobre la bondad puede alejarse mucho de la mía.

—Othelea era la única persona con valores que quedaba en Liza —Othelea. Así que ese el nombre de mi madre… La reina responde apenada, por su forma de hablar puedo intuir que le tenía cariño a mi progenitora—. Murió por ser tan justa y benevolente en un lugar regido por la crueldad y la malicia.

Me llama la atención oír cómo Isabella es consciente de lo podrido que está su hogar, no intenta ocultar su desencanto con el país que ella misma ha llevado a este nivel de miseria humana. Puede que haya conseguido hacer prosperar a la isla en cuanto a riquezas, pero ha creado verdaderos monstruos por el camino.

—Quiero conocer mi historia —digo con ganas. Ha llegado el día que tantos años he esperado, hoy todas las incógnitas que quedaban en mis adentros serán resueltas por la verdad oculta en un pasado oscuro.

—Para ello tendrás que entender primero cómo funciona la monarquía de nuestro país —me explica dirigiéndose a unas vitrinas que hay en el medio de la galería. Hay un total de dos urnas que guardan sendas coronas en su interior, una dorada y otra plateada—. La historia de Liza comenzó marcada por la violencia de numerosas guerras entre dos bandos, los Plateados, quienes querían implantar un gobierno progresista, y los Dorados, que buscaban una forma de gobierno más autoritaria. Las batallas duraron años, arrebataron miles de vidas y dejaron a Liza sin sustento y sin ganas de seguir adelante.

A medida que va hablando, me fijo en que las pinturas del techo cuentan la historia que ella narra.

—Generaron tanto caos que la única manera de revivir a nuestra nación era la paz, que se consiguió con la unión de ambos bandos, asegurando así que no habría traiciones.

—¿Y funcionó? —pregunto con interés.

—Sí. Desde ese momento la nobleza en Liza pasó a estar formada por dos coronas, la Corona plateada y la Corona dorada, familias completamente independientes unidas por lazos matrimoniales —prosigue con su explicación mientras nos desplazamos a unos pergaminos que están enmarcados y presiden la galería ocupando su lugar más visible—. Hace ochenta años se escribió sobre estos pergaminos la profecía que traería la paz total a Liza. Cada Corona estaba dirigida por una pareja elegida por el pueblo. Según dicta la tradición liziana, a la edad de treinta años cada pareja debe engendrar un hijo. Los dos descendientes de la familia dorada, debían casarse con los dos descendientes de la familia plateada, reduciendo así la familia real a dos parejas. Tu padre Dante y tu madre Chiara, y yo y el rey Angelo formamos los primeros matrimonios de sangre mezclada.

—¿Así que mis padres también eran los reyes de Liza? —La historia es algo compleja de entender y me cuesta imaginar lo que Isabella está tratando de explicarme.

—Claro, sé que es algo confuso, pero al instaurar la monarquía decidieron hacerlo así para evitar la consanguinidad. Nuestra misión era traeros al mundo a vosotros, los descendientes definitivos que reducirían la nobleza a un solo matrimonio… El que tendrá lugar entre Camilla y tú —dice con ilusión; ahora entiendo la importancia que nos dan. Para ellos somos la profecía que llevan esperando durante años, nuestra unión lleva planeada incluso antes de que mis padres estuviesen vivos—. Vosotros sois los reyes absolutos de Liza, vuestra sangre ha sido mezclada durante generaciones para que la sangre dorada y la plateada corran de forma equiparable por vuestras venas.

La devoción con la que habla empieza a asustarme, saber que soy tan importante para la sociedad liziana implica unas responsabilidades que no querría asumir.

—¿Y qué pasó? ¿Por qué no crecimos aquí como estaba previsto? —pregunto buscando la última respuesta que me queda por saber.

—Como bien te dije antes, el poder ciega incluso al corazón más puro —contesta apretando los puños con rabia, ha cambiado su registro para hablar desde el resentimiento y la rabia—. Tu padre era un ser despreciable, así que el poder no solo le cegó sino que acabó con los pocos escrúpulos que le quedaban. Cuando Camilla y tú nacisteis, Dante se percató de que tendría que entregar todo su poder a los futuros reyes de la isla… pero él deseaba más que nada seguir reinando, por lo que planeó acabar con vuestras vidas pagándole a un asesino para que os matase.

Poco a poco me doy cuenta de que mi padre nació con la maldad impregnada en sus genes. No quiero ni imaginarme lo mucho que te puede llegar a corromper el poder para preferir terminar con la vida de dos inocentes bebés antes de renunciar a él.

—Por suerte tu madre, quien os estaba cuidando, escuchó tras la puerta el terrible plan que estaba orquestando Dante y enseguida corrió hacia los guardias para avisar de las intenciones de su marido. Othelea vivió una auténtica pesadilla desde que tuvo que contraer matrimonio con tu padre... Detestaba a ese hombre y no podía hacer nada contra él.

—¿Consiguió avisar a los guardias? —No quiero profundizar más en la tortura que tuvo que vivir mi madre, conocer más detalles solo me haría sufrir por algo que no puedo cambiar.

—Dante se dio cuenta de que estaba escuchando tras la puerta y salió corriendo tras ella para acabar con su vida atravesando su cuerpo con una de sus espadas.

Aunque en sus últimas horas con vida mi padre lo confesó, una parte de mí quería creer que era una de sus provocaciones. Pero no. Mi padre me arrebató a esa bella mujer llamada Othelea de la que no recuerdo nada más que su mirada llena de bondad.

—¿Y no hicisteis nada? ¿No lo detuvisteis? —exclamo furioso. ¿Cómo le dejaron escapar?

—Lo intentamos Marco, pero Dante os usó como rehenes y huyó de palacio con una daga en cada uno de vuestros pequeños cuellos. —Al recordar esas escenas, cierra los ojos y una lágrima se desliza por su mejilla—. Esa fue la última vez que vi a mi hija, en la proa de un barco entre las manos de un asesino... Dante tenía un plan alternativo de fuga por si algo fallaba, en una de las calas de Liza tenía una embarcación cargada de riquezas y oro con la que planeaba escaparse si la situación se complicaba —explica apretando la mandíbula, el paso de los años no ha aliviado su enfado. Perder a una hija es algo que ningún padre debería vivir—. Ver cómo el galeón se alejaba sin nosotros poder hacer nada por impedirlo nos rompió en mil pedazos. Salimos a buscaros en numerosas ocasiones, pero nunca encontramos ni una pista de vuestro paradero.

—Pero Camilla y yo acabamos separados... —pienso en voz alta.

—Supongo que tu padre pensaría que separándoos sería más difícil dar con vosotros.

Mi padre se deshizo de Camilla cuando pudo, y quizá los casi inexistentes principios que tenía le obligaron a no deshacerse de mí. Camilla apenas tiene recuerdos de Dante, pero siempre me dice que su único recuerdo previo a su llegada a Cabre es una imagen de ella vagando por el océano en un bote de madera. Lo más probable es que mi padre la tirase por la borda, dándole por lo menos una oportunidad entre mil de llegar con vida a alguna costa cercana. Por suerte, la mar tuvo piedad y con sus olas la dirigió a Cabre.

—Entre los tesoros que se llevó mi padre, ¿había una brújula? —pregunto para atar el único cabo que queda suelto.

—Sí… —responde sin darle mucha importancia a mi cuestión—. Una brújula de una estúpida leyenda de marineros. Pero eso nunca nos importó, habríamos dado todas nuestras riquezas a cambio de recuperaros.

—Estuvisteis a punto de matarnos —digo sin aguantar más la hipocresía de la reina.

—Fue un grave error por el que os pediremos disculpas hasta el fin de nuestros días. —En su tono de voz se nota el arrepentimiento y la vergüenza que siente—. Gracias a las escarificaciones que portamos, todos los miembros de la realeza pudim…

—¿Y si no las tuviésemos? —la interrumpo enfadado. Aunque intenté guardar las formas no puedo seguir con esta farsa—. ¿Nos mataríais por intentar salvar la vida de nuestro pueblo?

Isabella baja la mirada y se lleva las manos a la cabeza, exhausta.

—Desde vuestra pérdida reinamos desde el odio y el rencor. Hicimos de Liza un país heredero del resentimiento —enuncia admitiendo su pecado—. La traición de tu padre es algo que aún no conseguimos superar. Intenté ser más benevolente, pero Angelo no me lo permitió. Enseguida me vi sumida en su corriente de odio y destrucción, cuando me di cuenta de lo lejos que habíamos llegado era demasiado tarde para rectificar.

—Un país nunca debe cargar con los miedos de sus gobernadores —digo mientras la señalo desafiante. Sin embargo, Isabella sonríe y me mira con ilusión.

—Y por eso mismo tú y Camilla seréis los mejores reyes que Liza pueda tener —afirma mientras apoya sus manos en mis hombros—. La profecía tenía razón, ambos tenéis un espíritu puro que traerá a nuestro pueblo la paz que tanto tiempo ha ansiado.

No sé cómo responder a lo que dice, tampoco sé cómo explicarle que no quiero casarme con Camilla y que yo ya tengo un pueblo al que defender y representar. Puede que este fuese nuestro destino, pero la vida tenía unos planes muy diferentes para nosotros.

—Mañana os coronaremos en una gran celebración que tendrá lugar en la plaza… No esperaremos ni un día más —anuncia con una sonrisa que ocupa todo su rostro—. La boda se celebrará el mes que viene.

La boda.

La coronación.

El cúmulo de actos para los que no estoy preparado no deja de crecer, y tengo que pararlo antes de que sea demasiado tarde.

Capítulo 30

Pasé lo que quedaba del día encerrado en mi cuarto, necesitaba espacio y silencio para poder asimilar todo lo que me habían contado e intentar descubrir quién soy realmente. La noche también transcurrió en absoluta soledad, no conseguí dormir, en mi cabeza no paraban de repetirse una y otra vez las palabras de Isabella.

Me levanto de la cama y me visto con la ropa que queda en el armario, me siento ridículo llevando unas prendas tan ostentosas, no me reconozco cuando me veo reflejado en el espejo. La camisa que llevo tiene unos botones muy grandes y dorados que se pondrían ver a kilómetros de distancia y el pantalón es de seda azul. Esta es la persona que quieren que sea, pero por más que me miro no me siento cómodo siendo algo que sé que no soy. Y no hablo solo de la forma de vestir, no me preocuparía por algo tan superficial, sino por todo lo que acarrea ser miembro de la familia real.

Por una parte, siento tranquilidad porque ya conozco mi pasado, sé cómo llegué a Veira y puedo vivir más tranquilo sabiendo que ninguna de las desgracias que me rodearon estos últimos meses ha sido en vano o por mi culpa. Todo ha tenido su razón de ser y hemos llegado a la línea de meta, pero lo que ahora me preocupa es conocer cuál será mi papel en todo esto.

Como rey de Liza, podré cumplir mi deseo de ofrecer a mi pueblo un futuro mejor lleno de prosperidad y gozo; sin embargo, tendré que rechazar mi propia libertad y mi felicidad para poder hacerlo. Tendré que dejar atrás mis deseos y acallar mi corazón viviendo en una mentira constante.

¿Es eso lo que quiero en mi vida? ¿Ser un farsante, engañar a los míos?

Pero… ¿acaso tengo otra opción?

En mi mente se barajan dos elecciones: casarme con Camilla, ser el rey de estas tierras y darle la oportunidad de vivir a Veira, o denegar el casamiento siendo de nuevo un traidor para los lizianos. Sé que no habrá forma posible de cambiar algo que llevan esperando durante generaciones, por muy elocuente que puedan llegar a ser, mis palabras no bastarán para tirar por tierra las creencias de todos los nativos.

—¿Marco? —Camilla ha llamado a la puerta y pregunta por mí—. ¿Puedo pasar?

Me acerco hasta la puerta y soy yo quien se la abre, haciéndole un gesto para que entre. Camilla me hace caso y se pone cómoda en el sofá que hay junto a la cama.

—¿Qué vamos a hacer? —pregunta preocupada. Ella conoce nuestra historia desde hace días y por las oscuras ojeras que manchan su rostro puedo intuir que se ha pasado las noches en vela pensando en cómo arreglar el caos en el que nos hemos sumergido.

—Llevo preguntándome lo mismo desde ayer.

—Sé que no quieres casarte conmigo —afirma de forma directa y concisa—. Pero no puedo dejar de pensar en qué pasará si nos oponemos al matrimonio.

—Nos odiarán, eso es lo único que tengo claro —digo sabiendo que si alguno de los dos rechaza la unión todos nos detestarán.

—He pensado en tu pueblo… ¿Y si no nos dejan traerlos aquí? ¿Y si nos chantajean? —pregunta levantándose para caminar por la habitación en círculos.

—En teoría seguimos siendo los reyes, estemos o no juntos. —Aunque no lo sé a ciencia cierta, supongo que siendo hijos de reyes la Corona tendrá que abdicar en nosotros.

—No… —Camilla tarda en responder porque no quiere desilusionarme, pero ella tiene más datos que yo y sabe que lo que digo no es lo que ocurrirá—. Los reinados de los hijos de los primeros reyes solo comienzan cuando se unen en sagrado matrimonio, lo que significa que hasta que nos casemos nuestra coronación será solo un acto simbólico.

Esto lo complica todo mucho más, ya que entonces el poder absoluto residirá en Isabella y Angelo hasta que yo tome la mano de Camilla. Y visto lo visto, ellos serán capaces de todo con tal de que la profecía se cumpla.

—Marco… —prosigue Camilla con un tono de voz triste y melancólico—. La única solución que veo posible es que nos casemos.

—Camilla… —susurro negando con la cabeza, no estoy nada seguro de que esa sea la opción correcta.

—Sé que no me amas, pero solo tendremos que fingir —expone bajando el volumen y mirándome con cierta desesperación—. ¿Qué hacemos sino? Sería muy egoísta sacrificar el bienestar de todo Veira por nuestra felicidad.

Aunque me cueste admitirlo, Camilla tiene razón. No hay otra manera de lograr nuestro objetivo, debemos casarnos y ser las personas que ellos quieren que seamos, por lo menos de cara a la galería. Jamás me perdonaría sacrificar a toda esa gente que creyó en mí por amor, sería un acto egoísta que nunca podría cometer.

—Supongo que no hay otra alternativa —digo mientras me masajeo las sienes con las manos, intentando serenarme.

—A mí no me importará que tengas tu vida real al margen de nuestro matrimonio ficticio —aclara relajando la tensa expresión que tenía en el rostro.

—A mí tampoco, cada uno deberá tener su realidad dentro de la mentira. —Al decirlo, alargo mi mano para que ella la agarre y así cerrar el pacto.

Camilla me da un fuerte apretón y ambos nos miramos sabiendo que estamos dejando que nos roben parte de nuestra libertad personal, pero no hay nada que podamos hacer para remediarlo.

—¡Marco, voy a pasar! —Mientras agarro la mano de Camilla, Kiara irrumpe en la habitación abriendo la puerta de par en par.

Aunque ha llamado, no ha tardado ni medio segundo en entrar. Al vernos se queda quieta agarrando la fruta que traía en su regazo, mirándonos fijamente.

—¿Qué está pasando? —pregunta molesta al ver el panorama que tiene ante sus ojos. Camilla enseguida me suelta y se vuelve a sentar en el sillón, manteniendo la distancia conmigo. Por la reacción de ambas, parece que han estado hablando durante mi ausencia.

—¿No se lo has dicho? —le pregunto a Camilla.

—No fui capaz —responde bajando la cabeza.

—¿Es una broma? —Las cosas que Kiara se está imaginando en su cabeza van por otros derroteros, pero creo que en este caso la realidad superará a cualquier creación de su imaginación.

—Hay algo que debemos contarte —digo aprovechando la coyuntura. Es el momento perfecto para tener entre los tres la conversación que tarde o temprano llegaría.

—¡Adelante! —exclama Kiara, está muy ofendida.

—Camilla y yo no somos hermanos… —anuncio cogiendo aire, preparándome para su reacción—. Ella es mi prometida.

Todas las naranjas y los plátanos que Kiara traía para que desayunase se caen al suelo. Abre la boca desmesuradamente sin asimilar lo que acaba de escuchar. Me mira a mí, después mira a Camilla y luego vuelve a mirarme a mí.

—¿Com… Com… Cómo es posible? —pregunta con los ojos abiertos como platos.

—Debemos casarnos para poder traer hasta aquí a tu pueblo; si no lo hacemos, no tendremos poder sobre Liza —aclara Camilla intentando justificarse.

—Kiara, es solo una tapadera. Cada uno tendrá su propia vida —intento explicarle el pacto que Camilla y yo hemos hecho hace escasos minutos, pero Kiara está en estado de shock y parece no escuchar lo que le decimos—. Fingiremos.

—¿Y cuándo dejaréis de fingir? —pregunta tras guardar silencio—. ¿Cuando paseéis por las calles llenas de gente que os aplaudirá a cada paso que deis, o cuando tengáis que venir a palacio para dormir juntos y hacer el amor hasta crear nuevos principitos? —a medida que habla sube el volumen, mirándome con despecho.

—Kiara, no tenemos otra opción —replico intentando hacerle entrar en razón.

—Bien... —responde dando una palmada al aire y arrugando el morro—. Haz lo que quieras, Marco. Pero yo no pienso vivir en una mentira.

Cuando termina de hablar se va dando un fuerte portazo, sin dejarme tiempo para que pueda responder. Su reacción me parece desmesurada, pero entiendo que le haya cogido de improviso. Ella se ha convertido en la quilla de mi barco, siento que necesito su fuerza para poder hacer frente a todo lo que tenemos por delante...

Si Kiara no accede a formar parte de nuestro plan, ¿quiero seguir con él? Entiendo que ella no quiera vivir presa de una mentira. A nadie le gustaría ver cómo la persona a la que ama convive con otra, duerme acompañada y crea todo un mundo de embustes. Yo no lo soportaría, y no puedo culparla a ella por lo mismo.

—Cambiará de opinión, ya lo verás —Camilla intenta consolarme y me da dos palmadas amistosas en el hombro.

—No, no lo hará.

Sé que Kiara no cambiará de opinión, sé que su personalidad no la dejará formar parte de algo que va en contra de sus principios, ella siempre va con la verdad por delante... Cueste lo que cueste.

—¿Quieres que vaya a hablar con ella? Nuestra coronación es en un par de horas...

Antes de que pueda contestar, unos nuevos golpes en la puerta vuelven a interrumpirnos. ¿Quién llama esta vez?

—Adelante —digo sin saber todavía quién quiere entrar en mi cuarto. Cuando la puerta se abre, varios guardias y un par de sirvientes entran cargados de ropa y productos que desconozco.

—Hemos venido a prepararle para la coronación —anuncia uno de los sirvientes colgando las prendas que lleva en el armario—. A usted la están esperando en su dormitorio, señorita Camilla.

Los guardias acompañan a Camilla a sus aposentos y yo me quedo a solas con los dos hombres que han venido a ayudarme. Despliegan todo su arsenal sobre el tocador, tienen decenas de botes y brochas como las que usan los pintores; todo esto me recuerda al camerino de Camilla, que siempre estaba lleno de diferentes atuendos y montones de maquillaje.

—Desvístase, por favor. —Haciendo caso a sus indicaciones me quito la ropa hasta quedarme desnudo—. ¡N… No hace falta que se quite la ropa interior señor! —exclama uno de los sirvientes al verme en cueros. Enseguida cojo mi calzoncillo y me lo pongo, algo avergonzado tras haber sido tan cateto.

—Este es el traje que llevará —me informa el otro sirviente cogiendo la percha que porta el conjunto más estridente de todos—. Se lo hemos hecho a medida, le quedará como un guante.

—¿Y cómo sabéis mis medidas? —pregunto extrañado.

—La reina nos mandó tomárselas mientras dormía, así todo estaría preparado para cuando usted despertarse —contesta mientras se acerca a mí y se agacha para ponerme el pantalón.

La frivolidad que hay en este palacio me parece cada vez más abrumadora, no puedo llegar a entender cómo la apariencia puede llegar a ser tan importante para alguien. Los reyes ni siquiera sabían si yo iba a aceptar o no, pero parece que mi opinión nunca les importó mucho porque, al fin y al cabo, llegarían a la conclusión de que si no lo hacía por las buenas lo acabaría haciendo por las malas. Camilla tenía razón, de una forma u otra íbamos a acabar aceptando sus órdenes.

—Levante los brazos, por favor. —Los sirvientes reales me están vistiendo como si fuese un maniquí, me ponen la camisa y también la abotonan. Sobre la camisa va un fajín dorado y una chaqueta corta de la que cuelga una gran capa. Si antes me veía ridículo, ahora siento que estoy disfrazado. Pero aunque no me agrade verme así, he de admitir que la calidad de las telas es magnífica, podría pasarme horas deslizando las palmas de mis manos por el suave terciopelo de las empuñaduras de la chaqueta.

—Siéntese, ahora le asearemos y peinaremos —me indican echando la silla del tocador hacia atrás para que tome asiento. Lo primero que hacen es sacar una cuchilla de afeitar y llenar la pileta del tocador de agua.

—Perdonad, pero no quiero afeitarme —aclaro viendo sus intenciones. Hace años que no veo mi rostro sin la barba y tampoco quiero hacerlo, sin ella parezco un niño pequeño… La barba aporta a mi cara la dureza que mis rasgos dulces no tienen.

—Son órdenes de la reina.

Antes de que pueda volver a negarme, ya han empezado a afeitarme, cosa que me enfurece y me frustra, pero me ha cogido tan por sorpresa que no soy capaz de decir nada. También me peinan hacia atrás, echándome una especie de aceite pegajoso que hace que mi pelo no se mueva y se quede en la posición en la que lo han dejado. Por último, llenan mi cara de mejunjes y polvos que me hacen estornudar, noto mi tez pastosa y grasienta.

Cuando me miro al espejo parezco un príncipe salido de una novela de amor, pero no parezco yo. Me han quitado todo lo que me caracteriza. No puedo evitar tocarme la cara, me siento desnudo sin pelo en ella.

—No se toque la cara, por favor —me piden los sirvientes temiendo que estropee su trabajo—. Ha quedado espléndido y queremos que todo Liza pueda verle así.

Me pregunto qué dirán mis amigos cuando me vean así. También pienso en Camilla, quien debe de estar pasando por lo mismo que yo. ¿Qué le habrán hecho a ella? ¿Le habrán cortado el pelo? ¿Cómo la vestirán?

—En una hora vendrán a por usted, la plaza ya está abarrotada de gente… —dice el hombre que me afeitó mientras abre las cortinas—. Mire, todos están esperando verle salir.

Cuando me acerco a la balaustrada me asusta lo que veo, hay miles de personas llenando la plaza y todas las calles que llegan hasta ella. Si el día de la ejecución me pareció desmesurado, hoy podría decir que hay el triple de personas esperando vernos.

Una vez los sirvientes se van, me tiro sobre la cama mirando hacia arriba. Noto que me cuesta respirar, y a pesar de poder tener todo lo que ansío, me siento más vacío que nunca. Ahora mismo daría lo que fuese por volver a la casa de los padres de Ronan, por volver a comer el plato estrella de su madre o por pasear con mi hermano por las hermosas playas de mi hogar.

Por primera vez desde el inicio de la travesía, mi idea de traer aquí al pueblo de Veira me parece una estupidez. Abandonar las tierras que nos vieron crecer y dejarlas morir es algo para lo que no estoy preparado… Sé que no había otra opción, pero ahora quizá la haya. Puede que la recuperación de Veira no sea tan complicada como habíamos pensado, ahora tenemos un aliado: Cabre podría ayudarnos a subsistir.

—Señor Marco, ha llegado el momento —anuncia una desconocida voz tras la puerta, interrumpiendo mis planes.

Me levanto y estiro un poco la tela de mi pantalón, que se había arrugado al estar acostado, y salgo de mi dormitorio. Varios pajes me guían y acompañan en completo silencio hasta la primera planta del palacio, donde bajando por las majestuosas escaleras encuentro a Camilla y a sus padres esperando frente al portón principal del edificio, el cual da salida a la plaza.

—¿Marco? —pregunta Camilla al girarse y verme. Ella me mira de arriba abajo, pasmada por lo mucho que he cambiado—. Estás… diferente.

—Tú estás muy guapa —digo fijándome en su atuendo.

Camilla es una auténtica princesa, le han puesto un vestido de terciopelo granate despampanante, con una cola larguísima y cargado de joyas en la zona del escote. Su maquillaje es sutil, pero sus labios rojos marcan el toque de atención. Sin embargo, lleva una peluca larga y sin flequillo, supongo que su corte de pelo contrastaba mucho con el estilo refinado que debe tener una doncella. Pero a mí no me gusta verla así, han robado la esencia de Camilla para crear un molde de lo que ellos querían ver.

—¿Estáis preparados? —nos pregunta la reina.

—Sí —Camilla responde por los dos y agarra mi mano con determinación. Me mira y asiente para que comprenda que el plan ha comenzado, que ya no hay vuelta atrás.

—¡Abrid el portón! —ordena el rey con una sonrisa de oreja a oreja.

La luz ilumina nuestras caras y los gritos de los lizianos taponan nuestros oídos. Por inercia, comienzo a caminar hacia delante siguiendo los pasos de sus majestades. Una alfombra roja guía nuestro camino hasta que llegamos al círculo de la plaza donde tendrá lugar la ceremonia. Han montado una especie de escenario con madera para que todo el mundo pueda vernos. Así que subimos las escaleras y llegamos a él, donde nos están esperando nuestros amigos, a los que también han vestido y arreglado.

Ronan nos mira como si fuésemos fantasmas, extrañado por nuestra apariencia. Se toca la barbilla y me señala entre risas, él sabe lo poco que me gusta verme sin barba. La reacción de Kiara es mucho más triste, ella solo baja la mirada y niega con la cabeza, decepcionada.

—¡Ante ustedes, mi hija Camilla y su prometido Marco! —exclama el rey levantando nuestros brazos. El público enloquece, esta vez solo gritan cosas positivas y silban presos de la ilusión y la euforia—. Dadle la bienvenida también a sus compañeros, Kiara y Ronan —prosigue señalándolos. Ellos dan un paso al frente y hacen una pequeña reverencia, los conozco y sé que alguien les ha ordenado que actúen así.

—Ellos serán los nuevos comandantes de nuestra Guardia Real —anuncia la reina mientras dos soldados le entregan un par de enormes y hermosas espadas. La vaina está cubierta de joyas y la hoja es larguísima; el enemigo se distraería solo viéndolas—. Kiara, Ronan… hincad la rodilla para hacerlo oficial.

Ronan hinca la rodilla enseguida, está eufórico y viviendo uno de sus sueños. Sé que formar parte de un batallón tan importante y profesional como el de este país le hará muy feliz.

Kiara se arrodilla a regañadientes, no opone resistencia pero sé que no le hace ninguna gracia tener que bajar la cabeza ante nadie.

El rey coge una de las espadas y la apoya con sutileza en el hombro derecho de Kiara, después la levanta por encima de su cabeza y la apoya con cuidado sobre su hombro izquierdo. La reina realiza el mismo procedimiento con Ronan.

—¡Ahora la Guardia Real de Liza cumplirá vuestras órdenes, y vosotros velareis siempre por el bienestar del rey y la reina! —exclama Angelo mientras Ronan y Kiara se levantan con las manos en la espalda—. Estas serán vuestras espadas.

Isabella y Angelo les ofrecen las espadas, ellos las cogen haciendo una pequeña reverencia con la cabeza y las guardan en las vainas de cuero que cuelgan de sus cinturones. Toda esta ceremonia estaba preparada, ellos sabían lo que iba a ocurrir, les enseñaron el protocolo que seguir. Kiara y Ronan dan un paso atrás y guardan su posición en el fondo del escenario. No sé hasta qué punto todo lo que está sucediendo está bien, la sensación de incomodidad que llevo cultivando durante días en mi interior no deja de crecer.

—También debemos recibir a una persona más, pero esta vez lo haremos en silencio —dice el rey haciendo callar a su pueblo. En un segundo todo el abrumador ruido que retumbaba por las calles cesa por completo—. Traedlo —susurra a los guardias que teníamos al lado.

Yo miro a Camilla preocupado, deseando que no traigan a quien creo que van a traer.

—Oh no… —musita Camilla tapándose la boca.

Dos guardias traen el cuerpo desnudo de Sayer, que ni siquiera se puede mover, agarrándolo por los brazos como si fuese un saco de basura. Sus piernas, sin fuerza para aguantar el peso de su cuerpo, se dejan arrastrar. Cuando lo suben al escenario y lo tiran delante de nosotros, puedo observar las marcas de latigazos de su espalda, las quemaduras de su rostro y las decenas de cortes que tiene por todo su cuerpo.

—Sayer… —Al verle así toda la rabia que sentía hacia su persona se esfuma para dejar paso a la pena y al remordimiento. Nadie merece pasar por el dolor que el cuerpo de Sayer refleja.

—Este hombre nos traicionó, ¡haciendo que casi matásemos a nuestros reyes prometidos! —exclama Isabella consiguiendo que los lizianos bramen como locos—. Ahora, y según las leyes de nuestro país, asumirá las consecuencias.

—Isabella… —digo lo más bajo que puedo acercándome a ella—. Dijimos que no habría más muertes.

—Debes aprender cómo funciona Liza —contesta entre susurros sin dejar de mirar a su pueblo.

—Isabella, no. —Su respuesta me asusta y la miro con piedad, esperando que sea misericordiosa.

—¡EJECUTADLO! —grita con satisfacción dando la orden que acabaría con la vida de nuestro compatriota. Uno de los guardias ha atravesado el pecho de Sayer con su espada.

Me quedo paralizado viendo cómo la sangre empieza a caer por su cuerpo, sus ojos, aún con vida, me miran por última vez.

En ellos puedo leer la palabra «perdón».

Kiara, Camilla, Ronan y yo estamos helados y con el corazón en un puño viendo lo que acaba de suceder. Ninguno es capaz de articular palabra. Los gritos de victoria del pueblo hacen que todo sea más duro, más frívolo.

El guardia saca la espada del cuerpo de nuestro compañero y este se desploma contra la madera, sin un ápice de vida. Ni siquiera le dieron tiempo para despedirse.

Camilla comienza a llorar sin esforzarse por ocultarlo.

Yo aprieto los puños y muerdo las comisuras de mi boca, resistiéndome a hacer lo que más deseo en este momento.

Ronan cae de rodillas al suelo, sin dejar de ver el cadáver de quien una vez fue nuestro amigo.

Kiara mantiene la vista al frente, apretando la mandíbula y dejando que unas lágrimas silenciosas caigan por su rostro. Sigilosamente, observo cómo lleva su mano a la empuñadura de su nueva arma y su mirada cambia de trayectoria.

—Detente, Kiara —le ordeno corriendo hacia ella—. ¡NO LO HAGAS!

Pero es demasiado tarde, ella siempre ha sido incontrolable y una esclava total de sus impulsos. Sus ojos están sobre la reina, Kiara corre hacia ella y aprovechando su distracción estoca el cuerpo de Isabella como el guardia hizo con Sayer. Kiara atraviesa el pecho de la reina y eleva su cuerpo, haciendo que su corona caiga escaleras abajo. El pueblo enloquece, los gritos de puro terror inundan la plaza. Los ancianos caen rendidos al suelo, a los niños les tapan los ojos sus padres y los jóvenes se llevan las manos a la boca, sin asimilar lo que acaban de ver.

—¡RONAN! —grito viendo que el guardia se dirige hacia Kiara. El hecho de que actuase por sorpresa nos ha dado unos segundos de ventaja. Ronan desenvaina su espada y corre a batallar contra el guardia, al que no tarda en matar.

—¡ISABELLA! —exclama el rey desde el pánico más profundo, viendo el difunto cuerpo de su esposa caer sobre la madera. Intenta llevar la mano a la empuñadura de su arma, pero Kiara no tarda ni un segundo en cortársela—. ¡AAAHG! —aúlla de dolor mientras se retuerce por el suelo. Sin embargo, Kiara no le deja sufrir mucho tiempo, ya que con un corte limpio y certero rebana su cuello.

Camilla, temblorosa, observa los cuerpos sin vida de sus progenitores. Ha perdido a su familia en apenas unos segundos. Ambos estamos rodeados de sangre y todo ha pasado tan rápido que mi mente todavía no ha procesado…

Todo ha pasado tan rápido que mi mente aún no ha procesado lo que Kiara acaba de hacer. Isabella y Angelo tenían tanta fe en nosotros que no duraron en armarnos, ¿acaso no pensaron en que quizá querríamos venganza por todo lo que nos hicieron pasar? ¿Tampoco llegaron a la conclusión de que ver la muerte de nuestro compatriota nos arrebataría la poca cordura que nos quedaba? ¿Era su fe tan grande?

Las férreas creencias de esta nación ciegan su sentido común, les arrebatan su raciocinio y los convierten en presos de su dogma.

—Era la única solución, Marco —dice Kiara con la cara bañada en la sangre de sus víctimas—. Ahora vosotros sois los verdaderos y únicos reyes de Liza.

Sus palabras resuenan sin parar dentro de mí, el corazón me va tan deprisa que no soy capaz de moverme. Lo único que puedo hacer es mirar a mi alrededor.

Todo el mundo está quieto, el resto de los guardias no han venido a por nosotros y nadie ha vuelto a abrir la boca. Solo una persona se mueve, y es el jefe de la guardia real.

El hombre que nos había humillado y ultrajado camina hacia nosotros, en silencio y con la vergüenza impregnada en su rostro. Con calma y sosiego, se acerca al cadáver de la reina y se agacha a recoger su corona, después sube las escaleras y recoge también la corona del rey.

Lentamente, se acerca hacia Camilla y a mí para hincar la rodilla en el suelo y ofrecérnosla. Ante su gesto, todo el país se empieza a arrodillar.

Camilla y yo somos, por descendencia justa, los reyes de Liza.

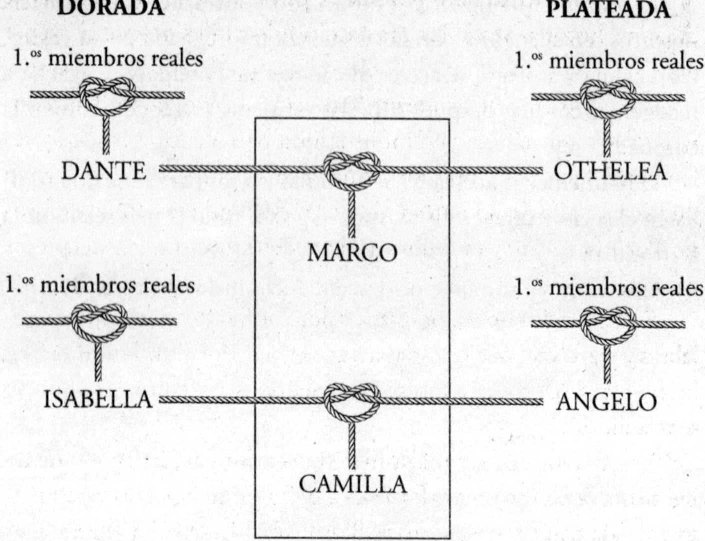

DORADA
PLATEADA
1.ᵒˢ miembros reales
1.ᵒˢ miembros reales
DANTE
OTHELEA
MARCO
1.ᵒˢ miembros reales
1.ᵒˢ miembros reales
ISABELLA
ANGELO
CAMILLA

Agradecimientos

Este es mi cuarto libro publicado, pero, aun así, que una más de mis historias vea la luz me hace la misma ilusión que el primer día.

Los personajes de *Sotavento* han ocupado mi pensamiento durante años, formándose en mi interior a base de experiencias y referencias. Hoy pongo punto y final a una historia que sin lugar a dudas ha marcado un antes y un después en mi vida como escritora. Por eso mismo, este libro quiero dedicárselo a las siguientes personas:

A ti, queridísimo lector, gracias por confiar de nuevo en mis palabras y viajar con mis historias a lugares inexplorados. Juntos hemos hecho esta larga travesía cargada de aventuras… Te prometo que no será la última.

A ti, mamá, por ser mi primer apoyo. No hay día en el que no me sienta la persona más afortunada del mundo por poder compartir mi vida con un ser tan maravilloso como tú. Me has enseñado a ser quien soy, me has llenado de valores y contigo aprendo una nueva lección cada día. Tú me has convertido en la mujer que hoy estoy orgullosa de ser. Solo espero parecerme un poco más a ti, tener tu positividad, tu sonrisa incondicional y tu bondad con incluso aquellos que no se la merecen. Eres mi ejemplo a seguir, mi mayor debilidad en este mundo y mi alma gemela.

Gracias por ser la mejor madre, amiga y compañera que podría desear.

Gracias a mi padre, por preocuparse más por mí que por él mismo. Tus historias y datos sorprendentes han inspirado gran parte de esta novela.

Gracias a mi editora, Rosa. Contigo pude cumplir mi sueño y jamás te estaré lo suficientemente agradecida por ello. Trabajar contigo es todo un honor, gracias por dejarme crear esta novela con total libertad y entenderla tan bien como lo has hecho.

Gracias a mi *nakama*, porque el marco de esta historia existe gracias al mundo que tú me descubriste. Tu apoyo y amor me han convertido en una mujer fuerte y segura de sí misma.

Gracias a Uxia Taboas por estar junto a mí desde ese día que nos sentamos juntas en aquel bus de camino a casa… Nos quedan infinitas aventuras por vivir.

Gracias a Alba Costas, siempre he contado con tu apoyo y con tu cariño… Estoy deseando ver qué nos depara el futuro, pase lo que pase sé que siempre estarás en mi vida.

Gracias a Lucía Gil o *Lusi* o *Lu* o *Lusiérnaga*… Una de las mejores cosas que he podido hacer este año es conocerte detrás de cámaras. No solo eres una fotógrafa maravillosa (@lgilphotography), también eres una amiga ejemplar.

Y por último, quiero agradecerle a toda mi familia la fe incondicional que siempre ponen en mí. Aplaudís mis aciertos y hacéis menos graves mis errores, gracias por valorarme y darme los consejos que necesitaba escuchar.

Una vez más, gracias.